은 질색하며 얼굴을 찡그리고 눈을 피했다.

"아니, 거 뭐냐……. 그래, 맞아, 그냥 비유의 표현이었다만."

"한숨 돌리고 부탁할게. 후후, 고마워라. 이제야 치우겠네."

사티는 말대답을 용납하지 않는 웃음 띤 얼굴로 퍼시벌의 앞에 찻잔을 내려놓았다. 퍼시벌은 포기했는지 한숨 쉬고는 잔을 손에 들었다. 카심이 껄껄 웃는다.

"헤헤헷. 입은 재앙의 근원이라지. 힘내라, 퍼시."

"너도 일해라. 어딜 내빼려고."

"아니, 나는 콩 골라내기를 해야 되거든."

그렇게 탁자를 본 카심은 어라, 놀라는 표정을 지었다. 오후 일거리로 펼쳐 놓은 콩 낱알은 이미 완전히 분류가 다 끝나서 자루에 담아 둔 상태였다.

"다 끝났잖아……."

"그라함이 묵묵히 해치워줬지."

벨그리프가 웃으며 말했다. 대화에 끼지 않았던 그라함은 혼자 담담히 콩 골라내기에 집중하며 나머지 다섯 사람이 잡담을 즐기는 동안 작업을 다 끝내버렸다. 퍼시벌이 카심의 어깨에 손을 둘렀다.

"포기해라."

"알았다니까. 어우, 낮잠이나 늘어지게 잘 생각이었는데."

카심의 목덜미를 덥석 거머쥔 퍼시벌이 문을 열었다. 차가운 공기가 스며들었다. 내리는 눈 사이에서 가느다랗게 아이들 떠들어 대는 목소리가 들려온다.

모험가가 되고 싶다며 도시로 떠났던 딸이

S랭크가 되었다

MY DAUGHTER GREW UP TO
"RANK S" ADVENTURER.

모지 카키야
MOJIKAKIYA

toi8
ILLUSTRATION

10

특별 단편
어느 겨울날

※ 모험가가 되고 싶다며 도시로 떠났던 딸이 S랭크가 되었다 10권을
완독하고 나서 읽어주세요.

L BOOKS

【칭호(?): 적귀】
젊은 시절에 꿈이 부서져서
고향으로 돌아온 은퇴 모험가.
과거를 청산하기 위해 여행에
나서기로 한다.

◆ 벨그리프 ◆

【칭호: 흑발의 여검사】
벨그리프의 딸. 최고위 S랭크
모험가. 아빠를 몹시 좋아한다.

◆ 안젤린 ◆

◆ 아넷사 ◆

안젤린과 파티를 짠 궁수.
AAA랭크 모험가. 3인 파티에서
중재역을 맡고 있다.

◆ 밀리엄 ◆

마법이 특기인 AAA랭크 모험가.
안젤린, 아넷사와 파티를 짜서
활동한다.

◆ 카심 ◆

【칭호: 천개 파괴자】
벨그리프의 옛 동료 중 한 사람.
모험가로 복귀한 S랭크의 대마도사.

◆ 퍼시벌 ◆

【칭호: 패왕검】
S랭크 모험가이자 뛰어난 실력의
검사. 벨그리프의 옛 동료 중 한
사람이며, 긴 시간이 흘러 마침내
화해했다.

◆ 사티 ◆

벨그리프의 옛 동료이며
멤버의 홍일점.
안젤린의 어머니라는 사실이 밝혀진 뒤
벨그리프와도 부부 관계가 된다.

황태자 벤자민이 가짜라는 것, 그리고 가짜 황태자를 포함한 흑막들이 사티를 노리고 있다는 것을 안 일행은 사티를 구출하기 위해 제각각 행동을 개시한다.

그러나 그 후 벤자민 일당의 근거지로 혼자 만나러 갔던 안젤린은 적들의 비열한 함정에 빠져 이공간에 사로잡혀버린다.

이공간에 사로잡힌 안젤린과 사티를 구출하기 위해 분주하는 벨그리프와 동료들.

한편 사로잡혔던 두 사람은 자력 탈출을 목표로 하며 흑막과 대치한다. 점점 궁지에 몰리게 되는 안젤린과 사티의 곁에 간발의 차이로 당도한 벨그리프와 일행들. 한곳에 모인 동료들과 함께 싸우며 드디어 흑막을 막다른 곳에 몰아붙였던 벨그리프와 안젤린은.

"에헤헤……. 우리가 이겼어! 축배를 들자!"

음모를 쳐부수고 일행과 함께 다시 고향 톨네라로 돌아갈 수 있었다.

MY DAUGHTER
GREW UP TO
"RANK S"
ADVENTURER.

엘프령

로디나

오래된 숲

헤이젤

보르도

시드

엘브렌

가루다

올펜

공국 수도 에스트갈

CONTENTS

제10장

제 10 장

MY DAUGHTER
GREW UP TO
"RANK S"
ADVENTURER.

125 메마른 나무에 아주 조금이나마

메마른 나무에 아주 조금이나마 잎이 남아서 흔들리고 있었다. 다만 그 이파리도 곧 중력을 이기지 못하고 가지에서 뚝 떨어지더니 팔랑팔랑 바닥으로 내려앉았다. 주위에 가득 찬 세피아색의 빛은 은근히 바래져서 어슴푸레하게 물들었고, 지면은 쩍 갈라진 데다가 집은 완전히 기울어져서 반쯤 무너졌다.

저벅저벅 바닥을 밟는 소리가 커졌다. 하얀 로브를 입은 남자가 온통 황폐한 마당에 서서 주위를 둘러본다.

"……계약은 분명 끊어졌을 터인데."

가만히 중얼거렸다. 이어서 마당을 천천히 걸어 다닌다.

말라붙고 시든 잔해만 남은 채소밭을 바라보다가 나무 울타리를 다리로 가볍게 찬다. 울타리는 아랫동이 썩은 상태였는지 아주 약간의 힘에도 휙 넘어가서 허물어졌다.

남자는 무엇인가를 찾는 듯한 걸음걸이로 마당부터 폐허의 안쪽까지 쭉 훑으며 걸어 다니다가 곧이어 집의 뒤쪽 주변에 돌아들었다.

집 뒤편의 안쪽에는 말라붙은 숲이 있고, 다시 앞쪽에 묘비로 보이는 돌을 놓아둔 장소가 있었다. 남자는 그 앞에 서서 잠시 동안 가만히 아래를 내려다봤다.

"흥……. 마무리가 엉성한 녀석이군."

남자가 손을 뻗어서 돌 위를 가린다. 손바닥에 엷은 마력의 빛이 피어오르더니 묘비가 풀썩 허물어지고 아래의 지면까지 일렁일렁 흔들리기 시작한다.

이윽고 남자의 손을 향하여 부서진 나뭇가지 파편이 지면에서 잔뜩 솟아나 날아들었다.

남자는 그것을 손으로 잡아 뚫어져라 쳐다본다. 사과나무의 가지 같았다. 다만 조각조각으로 부러지거나 부서져서 본래 형태를 짐작하기는 어려웠다.

"굉장하군. 고작 잔해인데도 공간을 유지할 만한 힘이 내재되어 있다니."

남자는 가지의 잔해를 두 손으로 감싼 뒤 눈을 내리깔며 입속에서 무언가 영창을 읊기 시작했다.

긴 주문이었다. 마법학의 발달에 따라 주문의 단축과 생략이 진전을 이룬 현대의 마법 행사라기에는 드문 경우다. 옛 시대의 마법 같았다.

남자의 손이 한층 더 밝아지는가 싶더니 손가락 틈 사이에서 나뭇가지가 쓱 뻗어 나와 끝부분이 둘로 갈라졌다. 그리고 그 끝부분에 볼록 싹이 부풀어 올라서 파릇파릇한 잎이 펼쳐졌다.

"파괴했다고, 넘겨짚었을 테지."

가지는 대략 아래팔과 비슷한 길이이며, 손에 들자 지휘봉 같았다. 남자가 가볍게 휘두르니 공간이 작게 진동했다.

"……힘을 보충할 필요가 있나."

남자가 나뭇가지를 품에 집어넣자 문득 형태가 아지랑이처럼 흔들거리다가 사라졌다. 곧장 텅 비어버린 세피아색의 공간이 일그러지기 시작했고, 결국은 녹아내리듯 허물어져서 새카만 어둠만이 남았다.

○

바깥은 아직껏 눈에 덮여서 하얗게 물들어 있다. 여기저기 풍경도 내리는 눈에 흐려졌지만, 얼어붙는 듯한 한기라기보다는 어딘가 온후하며 따스함마저 느껴지는 겨울의 아침이다.

아침 산책 겸 순찰을 나갔다가 돌아온 벨그리프는 외투에 묻은 눈가루를 털어 내고 집에 들어왔다.

출타할 때는 아직 잠들어 있던 식구들도 다 깨어난지라 집 안은 활기차고 생기가 가득했다.

"다녀왔다."

"네~ 어서 와요."

난로 앞에서 냄비를 휘젓고 있던 사티가 미소를 지어주자 어쩐지 지금도 신기한 기분이 든다.

망토를 벽에 건 안젤린이 희희낙락하며 사티에게 가까이 달려갔다.

"오늘도 추워 추워……. 스튜?"

"맞아. 매일 아침 열심이구나, 둘이서."

사티는 쿡쿡 웃고는 냄비 뚜껑을 닫았다. 안젤린이 에헴, 가슴을 쭉 편다.

"다음에는 엄마도 같이 가자."

"후후, 알았어. 그때는 벨 군한테 아침 식사를 맡겨야겠네."

사티에게 시선을 받은 벨그리프는 어깨를 으쓱거렸다.

제도까지 길었던 여행 동안에 새 주택은 거의 완성에 가까운 단계까지 작업을 끝내고 온 상태였다.

그라함의 말에 따르면 겨울이 오기 전에는 끝마치겠다며 목수들이 꽤 분발했다고 한다. 그뿐 아니라 당초 예정에는 없었던 부분까지 더 증축한 덕에 이렇듯 식구가 잔뜩 늘어났는데도 무난하게 지낼 수 있을 만큼 넉넉한 공간이 확보됐다.

집 안의 떠들썩한 광경을 바라보자니 넓은 집을 마련할 수 있어서 정말 다행이었다고 벨그리프는 생각했다.

난로가 있는 흙바닥 방의 구획에 탁자를 둬서 그 주변에 식사 공간을 꾸며 놓았다. 요리를 하는 곳도 같은 장소다.

머리카락을 다시 기다랗게 길러 낸 샤를로테가 빵 반죽을 주무르고, 샤를로테와 거의 비슷한 키가 된 미토가 따라 하면서 일을 돕는다.

살짝 높여서 나무를 깐 마루는 모피로 덮어 놓았고, 가을 수확제 때 행상인에게서 구입했다는 쿠션이 잡다하게 놓여 있었다. 거기에 퍼시벌이 앉아서 체스 말판을 사이에 둔 채 야쿠모와 마주하고 있었다. 두 사람의 대전을 카심과 루실, 마르그리트가 구경하며 한 수 놓을 때마다 이래저래 참견질을 한다.

다시 옆에는 그라함이 앉아서 끈질기게 벡에게 들러붙는 하루와 마루 쌍둥이를 바라보고 있었다.

아넷사와 밀리엄은 난로 앞에서 불 상태를 바라보며 불쏘시개를 가르거나 철판에 묻은 재를 떨구거나 하고 있다.

"……떠들썩해졌구나."

아 바오 아 쿠의 마석을 받아 갔던 야쿠모 일행은 무탈하게 겨울 전 톨네라에 도착했고, 이후는 이 집에 머무르며 봄을 기다리고 있는 상태이다. 던컨은 잽싸게 하나의 집에 들어가서 지내는 중이라던가.

제도에서 대모험을 겪고 톨네라에 돌아온 지 벌써 한 달 이상이 흘렀다. 북적거리는 이 생활에도 제법 익숙해진 터라 예전부터 쭉 이렇게 지내왔던가 싶을 정도다.

불 관리도 식사 준비도 혼자서 해왔었지만, 지금은 이것저것 도맡아주는 사람이 잔뜩 있어서 벨그리프는 딱히 일거리가 없다. 괜스레 몸이 근질거리는 기분으로 의자에 걸터앉아 빵 반죽을 주물러서 모양을 내는 샤를로테와 벡을 바라봤다.

겨우 반년 남짓을 안 봤을 뿐인데 두 아이가 모두 조금은 어른스럽게 얼굴 생김새가 바뀌었다. 키도 조금은 커진 듯 보인다. 성장이 빠른 미토는 어쩔 수 없으니 넘어가도 샤를로테까지 이렇게 자랄 줄이야. 아이의 성장은 역시 방심하면 금방이구나 싶었다.

바라보는 시선을 깨달았는지 샤를로테가 얼굴을 들어 올렸다.

"왜요? 아버님."

"아니, 아무것도 아니란다. 그냥 솜씨가 많이 늘었구나 생각이 들더구나."

"에헤헤, 그런가……? 그래도 어머님도 요리 솜씨가 좋아. 들었던 이야기랑 전혀 다른걸."

"그래, 나도 놀랐단다. 세상에, 사티가……. 옛날에는 정말 할 줄 아는 요리가 몇 없었는데."

"잠깐, 잠깐만. 다 지나간 얘긴데 퍼뜨리지 말아줄래? 어휴."

사티가 뺨을 볼록거리며 고개 돌렸다.

샤를로테가 말했듯 사티의 요리 실력은 몰라보게 좋아졌다. 처음 사티가 저녁 식사를 차리겠다고 말했을 때 퍼시벌과 카심이 「진심이냐? 진심이냐?」 작정하고 놀려 댔다만, 완성된 것은 제대로 된 스튜였다. 그래 봤자 잡탕이 아니겠냐며 두 사람은 억지소리를 늘어놓았지만, 결국 둘 다 더 먹고 싶다며 빈 그릇을 내밀 만큼 맛있었다.

그 후 식탁에는 스튜 이외에도 구이 요리와 빵으로 감싼 요리 등 다양한 메뉴가 올라왔기에 이번에는 퍼시벌과 카심이 되레 「맛있어? 기분이 어때?」라며 사티에게 놀림당하는 처지가 됐다.

사티의 요리가 맛있다니.

어쩐지 저 하나만으로도 시간이 많이 흘렀음을 실감했다.

네 사람이 저마다 각자 이런저런 시간을 보냈고, 다시 무사히 모이게 된 지금 이때를 벨그리프는 사소한 순간순간마다 기쁘게 받아들였다.

떠들썩한 아침 식사를 마친 후 뒷정리까지 끝났다.

아이들이 분발하며 거들어주는지라 역시 벨그리프는 할 일이 없다. 아무튼 괜히 나서 봤자 서로가 어색할 테니 얌전하게 뒤로 물러나서 평소의 겨울 일거리인 실잣기 도구를 꺼내 들었다.

체스 승부를 마쳤는지 야쿠모가 다가와서 의자에 걸터앉았다.

"봄이 이제나저제나 기다려지는군. 이보게, 벨 씨. 마냥 집 안에 틀어박혀서 지내서야 몸이 둔해지지는 않겠나?"

"일단 매일 아침마다 몸을 움직이기는 하네. 원래 난 전투가 본업은 아니기도 하고."

"……나는 그 말이 아직껏 안 믿기네만, 이렇게 실 잣는 모습을 보면 조금이나마 실감도 드는군."

야쿠모는 의자 등받이에 기대어 벨그리프의 손놀림을 지켜봤다. 스핀들이 빙글빙글 돌고 벨그리프가 양털을 집었다가 손가락을 뗄 때마다 사이에서 실이 만들어져 나오는 것 같았다.

"해볼 텐가?"

"아니, 나는 이렇게 자잘한 일은 성격에 안 맞네."

야쿠모는 쓴웃음 짓곤 거하게 하품을 했다.

"그나저나 꽤나 떠들썩하군……. 이 집의 식구들만 데리고 가도 용이든 마왕이든 해치울 수 있다는 게 정말 무시무시하이."

"그런가? 하지만 『대지의 배꼽』에서는…….'"

"그곳이야 본래 사나운 장소잖은가. 이런 던전도 없는 북방의 변경에 S랭크가 넷이나 같이 모여 산다는 게 어디 보통 일이겠나.'"

"그런가……. 그런 것 같군.'"

새삼 생각하면 조금 이상한 것 같기도 한데 한 사람은 자신의 딸이고 다른 셋은 친구다. 고위 랭크의 모험가일지라도 전투에 임한 상황이 아니라면 보통 사람들처럼 웃고 슬퍼하고 각자의 생활이 있다. 겉에 드러나 있는 눈부신 면이 전부는 아니었다.

퍼시벌이 고개를 돌리며 침음했다.

"한곳에 틀어박혀 있는 게 성미에 안 맞는군. 몸이 딱딱해지니.'"

"무슨 소리야, 『대지의 배꼽』에서 줄곧 틀어박혀 있던 사람이.'"

"거야 가만히 틀어박힌 게 아니잖냐, 바본가.'"

"아니, 틀어박힌 게 맞지. 어떠냐? 루시.'"

마르그리트가 묻자 루실도 고개를 끄덕였다.

"아저씨는 바깥세상이 무서운 거야.'"

"……그래, 다 알겠다. 너희들 한판 붙어보자는 말이군? 상대해 줄 테니까 밖에 나와라.'"

"좋았어, 간다! 한바탕 날뛰고 싶은 기분이었다고!'"

"본 투 비 와일드, 베이베.'"

퍼시벌과 마르그리트, 루실과 카심까지 줄줄이 일어나서 바깥으로 나갔다. 그 광경을 보고 있었던 하루와 마루 쌍둥이가 꺅꺅 떠들어 대며 벡이며 그라함의 옷자락을 잡아당겼다.

"다들 나가버리네!"

"나가자, 나가자. 벡 군도 할부지도."

"입 돌아가게 추운 날씨에……. 이 자식들, 잡아당기지 마라. 나가면 되잖냐, 나가면."

벡은 지긋지긋하다는 표정으로 외투를 걸치고 모자를 덮어쓴다. 미토가 가까이 달려와서 자기 몫의 방한복을 손에 들었다.

"나도 갈래."

사티가 쿡쿡 웃었다.

"형아는 인기쟁이구나."

"누가 형아냐……. 넌 어쩔 테냐."

머뭇머뭇하던 샤를로테는 시선을 이리저리 헤맸다.

"으음, 나가보고 싶은데. 집안일은 다 거들었고……."

그렇게 말한 뒤 힐끔 벨그리프를 쳐다본다. 벨그리프는 미소 짓고는 고개를 끄덕거렸다.

"괜찮아, 놀다 오려무나."

"에, 에헤헤. 다녀오겠습니다!"

샤를로테도 기뻐하며 모자를 덮어쓰고 코트를 걸친다.

"……이것들아, 잡아당기지 마라. 이봐, 잘 걸쳐 입어라. 버둥대지 좀 말고."

벡은 신나서 까불어 대는 쌍둥이에게 방한복을 입혔다.

"영감, 나가지."

그라함은 고개를 끄덕이곤 쌍둥이를 챙기는 벡과 함께 바깥으로 나갔다. 미토와 샤를로테도 함께 따라간다.

미토와 샤를로테의 성장도 무척 놀라웠지만, 벡도 성격이 꽤 둥글어졌구나 싶어서 벨그리프는 꽤나 새삼스러웠다. 아직 무뚝뚝한 태도가 앞서는 데다가 말투도 거칠지만, 이렇듯 아이들을 잘 돌봐주기도 하고 은근슬쩍 다른 사람을 배려해주기도 한다. 사티를 대할 때는 쑥스러움이 있는 탓인지 태도가 살짝 어색하지만, 분명 머지않아서 누그러질 것이라고 생각되었다.

밀리엄이 안젤린에게 슬쩍 귓속말한다.

"어떡하니, 안제? 벡 군이 더 오빠 같은걸~."

"끄응, 끄으응…… . 아직 만회의 여지는 있어. 아빠, 나도 나갔다 올게!"

"그래, 아빠는 집 보고 있으마. 아이들 잘 돌봐줘야 한다? 누나야."

"맡겨줘……! 아네, 미리, 나가자."

"엥, 우리까지~?"

"뭐, 집 안에서 할 일도 없잖아. 겸사겸사 어제 설치한 함정이나 확인하고 올까."

세 소녀도 외투를 걸치고 종종걸음으로 밖에 나갔다.

뭔가 잇따라 다들 외출하는 바람에 집 안이 갑자기 조용해졌다. 식기를 정리한 뒤 사티가 주전자를 손에 들었다.

"어휴, 갑자기 조용해졌네. 차 마실래?"

"그래, 한잔 부탁할게. 야쿠모 씨는."

야쿠모는 거하게 기지개를 켜고 일어섰다.

"아니, 나도 몸을 움직이러 가겠네. 신혼부부의 오붓한 시간을 방해하면 미안하잖은가."

"아니, 방해는 무슨."

"사양하지 말게나. 이리도 많은 가족들 사이에서 오붓한 시간 갖기가 좀 어려운가."

야쿠모는 그렇게 말한 뒤 웃으며 나갔다. 넓은 집 안에 두 사람만 남아버린 터라 벨그리프와 사티는 얼굴을 마주 바라봤다.

"도대체 뭘까, 갑자기."

"으음……."

벨그리프는 쓴웃음 지으며 수염을 비비 꼬았다. 휴식을 취하고자 나무 마루에 올라 쿠션을 허리에 댄다. 사티가 쿡쿡 웃으며 차를 끓여다가 벨그리프의 옆에서 같이 앉았다.

"부부구나……. 뭔가 위화감이 있네."

"그러게나 말이야."

만약 인간관계에 과정이 있다면 그 중간의 어딘가 쯤을 휙 건너뛴 셈이었다. 어쩌다 보니 이렇게 되어버렸다만, 물론 벨그리프도 잘 가늠할 수 없는 부분이 많다. 그야 중매결혼과 비교하면 대강 몇 단계를 밟긴 밟았다만.

차를 한 모금 홀짝인 사티는 꼼실꼼실 벨그리프에게 몸을 가까이 붙이더니 어깨에다가 머리를 톡 얹었다.

"잘은 모르겠는데 이런 게 기분이 좋아, 나."

"음."

벨그리프는 살며시 사티의 머리에 손을 가져다 댔다. 재회했을 때는 초라하게 흐트러져 있었던 머리카락도 지금은 반들반들 비단결처럼 부드럽다. 손빗으로 빗질하면 아무 저항도 없이 손가락 사이에서 풀어졌다.

사티는 간지러운지 몸을 움직거리다가 살짝 뺨을 볼록거리며 불만을 표시했다.

"뭔가 안제를 대하는 것 같은데? 벨 군."

"어, 그, 그런가?"

"자꾸 아빠처럼 행동한다니까……. 맞다."

갑자기 사티가 벨그리프를 쭉 잡아당겼다.

"뭐, 뭐야, 뭐야."

"가만있어."

벨그리프는 저항하지 않으며 몸을 누였다. 머리 아래에는 사티의 넓적다리가 있었다. 호리호리한 손가락이 벨그리프의 뻣뻣한 적발을 주물렀다.

"음후후, 무릎베개야. 어떠신가, 벨 군. 어리광 부리는 기분은."

"……뭐랄까, 꽤 쑥스러운데."

"에잇, 너 진짜 귀여워."

사티는 음훗음훗 웃으며 벨그리프를 쓰다듬었다. 벨그리프는 난처해하며 뺨을 긁적였다.

"재밌어?"

"응, 엄청. 후후, 넌 이런 게 익숙하지 않은가 봐."

"굳이 말하자면 해주는 편이었으니까, 나는……."

"역시나. 안제 평소에 보면 어리광을 부리는 게 아니라 받아주는 게 특기 같더라?"

"특기라고 할 것까지야."

흐암, 벨그리프는 거하게 하품을 했다. 사티가 재미있다는 표정을 지은 채 빤히 들여다본다.

"자도 되는데?"

"아니, 그럴 순 없지. 누가 들어오면 부끄럽기도 하고……."

"하긴 좀 부끄럽나? 그치만 예전처럼 마을 사람들이 잔뜩 찾아오지도 않고 꽤 조용해졌어."

톨네라에서 돌아오고 한 달 남짓, 벨그리프가 엘프 신부를 데리고 돌아왔다는 소문은 좁은 톨네라에서 순식간에 퍼져 나갔다. 그래서 소문 자자한 신부를 한번 보자고 마을 사람들이 틈만 나면 선물을 손에 들고 놀러 오고는 했었다.

이래저래 질문 공세를 받고 신부를 찾으러 가는 여행이었냐며 놀림당하는 통에 몹시도 지쳐버렸지만, 사실 벨그리프도 딱히 싫다는 생각은 하지 않았다.

결과적으로 맞는 소리가 된 것이 틀림없는 데다가 사티와 쌍둥이를 너그럽게 받아들여준 마을 사람들에게 감사하는 마음이 더욱 강했다. 이런 입장에서 자신이 조금 놀림당하는 정도야 아무것도 아니다.

이제 적당하다 싶어서 일어나고자 몸을 움직이려는데 사티에게 제지당했다.

"왜 이렇게 급하실까? 귀 청소 해줄게. 자, 옆으로 누워, 옆으로."

"아니, 잠깐만."

"후후훗~ 포기하게나~."

사티는 깔깔 웃으며 어디에서 꺼내 왔는지 귀이개를 한쪽 손에 들고서 의욕이 잔뜩이다.

이렇게 되면 자신에게 거부권은 없다. 벨그리프는 얌전히 사티의 무릎 위쪽에 머리를 올려놓은 채 귓속의 간지러움을 느끼며 눈을 내리감았다.

○

활을 고쳐서 멘 아넷사가 하얀 입김을 뿜었다.

"그럼 난 숲에 좀 다녀올게."

"음~ 나도 가줄게. 아네 혼자면 걱정되니까."

"누가 할 말이야. 안제는 어떻게 할래?"

"나는 아이들을 지켜볼 테야……. 누나인걸."

가슴을 쭉 펴는 안젤린을 보고 두 소녀는 쿡쿡 웃다가 나란히 숲으로 걸어갔다.

안젤린은 주위를 둘러봤다. 눈이 내리긴 내리는데 하늘하늘해서 마치 초봄의 눈처럼 포근했다. 그럼에도 사뿐히 지면에 내려 쌓이는지라 아침에 깔끔하게 눈을 치웠는데도 벌써 발자국이 찍

혀서 남는 상태였다.

　광장에서는 이미 아이들이 이리저리 뛰어다니며 좀처럼 기회가 없는 겨울철 바깥 놀이에 온 기운을 쏟아 내는 듯 보였다. 나도 저렇게 뛰어다니던 시절이 있었는데. 안젤린은 괜히 신기한 마음으로 가만히 아이들을 바라봤다.

　"……일부러 둘만 남겨주려던 건 아니었다만, 어째서 다 같이 따라온 거냐."

　줄줄이 뒤를 따라온 면면들을 둘러보며 퍼시벌이 기막히다는 듯이 팔짱을 꼈다. 카심이 껄껄 웃는다.

　"뭐, 마침 잘됐잖아? 가끔은 단둘이 시간을 보내야지."

　"딱히 배려를 할 생각은 아니었다만."

　루실이 육현 악기를 따란 울렸다.

　"필 라이커 내츄럴 우먼."

　"……뭐라는 거야?"

　"벨 씨 앞에선 사티 씨도 여자아이."

　"……뭐, 됐다. 자, 덤벼라, 마리. 한 손만 써서 상대해주마."

　퍼시벌은 손에 든 목검을 마르그리트에게 향하며 빙글빙글 돌렸다. 마르그리트는 흥, 코웃음 치고 퍼시벌을 쏘아봤다.

　"이 자식, 쓴맛을 보여주지. 이따가 울지나 마라, 퍼시!"

　그러곤 미끄러지듯 퍼시벌에게 육박하여 날카롭게 목검을 휘두른다. 천연덕스러운 표정을 지은 퍼시벌이 공격을 막아 내자 나무와 나무 맞부딪치는 빠드득 소리가 눈 사이를 누비며 울려 퍼졌다.

"어우, 힘들이 넘쳐나네……. 어떠신가? 영감. 질손 꼬마의 성
장은."

"사려가 좀 깊어지긴 했군……."

"헤헤헷, 엄격하시군. 아무튼 검 솜씨는 제법이야. 퍼시 상대로
잘 버티잖아."

"안젤린도 못 당하는데 퍼시벌 상대는 아직 이를 터이지. 상당
히 봐주고 있지 않은가."

"뭐, 퍼시가 진짜 실력을 발휘할 만한 상대라면 기껏해야 영감
밖에 없지 않으려나. 어쨌든 간에, 영감이 보기에는 좀 어떤가?
저 녀석 실력."

카심이 말하자 그라함은 눈에 힘을 주었다.

"……대강 상대하기는 어렵군. 적이 되어서 만나더라도 굳이 정
면에서 싸우고 싶지는 않은 상대다."

"헤헤헤, 『팔라딘』한테 이런 평가를 받는다는 게 굉장한데."

웃음 짓는 카심의 옷을 소리도 없이 다가든 안젤린이 잡아당겼다.

"카심 아저씨……."

"엉? 뭐냐?"

"있잖아……."

안젤린에게 부탁받은 대로 카심이 휙휙 손가락을 흔들자 눈이
네모난 덩어리가 되어서 여기저기에 겹쳐 쌓이더니 짧은 벽 비슷
한 구조물이 만들어졌다.

"이러면 되냐?"

안젤린은 고개를 끄덕거렸다. 뒤쪽에 있던 아이들이 와글와글 떠들어 대며 기뻐한다.

"고마워~ 카심 아저씨."

"진지다~."

"끝내준다~."

아이들은 무척 신나서 눈 벽의 강도를 확인하거나 눈덩이를 던져서 맞혀보거나 했다. 눈싸움하려는 마음이 가득한 것 같다.

"트위스텐, 쉐킷, 베이베~."

어떻게 올라갔는지 루실이 육현을 따란따란 울리며 경쾌한 발놀림으로 눈 벽의 위쪽을 걸어간다. 아이들이 웃으며 눈덩이를 던져도 루실은 폴짝 피해버렸다.

미토가 얍, 가슴을 펴곤 아이들에게 말했다.

"다들 모여봐. 공평하게 가위바위보로 편을 나누고, 눈덩이 맞은 사람을 저쪽으로 빠지기."

"어떻게 할래? 눈덩이 몇 번까지?"

"팔이나 다리 맞는다고 안 죽잖아."

"그럼 몸이나 머리에 세 번 맞은 사람은 빠지기."

아이들은 아이들 나름대로 규칙을 궁리하는가 보다. 손윗사람다운 면모를 보여주려고 아이들 주위에서 우왕좌왕하던 안젤린은 끝내 끼어들 때를 가늠하지 못한 채 결국 묵묵히 구경만 하는 신세다.

이윽고 눈싸움이 본격적으로 시작되자 안젤린은 포기하고 거리를 벌린 뒤 아이들이 다치지 않도록 지켜봤다.

다만 카심이 만든 눈 벽이 있는 데다가 눈덩이가 딱히 단단하지도 않고 애당초 안젤린 이외에 그라함이며 카심도 같이 지켜봐주는지라 자신이 나설 상황이 과연 있을지는 잘 모르겠다.

옆에 다가온 야쿠모가 하얀 입김을 뱉으며 부르르 몸을 떨었다.

"어휴…… 춥구나……. 아해들은 기운이 넘치는군."

"나설 기회가 없어……. 누나의 위엄이……."

"그게 웬 말인가. 굳이 신경 안 써도 위신이야 알아서 설 터인데. 어엿한 S랭크 모험가잖은가."

"아니야, 뭐라고 하지……. 아니야."

눈싸움 와중에도 쌍둥이나 어린 남자아이들이 자꾸 달라붙어주는 벡을 쳐다보면서 안젤린은 입을 우물우물했다. 저렇게 놀 때면 아이들은 연상의 남자아이를 잘 따라가는 것 같다.

괜찮아. 이렇게 된 이상 벡 군에게 멋 부리는 기회를 양보해주자. 나는 마음이 넓은 누나야니까.

안젤린은 그렇게 자기 자신을 타일렀다. 남동생의 체면을 세워주는 것도 훌륭한 누나의 증거 아니겠는가.

내심 생각을 정리하자 굳이 끼어들지 않고 멀리서 아이들을 지켜보는 지금 역할도 왠지 벨그리프와 비슷하니 멋있다는 생각이 들어 안젤린은 은근히 마음이 고조되었다. 딱히 눈싸움에서 활약하는 모습을 보여주지 않아도 안젤린이 지켜봐준다는 사실 하나로 안심하는 아이들도 분명히 있을 것이다.

아빠가 뒤쪽에서 가만히 바라봐주기만 해도 안심되니까. 똑같은 경우잖아. 꽤 멋있지 않나?

"……으음."

혼자 납득하며 고개를 끄덕이는 안젤린을 보고 야쿠모가 의아해하며 눈매를 구부렸다.

"무슨 생각을 하는가?"

"나는 아빠의 딸이라는 생각……."

"……나는 자네를 아직도 잘 모르겠군."

야쿠모는 포기한 듯 품에 손을 넣어서 담뱃대를 꺼내 들었지만, 담배가 다 떨어졌다는 사실을 떠올렸는지 서글피 눈살을 찌푸리며 도로 담뱃대를 집어넣었다.

한편 아이들은 눈싸움이 일단 끝을 보았는지 한 장소에 모여서 뭔가 이야기하고 있다. 다만 겨우 한 판만 하고 끝나지는 않는다.

자, 다시 잘 지켜봐야지. 또 안젤린이 팔짱을 끼었을 때 불현듯 눈덩이가 날아와서 안젤린의 머리에 맞았다. 눈덩이가 부서지며 머리카락에 달라붙는다. 야쿠모가 어라, 놀라며 눈을 끔뻑거렸다.

"안 피하다니 별일이군."

"……굳이 피할 것까지야. 난 쿨해."

살기도 없고 위력도 약한 눈덩이였기에 방심했다는 말은 꺼내기 어려웠다.

저쪽에서 아이들이 꺅꺅 떠들고 있다.

"해냈다! 맞혔다!"

"어때~ 벡 형아!"

"그래, 팍팍 던져서 저 녀석을 눈사람으로 만들어줘라."

아이들에게 둘러싸인 채 얄밉게 웃으며 벡이 서 있었다. 아무래도 저 녀석이 아이들을 부추겨서 안젤린으로 공격 대상을 정해준 것 같다. 미토까지 의욕 가득한 모습으로 눈덩이를 손에 들고 있었다.

"누나, 각오해. 에잇~."

미토의 호령과 함께 아이들이 던진 조그만 눈덩이가 잔뜩 날아왔다. 야쿠모는 「오오, 오오」 소리를 내며 겉옷의 소맷자락으로 눈덩이를 쳐냈다. 안젤린은 살짝만 몸을 피하며 눈에 힘줬다.

"괘씸한 남동생들……. 누나야가 교육적인 지도를 해주겠어."

안젤린은 재빨리 몸을 구부려 눈덩이를 뭉치곤 자그마한 움직임으로 냅다 던져버렸다. 눈덩이는 벡의 머리에 직격했다.

"풉―!"

미토가 눈을 끔뻑끔뻑했다.

"벡 군, 괜찮아?"

벡은 온 얼굴에 묻은 눈을 털어내더니 사납게 안젤린에게 고함질렀다.

"이 자식, 뭐하는 짓이냐!"

"흥, 누나를 만만하게 봐서 이렇게 된 거야……."

"누나 행세하지 마라, 바보 자식아. 콧대를 꽉 꺾어주마!"

벡은 자기도 눈덩이를 뭉쳐서 집어 던졌다. 아이들도 뒤따라 거듭 눈덩이를 날린다.

"큰일 났어! 애들아, 언니를 도와주자!"

그 광경을 보고 있었던 샤를로테를 비롯한 여자아이들이 안젤린에게 가세하고, 퍼시벌과 대련을 마치고 온 마르그리트까지 난입하자 눈싸움은 경기장 바깥에서 제2라운드를 개막하게 되었다.

퍼시벌과 카심, 야쿠모가 웃음 지으며 바라보고, 그라함도 엷게 미소를 띠고 있었다.

루실이 튕겨 울리는 육현의 소리가 설경 속에서 이상하리만큼 흥겹게 울려 퍼지고 있다.

126 눈은 단단하게 얼어붙었지만, 조금 파내면

눈은 단단하게 얼어붙었지만, 조금 파내면 흙과 가까운 부분은 보드랍다. 그 흙에서 아주 살짝이나마 새싹을 내밀고 있는 풀이며 여러 식물을 보면 어느덧 봄이 가까워졌음을 느낀다.

숲속을 거니는 때도 마찬가지다. 눈에 뒤덮여서 무척 춥겠다는 인상을 받는 나무들의 가지도 잘 살펴보면 끝부분과 중간에 새싹 망울을 조금씩 부풀리고 있다. 머지않아 겨울의 두꺼운 구름이 흘러가서 눈이 녹아내리고 햇살을 잔뜩 받으면 눈 깜짝할 사이에 숲을 초록색으로 물들여 나갈 것이다.

이런 절기가 오면 톨네라의 마을 안쪽도 꽤 떠들썩해진다.

햇살 비치는 날이 늘어남에 따라 눈 녹기를 기다리기도 답답하다는 듯이 여기저기에서 농기구 손질하는 소리가 들려오고, 평소에 눈을 치워 둔 덕분에 적설이 얇아 녹는 시기도 빠른 밭에서는 일찌감치 괭이질이 시작된다.

집에서는 잘 보존해 놓은 씨감자며 씨고구마를 점검하여 선별하거나 다시금 콩과 채소 씨앗 중 벌레 먹은 게 없는지 이것저것 확인을 한다.

아직껏 많이 써늘해도 불현듯 한기 안쪽에서 봄의 기척을 느끼면 톨네라의 마을 사람들은 갑자기 의욕이 가득 차오른다. 어떤 의미로 톨네라의 봄은 일찍 찾아든다고 말할 수 있겠다.

벨그리프의 집은 아직 밭일을 시작하기에는 이르다. 다른 누군가의 밭에 나가서 거들어주기는 해도 아직껏 자가 근처의 채소밭에는 눈이 남아 있고, 작년에 거둔 채소의 찌꺼기도 정리하지 않았다. 어차피 이곳에 채소를 심으려면 조금 더 시일이 지나야 하는지라 서두를 필요도 딱히 없다만.

그러나 당장 밭일을 안 한다고 벨그리프가 한가하지는 않다. 할 일은 산처럼 많다. 주로 숲이며 산 깊숙한 곳에 들어가서 이것저것 채집을 한다거나 사냥을 다녀오고는 한다.

초봄의 숲 또한 가을과는 다른 자연의 은혜를 베풀어준다. 눈에 감싸인 채 부풀기 시작하는 여러 나무들의 새싹은 제법 부드러워서 데치거나 기름에 튀기면 무척 맛있다. 썰어서 죽과 수프에 넣어도 좋다. 조금 쌉쌀해서 입맛을 가리는 맛이지만, 초봄의 쓴맛은 겨울 동안 딱딱하게 굳은 몸이 기뻐해준다.

아울러 눈 아래에 파묻혀 있는 풀 중에는 식용 뿌리줄기도 있다. 살짝만 얼굴을 내민 새싹 부분을 잘 찾아서 캐냈다가 끓이거나 구워 먹는다. 열을 가하면 보들보들해지는 터라 역시나 무척 맛있다.

가끔은 쥐라든가 어떤 동물이 보존을 위해 흙 속에 파묻었을 작은 토란 비슷한 것을 발견할 때도 있었다. 쥐가 파묻어 놓고 잊어버렸을까, 아니면 나중에 캐내러 올 생각이었을지도 모른다. 다만 저런 때 벨그리프는 조금만 토란 등등을 빼내고, 대신 도시락으로 가져온 빵 조각을 적당히 파묻어주곤 했다.

동면 후 깨어난 짐승들은 야윈지라 이런 시기는 큰 놈을 사냥하지 않는다. 하지만 남쪽 방향에서 건너온 새들 중에는 토실토실 살이 올라서 포만감을 주는 녀석도 있는지라 그런 새를 노리는 날도 있었다.

잎새 사이로 내리비쳐서 눈에 반사되는 햇살에 찡긋거리며, 아직 초록색이라 말하기는 어려운 새하얀 숲속을 여러 아이들이 줄줄이 대열을 이뤄 걸어간다.

일행의 맨 뒤에는 벨그리프가 있고, 선두에서 걷는 아이는 미토이다. 무슨 까닭인지 루실도 끼어 있었는데 재미있다는 표정을 지은 채 눈 속을 자박자박 걸어 다닌다.

루실이 코를 실룩거렸다.

"스멜 라이커 스프링."

"음?"

"옛날 사람들은 말했습니다. 봄은 나뭇가지의 끝에 달려 있으니 매우매우 냄새가 좋아."

"하하, 그렇구나."

벨그리프는 웃으며 고개를 끄덕였다. 아직껏 눈이 많아서 새하얀데도 막 부풀기 시작한 나뭇가지 끝 봉오리를 보면 무엇보다도 봄을 느낀다.

눈 아래에 돌과 나무뿌리 등 요철이 많아 흠칫흠칫하는 발걸음으로, 아이들은 다들 평소에는 들어가 보지 못하는 눈 쌓인 숲에서 살짝 흥분한 모습이었다.

"굉장하다, 이런 숲은 첨이야."

"어휴, 한눈팔면 안 돼."

"거기 미끄럽다~."

"꺄~."

"오우, 덴저러스."

미끄러져 눈 위에 쓰러진 아이를 루실이 일으켜 세워줬다. 눈이 쿠션 역할을 하니 넘어져도 썩 아프지는 않겠으나 자꾸 넘어지는지라 이동이 계속 지체된다.

모두들 나무 막대기를 한 손에 들고 지팡이처럼 몸을 받치고 있다. 눈에 다리가 빠지는 장소에서는 다리 이외에 받쳐줄 만한 물건이 있어야 걷기 수월하다. 그럼에도 물론 아이들은 몸이 가벼운지라 곧잘 넘어진다.

미토가 고개 돌렸다.

"아빠, 산에는 안 가?"

"그래. 이 시기는 위험하니까 말이다. 눈사태도 무서우니 너무 깊숙한 곳은 가지 말도록 하자꾸나."

산에 가까운 곳 주변은 겨우내 눈이 내려서 수북수북 쌓이지만, 이윽고 차가운 대기에 닿는 상층부와 비교적 따뜻한 하층 부분에서 온도 차이가 발생한다. 그러면 하층의 수분은 천천히 증발했다가 차가운 상층 부분에 닿아 그곳에서 다시 얼어붙는다. 이 같은 현상이 점점 하층의 눈을 푸슬푸슬 부드럽고 미끄러지기 쉬운 형태로 바꾸어 놓고, 위쪽 부분을 무겁고 단단하게 만든다. 그렇게 위쪽에 재차 눈이 내려서 쌓이다가 어느 순간에 눈사태를 일으키는 경우가 있다.

톨네라 마을 안에서 생활하다가 가끔 산 방향으로부터 큰 소리가 들려오고는 한다. 대부분이 눈사태 소리다.

비록 마을까지 도달하지는 않을지라도 땅울림 비슷하게 배 속을 뒤흔드는 묵직한 소리는 간담을 서늘하게 만들기에는 충분하다. 아이들도 눈사태라는 말을 듣고서 얼굴이 핼쑥해졌다. 벨그리프는 쿡쿡 웃었다.

"이 주변은 괜찮단다. 하지만 아저씨 말을 잘 들여주렴."

아이들은 손을 들어 올리며 「네에」 기운차게 대답을 했다.

산에서는 눈사태를 일으킬 수 있는 무서운 눈도 숲속이나 저지대의 주변에서는 위험하지 않다. 오히려 하층의 눈이 보드라워짐으로써 작은 동물들이 활발하게 움직여 돌아다닐 수 있고, 무엇보다 봄의 야생초들이 눈 아래에서 싹을 틔우기 수월해진다. 눈의 이불에 보호받는 새싹들은 그곳에서 가만히 봄의 도래를 기다리고 있다.

이렇게 생각하면 눈에 안 뜨이게 숨은 풀들을 파내서 먹는다는 게 죄스러운 마음도 들었지만, 딱히 인간이 먹지 않아도 들쥐 등 조그만 여러 동물들이 먹어버리는 경우도 많다. 그런데도 다 뜯어먹지를 못하고 매해 자라서 지면을 뒤덮는다.

다들 살아가기 위해 애쓰고 있다. 인간이 제아무리 힘써 봐야 야생초의 새싹을 송두리째 없애는 것은 불가능하다. 그만큼 톨네라의 주변 자연은 풍요로웠다.

대강 깊숙이 숲속에 들어간 뒤 나무들이 드문드문한 곳을 골라서 아이들에게 눈을 파보도록 시켰다.

딱딱한 눈도 위쪽만 치우면 아래로 내려갈수록 파내기가 편해진다. 곧 흙이 드러나니 지그시 눈에 힘주며 아주 살짝만 모습을 드러내고 있는 풀의 새싹을 찾아내서 뿌리줄기를 캐내면 된다.

마치 보물찾기 비슷한 작업인지라 아이들은 금세 열중하며 새싹 찾기에 푹 빠져들었다. 이곳저곳에서 「찾았다!」라는 목소리가 들려오고, 눈과 흙 파내는 소리가 난다. 문득 장갑이 거추장스러웠는지 차가워서 빨개진 손에 뿌리줄기며 나무순을 꼭 쥐고 생글생글 웃는 아이도 있다.

막 캐내서 흙투성이인 뿌리줄기를 미토가 등짐 바구니에 던져넣었다.

"커다란 거 캤어."

"그래. 조금 더 캐다가 돌아가자꾸나."

"응."

미토는 힘차게 다시 삽을 쥐었다. 목에는 그라함이 만든 붉은색 마석 펜던트가 매달려 있다. 아직 상세하게 설명은 못 들었지만, 저 목걸이가 미토의 몸속에서 소용돌이치는 마력을 모종의 형태로 제어해준다고 한다.

문득 루실이 코를 실룩거리며 벨그리프의 옷을 잡아당겼다.

"뭔가 있어, 벨 씨."

"음?"

벨그리프는 눈에 힘주며 주변 기척을 살핀다. 확실히 뭔가 슬금슬금 움직이는 듯한 기척이 느껴졌다. 마수는 아닌 것 같다. 마수라면 분명 더 따끔따끔한 느낌이 났을 것이다.

잠시 주변을 둘러보던 벨그리프는 퍼뜩 놀라며 아이들을 불러모았다. 다들 무사히 있음을 확인한 뒤 조용히 입가에 손을 가져다 댄다. 아이들은 조금 긴장해서 표정을 굳히며 주변을 흠칫흠칫 살펴보고 있다.

"무슨 일이야? 벨 아저씨."

"무서운 마수가 있어……?"

"조용히……. 자, 저쪽을 보렴."

아이들은 벨그리프가 가리키는 곳에 시선을 돌렸다가 눈을 끔뻑끔뻑했다.

조금 떨어진 나무들 사이의 눈 속에서 두 개의 검은색 귀가 살짝 보인다. 미토가 살며시 벨그리프의 손을 쥐었다.

"아빠, 저거 뭐야?"

"곰이야. 동면에서 깨어났을 테지. 아직은 좀 이른 시기이다만, 성질이 급한 곰이 있나 보구나."

곰이 깨어난 것을 보고 벨그리프는 더욱 강하게 봄을 느꼈다. 곰은 천천히 눈 속에서 몸을 드러냈다가 아직껏 잠에 취한 모습으로 기지개하듯 바닥을 기어 나왔다.

숲에는 물론 마수가 있지만, 그보다 더욱 많은 야생 동물들이 살아가고 있다. 겨우내 숨을 죽인 채 견뎠던 동물들도 완연한 봄의 기운을 느끼면 눈을 뜬다. 아마도 몇백 년 이전의 옛날부터 줄곧 그랬을 테지.

"돌아갈까. 조금 떨어진 곳에서 점심을 먹자꾸나."

벨그리프는 살며시 아이들을 재촉하며 조용한 걸음걸이로 본래 온 길을 걷기 시작했다. 우선 나무꾼들에게 곰이 깨어났다는 소식을 알려줘야 한다.

아무튼 간에 아이들에게 이런 광경을 보여줄 수 있었다는 것이 무척 기뻤다.

그러고 보니 옛날에 안젤린도 같은 광경을 보고 무척이나 흥분했더랬지. 까불거리는 아이들을 둘러보며 벨그리프는 미소 지었다.

○

바람은 아직 쌀쌀해도 태양의 빛은 이미 봄을 느끼게 하는 따스함을 품고 있었다. 어느 집이든 이런 날씨에는 빨래에 힘을 쓰는지라 마당에는 세탁물이 잔뜩 펄럭였다.

사티가 콧노래를 흥얼거리며 팡, 옷의 주름을 펴주고 밧줄에 걸어 올린다.

옆쪽에 선 하루와 마루 쌍둥이가 다음 세탁물을 건네주니 밧줄은 순식간에 젖은 빨래로 가득해졌다.

"와아, 빨래하기 딱 좋은 날이네."

"사람 수가 많아서 힘드시죠."

세탁물을 안아 든 아넷사가 쓴웃음과 함께 말했다.

"그나저나 곧 봄이 오는구나. 북부의 봄은 오랜만이야."

"아하, 사티 씨, 줄곧 제도에 계셨던 거죠."

"계절을 즐길 만한 상황이 아니었지만⋯⋯. 아아~ 행복해라."

사티는 쿡쿡 웃고는 빈 빨래 바구니를 포갰다. 쌍둥이도 바구니를 하나씩 손에 들고는 집 안으로 날라 들여놓았다. 바구니를 내려놓은 쌍둥이는 안달복달 발을 구르며 사티를 바라봤다.

"놀러 가도 돼?"

"집안일 돕기, 다 끝났지?"

"응, 괜찮아. 아, 그래도 너희만 내보내긴 좀 불안한데. 누가 같이 안 가주려나."

사티가 집 안을 둘러보다가 난로 옆에서 뭔가 굼실굼실 몸을 움직이고 있던 벡에게 말을 건넸다.

"형아야, 꼬맹이들 돌봐주기 잠깐 부탁해도 될까?"

"누가 형아야냐⋯⋯."

"어머, 싫어?"

"싫다는 말은 안 했다⋯⋯. 잠깐 기다려."

"뭐하고 있어?"

바구니를 놓아둔 아넷사가 쓱 들여다본다. 벡은 말없이 냄비를 내보였다. 바닥에 눌어붙은 검댕을 긁어서 떼어 내는 것 같다. 저런 데까지 신경 쓰면서 혼자 묵묵히 그릇을 닦았구나. 아넷사는 어쩐지 입가에 절로 미소가 지어지는 기분이었다.

"……벡, 너 되게 부지런하구나."

"엉? 바보 취급하는 거냐?"

"벡 군, 벡 군, 놀러 나가자~."

"바깥에 가서 눈사람 만들자~."

"기다리라고 말했잖냐. 건들지 마라. 검댕이 묻는다."

자꾸만 달라붙는 쌍둥이에게서 냄비를 지켜 내며 벡은 얼굴을 찌푸렸다.

그때 안젤린이 귀가했다. 소매를 걷어붙인 채 이마의 땀을 손등으로 닦고 있다.

"다녀왔습니다."

"어서 오렴~. 많이 지쳤나 봐."

"눈 치우기가 이렇게 힘든 작업이네요~."

안젤린의 뒤에서 따라 들어온 밀리엄은 머리를 묶고 있었는데 평소처럼 두꺼운 로브가 아닌 얇은 튜닉 차림이다. 아마도 둘 사람이 같이 바깥에서 눈 치우기를 하고 왔는가 보다.

오늘은 각자 이곳저곳에 나가 있다.

벨그리프는 미토와 루실을 데리고 마을 아이들과 함께 숲에 채집을 갔고, 마르그리트는 야쿠모와 함께 강에 낚시를 하러 나갔다.

안젤린과 밀리엄은 퍼시벌, 카심과 함께 눈 치우기다.

샤를로테는 양치는 방법을 배우고 싶다며 케리의 집에 심부름을 다니고 있다.

사티가 어라, 고개를 갸웃거린다.

"퍼시 군이랑 카심 군은? 같이 나가지 않았어?"

"마법이랑 맨몸이랑 누가 더 빠른가 승부한다며 엄청난 기세로 마을 주변의 눈을 치우고 있어……. 마을 사람들 다들 재미있다고 구경 중이고."

"카심 아저씨도 굉장한데 제설 삽 하나로 맞상대하는 퍼시 아저씨도 진짜 대단하다냥~."

밀리엄이 쿡쿡 웃고는 물병을 들어서 컵에 물을 따랐다. 사티가 기막혀하며 이마에 손을 가져다 댔다.

"나잇살 먹고 뭐하는 짓들이래. 둘이 똑같아……."

"사이좋으니까 잘된 게 아닐까요? 딱히 누구한테 폐를 끼치는 것도 아니고요."

"뭐, 두 사람 다 오랫동안 울적하게 지냈을 테니 괜찮지만……. 벨 군처럼 조금 차분하게 행동해주면 좋을 텐데."

"……남편 자랑은 적당히 해라."

벡이 나지막이 중얼거렸다. 사티는 퍼뜩 놀라며 허둥지둥 두 손을 흔들었다.

"나, 남편 자랑 아니야! 그냥 실제 이야기잖아!"

"뭐, 맞는 말씀이에요."

"그런데 사티 씨가 말하니까, 쫌?"

"얘들아!"

"음후후……. 울 엄마 귀여워."

안젤린이 히죽히죽하며 사티를 뒤에서 끌어안았다.

"으으읏, 이 녀석들……. 얘가, 왜 가슴을 주물러."

"……이 가슴을 못 물려받은 이유는 도대체 뭐요."

안젤린은 진지한 표정으로 사티의 가슴을 몰랑몰랑 주물렀다. 항상 몸 선이 보이지 않는 헐거운 옷을 입고 다니기에 눈에 띄지는 않았지만 상당한 볼륨이다. 헬베티카나 밀리엄 이상일지도 모르겠다.

안젤린은 사티의 어깨에 턱을 얹은 채 불만스레 입을 삐죽거렸다.

"진짜 엄마 딸인데……. 분해……. 말랑말랑……. 모성……."

"그만 좀 하래도. 그깟 가슴 작아도 안제는 귀여우니까 괜히 신경 쓸 필요 없어."

사티는 쓴웃음 지으며 착하다, 착해, 안젤린의 머리를 쓰다듬었다. 저게 여유구나. 아넷사가 중얼거렸다.

벡이 짜증 가득한 표정으로 일어섰다.

"낯부끄러운 줄도 모르는 건가, 이것들은. 꼬맹이들, 가자."

"오~."

"간다~."

벡은 쌍둥이를 데리고 밖에 나갔다. 집 안에 남은 네 사람은 서로 얼굴을 마주 보며 웃는다. 사티가 옷소매를 걷어붙였다.

"자, 점심 식사 준비해야지. 샤르는 케리 씨 댁에서 먹고 오려나?"

"응, 아마도……."

"좋아, 좋아. 벨 군은 도시락이니까……."

"마리랑 야쿠모 씨, 물고기 낚아 올까냥~?"

"음, 글쎄? 아무튼 점심에는 집에 올 것 같은데."

"일단은 빵 반죽부터 둥글게 만들어줄래?"

"네~ 빵 반죽, 빵 반죽, 와아앗!"

밀리엄이 불쑥 이상하게 소리 지르기에 눈을 돌렸더니 마루 바 닥에 그라함이 앉아 있었다. 아마도 줄곧 있었을 테지. 지도를 펼 쳐 놓고 지그시 들여다보고 있다.

"할배, 여기 있었구나……."

"전혀 기척이……."

그라함이 슬쩍 얼굴을 들어 올렸다가 곧 다시 지도를 쳐다본다. 요즘 들어서 그라함은 짬이 날 때마다 지도를 보고 있었다.

다시 마음을 다잡고 빵 반죽을 둥글게 떼어 놓으며 안젤린은 그 라함을 돌아봤다. 그라함은 책상다리를 하고 앉아서 바닥에 펼쳐 둔 지도를 들여다보며 이따금 손가락으로 무엇인가를 더듬는 동 작을 하고 있다. 마치 여행 경로를 정하는 것 같은 모습이다.

"……할배."

그라함은 얼굴을 들어 올렸다.

"요즘 자꾸 지도를 보네……."

"……조만간 상의를 할 생각이기는 했다만."

"엘프령에 돌아가려고? 아빠랑 다들 돌아와서……?"

그라함은 작게 고개를 옆으로 흔들거렸다.

"엘프령에 돌아가려는 게 아니다. 잠시 이곳을 떠나 움직여야 할 터이나."

"미토 문제인가요?"

사티가 물었다. 그라함은 긍정했다. 밀리엄이 고개를 갸웃거린다.

"미토 문제? 마력 때문에요? 그치만, 마석으로 펜던트도 잘 만들었는데."

"그 목걸이는 단순히 잠시나마 수습하기 위한 수단에 불과하다네. 마석에 쌓인 마력을 어떠한 형태로 소비해야 할 필요가 있지."

"근데, 어떻게……?"

안젤린이 묻자 그라함은 일어나서 선반에 있는 작은 상자를 꺼냈다. 무엇인가 마술식 비슷한 문양이 그려져 있다. 뚜껑을 열자 손바닥 안에 들어갈 만한 붉은색 보석이 들어 있었다. 정제된 물건인지 아주 동그래서 공 같았다.

"그건…… 미토한테 준 펜던트랑 같은 마석이야?"

"맞다. 같은 마석으로 정제한 나머지 반쪽이지."

그라함이 말하기를 미토에게 준 펜던트는 미토의 마력을 일정 이상으로 축적되지 않게 흡수하는 역할을 맡아준다. 다만 가만히 두면 마석의 마력 용량이 금세 꽉 차버리는 것이 문제다. 따라서 펜던트를 통해 이 상자에 있는 마력 용량 확장의 술식을 새긴 마석에 마력을 옮겨 넣고 있다고 했다.

"요컨대 이 마도구(魔導球)에 미토의 마력이 들어 있다는 뜻이네요~?"

밀리엄이 말했다. 그라함은 고개를 끄덕거렸다.

"마력 저장고와 비슷하군. 다만 여기에도 한계가 있다. 아직 당분간은 괜찮으나 머지않아 꽉 차오를 테니 이 마도구로도 버틸 수 없겠지."

"……인체를 통하지 않은 진짜 마왕의 마력이니까요. 역시 상식을 뛰어넘네요, 솔로몬의 호문클루스는."

"동감이군……."

"그런데 이 문제와 그라함 할아버지가 여행을 가는 것과 어떻게 관계되나요?"

아넷사가 다시 물었다.

"나도 이래저래 궁리를 했네. 마도구를 이용해서 톨네라의 결계를 강화한다거나 아니면 내 검에 박아서 이용한다거나 여러 방법을."

"그게 다 어려운 거야?"

"어렵군. 미토가 가진 마력의 성질은 거의 마왕에 가깝다. 결계에 이용하면 오히려 마수를 끌어들일 테고, 나의 검과는 상성이 안 좋아."

확실히 그라함의 대검은 성검이라고 불릴 만큼 청정한 마력으로 가득 차 있다. 미토 본인은 사악하지 않을지라도 마왕에게서 유래된 마력인지라 상성이 안 좋을 것이다. 아울러 검 스스로가 강하게 거부할 수 있다는 것은 지난번 여행을 통해 안젤린도 이미 잘 알게 되었다.

그러나, 그렇다면 대체 어떻게 해야 할까. 안젤린은 팔짱을 꼈다. 이래서는 또 미토가 뜻하지 않게 소동을 일으켜버리게 된다.

사티가 뭔가 깨달았는지 미소 지었다.

"아하, 반대로 이용할 수가 있겠네요."

"깨달았는가…… 맞네. 그래서 장소를 물색하는 중이지."

"반대로 이용? 아, 괜찮은 방법이네요……"

아넷사도 깨달았나 보다. 안젤린과 밀리엄은 얼굴을 마주 바라봤다.

"미리, 좀 알겠어……?"

"모르겠다냥……. 무슨 뜻이래?"

"간단해, 즉 저 마도구가 마수를 끌어들이지? 던전의 핵과 똑같은 기능을 한단 말이잖아."

"아, 맞네! 방출하는 마력량을 조절하면 딱 괜찮은 던전을 만들 수 있겠구나!"

밀리엄이 납득하며 고개를 끄덕거렸다. 안젤린도 오호, 오호, 감탄하며 눈을 끔뻑거린다.

"요컨대 던전의 핵으로 써서……. 그렇게 모여들거나 생겨나는 마수를 모험가들이 처리하게 만들면 된단 뜻이네?"

"그렇다. 모험가에게 던전은 채굴꾼의 광산과 마찬가지지. 편의성 좋은 장소에 설치할 수 있다면 충분히 이익을 낳아줄 테지."

"그 장소를 생각 중이었단 말씀이군요. 그러면 역시 올펜이라든가…… 보르도 가까운 곳이 좋기는 하겠네요."

아넷사도 지도를 들여다본다.

"나도~."

밀리엄도 뒤따라 고개를 쏙 뺐다.

신규 던전은 자연 발생하는 경우가 대부분이다. 장소를 선택해서 의도적으로 만든다는 기막힌 이야기는 들어본 적 없다. 그런데 그게 가능하다면 아예 처음부터 길드 차원에서 파악한 뒤에 던전을 탐색할 수 있다는 소리가 된다. 던전의 변용도 일일이 쭉 확인 작업이 한다면 안전도는 한층 더 올라가리라.

만약 올펜의 근방에 더욱 찾아가기 수월하며 안전성 높은 던전이 생긴다면 자신들은 물론 다른 모험가들도 기뻐할 테지.

마수의 소재 채집은 던전이 가장 효율적이다. 약초도 던전 안에서 마력의 영향을 받아 자라난 종류의 효과가 더 뛰어나다. 그런 이유로 모험가라는 직업이 성립하며, 지금도 많은 사람들이 모험에 도전하고 있다.

잠깐 생각을 정리했는데도 안젤린은 저절로 고양되는 기분이었다. 자기 동생의 마력으로 만든 던전이라니? 정말 멋지잖은가.

마도구를 설치하는 장소에 따라 던전의 종류도 바뀔 것이다.

삼림 지형이든 동굴 지형이든 또는 성채 및 폐촌과 같은 특수한 형태든 간에 아무튼 상상만 해도 가슴이 두근두근 뛴다.

"새로운 던전……. 나도."

"자, 잠깐만, 잠깐. 빵 반죽부터 만들고 얘기하면 안 될까?"

아직껏 빵 방죽 조각이 묻은 손으로 다 같이 장소 선정에 참가

하고자 하는 세 소녀에게 사티가 서둘러 말을 건넸다.

127 봄맞이 축제가 가까웠다. 보리밭의 눈은 녹아서

봄맞이 축제가 가까웠다. 보리밭의 눈은 녹아서 얇아졌으며 조금씩 맑은 날이 늘어나고 있다. 겨울 중 열심히 갈아서 예리해진 괭이가 지면을 파헤치고, 막 자라기 시작한 보리의 잎을 밟아준다. 눈석임물이 흘러들기 시작한 강은 수량이 불어나서 탁해졌다. 다만 강가에는 아직껏 얼음이 남아 있었다.

감자밭, 고구마밭을 일궈서 비료를 뿌리고 다시 섞어준다. 본격적인 농사는 조금 나중이지만, 비료가 흙에 배어들지 못하면 오히려 채소가 상해버린다. 미리미리 흙에 잘 섞어 넣어야 할 필요가 있다.

빈 비료 바구니를 든 아넷사가 후유, 숨을 내쉬었다.

"웬 한숨이래, 무슨 일이야~?"

똑같이 비료 바구니를 안아 든 밀리엄이 얼굴을 쓱 들여다본다.

"그냥, 조금 더 지나면 올펜에 돌아간다는 생각이 들어서 말야. 꽤 오랫동안 비워 두기도 했고."

"아, 글쿠나. 벌써……. 시간 참 빠르지? 안제."

옆쪽에 있던 안젤린도 고개를 끄덕거렸다.

작년 초여름에 톨네라를 떠나서 다른 곳은 중간중간 들렀지만 올펜은 쭉 발길이 멀어졌었다. 아무리 길드에서 편의를 봐주며 안젤린에게 자유를 보장해줬다지만, 너무나 긴 부재였던지라 미안하다는 생각이 든다.

게다가 안젤린과 친구들도 올펜에서 의뢰를 받아 돌아다니던 나날이 조금 그립기도 했다. 올펜에서 떠올리는 톨네라의 나날도 물론 그리웠지만, 여기는 이를테면 고향이니까 고위 랭크 모험가인 소녀들의 일상은 어디까지나 올펜에 있다. 이곳에서 마냥 놀기만 할 수도 없는 입장이다.

안젤린은 괭이에 몸을 기댔다.

"……봄맞이 축제가 끝나면 행상인이랑 같이 올펜에 갈까?"

"그러는 게 좋겠네. 그라함 할아버지도 던전 관련의 교섭 때문에 보르도에 갈 테니까 마침 잘됐어."

이것저것 상의한 결과 영주나 길드 마스터와의 연고도 있는 만큼 새로운 던전의 후보지는 보르도 주변으로 잠정 결정되었다.

사실 안젤린은 한 곳을 골라야 하면 올펜 근처가 좋겠다는 생각을 했었는데 양질의 던전은 지역 경제의 주축이 되는 사례도 많다. 이미 수많은 던전을 관리하에 둔 올펜보다는 보르도 가문에 이익을 제공해주는 것이 결과적으로 톨네라를 위한 방법이라는 결론이다.

그 때문에 요즘 들어서 그라함은 미토와 늘 붙어 다니며 명상 수행을 시키곤 했다. 미토의 마력이 던전의 핵이 되는 이상, 마력을 능숙하게 제어 가능한 수단을 습득하는 것이 최선의 대책이라는 그라함의 강한 희망에 따른 일과였다.

여느 날처럼 아이들과 놀거나 집안일 돕기를 못 하게 된 미토는 처음에야 불만을 살짝 내비쳤지만, 몹시 좋아하는 벨그리프와 그라함이 잘 타이른 덕에 지금은 고분고분 수행에 집중하고 있다.

"아~ 지나가고 보니까 진짜 순식간이었네~. 에헤헤~ 즐거웠어~."

밀리엄이 끄응, 기지개를 켰다.

다시 떠올려도 정말 대모험이었다. 틸디스를 지나 『대지의 배꼽』에서 퍼시벌과 만났고, 제도에서 사티를 찾았고, 로데시아 제국 중추와 얽힌 사건에까지 관여하는 처지가 됐다.

그럼에도 이렇듯 무사히 고향에 돌아왔을 뿐 아니라 사티라는 어머니까지 함께 평온한 나날을 보낼 수 있다는 것이 몹시도 기뻤다.

다만 아직껏 톨네라에 남겨 둔 아쉬움이 딱 하나 있었다. 지금은 아직 눈을 뒤집어쓰고 있는 톨네라의 산들이 붉은색과 노란색으로 진하게 물들어 가는 풍경을 상상하자니 안젤린은 깊은 한탄이 흘러나왔다.

"어라, 이번에는 안제가 한숨이네."

"역시 떠나려니까 아쉬워~?"

"아니야."

안젤린은 고개를 옆으로 흔들었다가 곧이어 시큼한 맛의 열매를 머금은 것처럼 입을 오므렸다.

"가을철 산에 올라가서 말이야, 막 따낸 바위월귤 열매를 먹고 싶어……. 달콤새큼하고 과즙이 잔뜩 있고……. 아무리 많아도 다 먹을 수 있어. 하지만 열매 맺히는 게 가을이야……."

그렇다. 줄곧 애타게 그리워했던 신선한 바위월귤 열매는 아직껏 맛볼 수 없었다. 지금은 봄철이다. 가을에 열매를 맺는 바위월귤은 아무리 아쉬워도 구할 도리가 없다.

아넷사가 쿡쿡 웃었다.

"이럼 가을에 또 귀성이네……."

"분명 가도를 정비한댔지~? 나도 바위월귤 열매 먹어보고 싶어~."

"맞아. 가을 수확제를 목표로……. 후후."

봄맞이 축제도 아직인데 가을 수확제를 기다리겠다는 것인가. 안젤린은 괜히 우습다는 생각이 들었다. 그래도 어쩔 수 없다. 기대되는 마음은 자꾸자꾸 커져가니까.

"인생이 참 즐겁구나……. 행복하구나……."

저쪽 건너편에서 괭이질하는 벨그리프를 바라보며 안젤린은 중얼거렸다. 아넷사와 밀리엄은 얼굴을 마주 쳐다보곤 키득키득 웃었다.

"안제, 다 늙은 사람처럼 말하니까 웃겨~."

"큰일 한 가지는 끝냈어도 앞으로 또 즐거운 일이 잔뜩 있을 거야. 감회에 젖어 이상한 소리 하기에는 일러."

"응."

안젤린은 고개를 끄덕인 뒤에 주변을 쭉 둘러봤다. 밭갈이가 끝났고 비료 뿌리기도 끝났다. 두 친구를 채근하며 벨그리프가 있는 곳으로 걸어갔다.

"아빠, 이쪽은 끝났어……."

"오, 빨리 마쳤구나. 다들 고맙다. 피곤하니?"

"아냐. 한참 더 일할 수 있어. 그치?"

안젤린이 돌아보자 두 친구는 쓴웃음 짓고 어깨를 으쓱였다.

"아니, 좀, 힘든데……."

"잔뜩 일해서 피곤한데~."

체력 괴물 안젤린과 후위 직군은 어쩔 수 없이 차이가 난다.

벨그리프는 웃음 짓고는 안젤린을 쓰다듬었다.

"여전히 기운 넘치는구나, 안제는. 하지만 해도 슬슬 기울어지니 슬슬 마무리하자꾸나. 농기구나 대강 정리해주겠니?"

"네~."

해가 꽤 기울어진지라 주위는 서쪽 산줄기의 긴 그림자에 둘러싸이며 어두워지기 시작한 참이었다.

농기구를 정리한 뒤 집에 돌아왔더니 사티와 샤를로테 등 식구들이 저녁 식사를 준비하고 있었다. 향긋한 냄새가 서린 김이 떠다니고 있다. 사티가 국자를 한 손에 들고 고개 돌렸다.

"아, 다녀오셨어요. 조금만 더 기다려줘~."

잘 다녀왔냐는 말이 기뻐서 안젤린은 생글생글하며 난로 쪽으로 가까이 달려갔다.

"쿠리오 열매 냄새야……. 혹시 양고기?"

"응, 케리 씨 댁에서 양고기를 나눠 주셨어. 심부름해준 답례라고."

샤를로테가 답했다. 안젤린은 착하다, 착해, 머리를 쓰다듬어줬다.

"잘했어, 샤르…… 음후후, 기뻐."

"언니, 이 요리 좋아하지. 아버님도!"

"그래. 기대되는구나."

"이제 낚시를 간 사람들의 성과에 따라 메뉴를……. 안제, 불 담당을 맡아줄래? 샤르, 거기 조그만 냄비를 주렴."

사티가 막 말을 꺼내던 때에 마르그리트가 돌아왔다. 야쿠모와 루실, 아울러 벡과 하루와 마루 쌍둥이도 함께다.

"대어다! 오늘 저녁 식사는 호화로울 거다."

마르그리트는 자랑스럽게 말한 뒤 생선이 잔뜩 든 바구니를 바닥에 내려놓았다. 다 같이 강에 낚시를 다녀왔나 보다. 쌍둥이도 기뻐하며 꺅꺅 떠들고 있다.

"나도 낚았어, 아빠~."

"근데 말이야, 엄청 잡아당기더라. 벡 군이 도와줬어."

"그래, 그랬구나. 애썼어."

벨그리프는 쌍둥이를 쓰다듬어주며 어라, 고개를 갸웃했다.

"그라함과 미토는 그렇다 치고……. 퍼시와 카심은 같이 나간 게 아니었나?"

"아니, 모르겠는데. 어디 갔대?"

"으음. 점심 식사 후에는 못 봤군."

"옛날 사람들은 말했습니다. 일하지 않는 자 먹지도 말라. 일한 사람은 몇 그릇까지 먹어도 될까?"

"네 녀석은 조용히 좀 해라."

체력과 마력은 있어도 근력이 없는 카심과 괭이를 휘두르면 지면이 깨져 나가고 자루가 부러지는 퍼시벌은 일찌감치 밭일을 포기했다. 보나 마나 마르그리트나 다른 사람들과 함께 있을 것이라 안젤린도 생각했었다만 그게 아니었나 보다.

"숲에 들어간 걸까……?"

"그러게. 산나물이라도 캐러 간 건가…….."

이미 배를 갈라서 내장을 빼놓은 생선에 소금을 뿌려 숯불 위쪽에 두고 굽는데 문 두드리는 소리가 났다. 퍼시벌과 카심이 돌아왔나 싶었다만, 다른 목소리가 「벨 아저씨, 벨 아저씨」라고 불렀다. 생선에 꼬치를 끼워 넣고 있었던 벨그리프는 난처해하며 안젤린에게 눈을 돌렸다.

"안제, 미안하구나, 나가봐주겠니?"

안젤린이 문을 열자 마을의 젊은이가 서 있었다. 어릴 적 함께 놀아서 안젤린도 안면이 있는 청년이다. 달려왔는지 숨이 살짝 가쁜 것 같았다.

"어라, 안제구나. 벨 아저씨는?"

"요리 중인데……. 아빠."

"그래, 무슨 일 있나?"

안젤린은 손을 닦으며 다가온 벨그리프와 교대했다. 젊은이는 벨그리프에게 무언가 말을 늘어놓았다. 벨그리프는 어라, 놀라는 표정을 지었다가 알겠다는 듯이 고개를 끄덕거렸다.

젊은이가 떠나간 뒤에 안젤린은 벨그리프에게 말을 건넸다.

"무슨 일이래?"

"아니, 회의가 있으니까 교회에 와 달라는구나. 얼마 전 한번 모였는데 말이야."

다만 그때는 공동 농작업의 계획이나 비료의 배분, 양과 염소의 방목 시기 및 말과 당나귀를 쓰는 밭갈이 순서 따위를 확인하는 것이 주된 안건이었다. 작년부터 시작한 루멜 나무의 재배지도 슬슬 손봐야 한다.

이 시기의 톨네라는 농작업으로 몹시 분주하다. 다른 큰 행사를 꼽자면 봄맞이 축제를 들 수 있겠지만, 뭔가 문제라도 일어난 걸까. 벨그리프는 살짝 걱정하는 표정을 지어 보였다가 턱수염을 쓰다듬었다.

"뭐, 어떻게든 되지 싶다만……. 사티, 미안해. 잠깐 나갔다 올게."

"어라라, 금방 저녁 식사 준비되는데. 그래도 어쩔 수 없네. 안 넘어지게 조심조심 다녀와."

"아빠……. 나도 따라가면 안 돼?"

"회의 자리에?"

"맞아."

"괜찮고말고. 조금 지루하지 싶다만."

확실히 어린 시절에 벨그리프를 따라 참석했던 마을 회의는 어른들이 이것저것 이야기를 나눌 뿐 재미있다고 느꼈던 적은 없었다. 그러나 이제 안젤린도 다 자라서 어린아이가 아니잖은가. 옛날에는 못 알아들었던 대화도 지금이라면 혹시 잘 이해되지 않을까. 그것을 확인하고 싶었다.

그래서 외투를 걸치고 벨그리프와 둘이 나란히 교회까지 가보니 번스와 리타 등 적잖은 수의 젊은이들과 촌장 호프만, 케리를 비롯하여 마을의 중역들이 있었다. 던컨도 같이 동석했기에 어라라, 놀라다가 퍼시벌과 카심, 그라함과 미토까지 발견한 안젤린은 또 눈이 동그래진다.

"어, 다들 여기서 뭐해……?"

"오오, 왔는가, 벨. 안제도 데려왔군. 마침 잘됐어."

호프만이 묘하게 진지한 표정으로 두 사람을 쳐다봤다. 벨그리프도 의아하다는 표정을 지은 채 교회 안쪽을 둘러보다가 묘하게 팽팽한 분위기를 감지했는지 눈살을 찌푸리며 입을 열었다.

"심상치 않군. 무슨 일인가?"

"……실은 말일세. 그라함 씨가 말씀하신 새로운 던전을 톨네라의 근처에 만들어달라며 젊은 녀석들이 떠들어 대고 있다네."

케리가 팔짱을 끼고 말했다. 벨그리프는 아닌 밤중에 홍두깨라는 표정을 짓고 젊은이들을 쳐다봤다.

"어째서인가?"

"던전이면 경제 효과도 꽤 크다며? 우리, 벨 아저씨랑 친구분들한테 이것저것 배우고 훈련도 받고 싸우는 방법은 꽤 안단 말이지. 밭갈이만 하는 게 아니라 슬슬 다른 산업이 있어도 좋지 않을까 생각한 거야."

번스의 말에 젊은이들이 동조하며 고개를 끄덕거린다. 아무래도 지금껏 단련했던 경험을 살릴 절호의 기회가 찾아왔다고 생각해서 의욕이 가득 차오른 것 같았다. 그동안에도 안젤린 등의 활약을 동경하는 듯한 모습을 가끔 볼 수 있었다만, 이번에 겪은 제도행 모험담이 결정타로 작용했음은 상상하기 어렵지 않다.

"……그래서 이렇게들 모인 셈인가."

벨그리프가 납득하며 주위를 한 번씩 둘러봤다. 어쩐지 이쪽 방면에 해박한 사람들이 모여 있더라니.

톨네라에 던전.

그라함에게 신규 던전의 이야기를 들었을 때 아주 잠깐이나마 같은 생각이 머리에 스쳤었다. 다만 안젤린에게 톨네라는 고향이다. 모험가 직업과는 분리된 세계로 인식하고 있었기 때문에 곧 머릿속에서 사라졌다. 그런데 이렇듯 같은 이야기가 다시 거론되는 상황인지라 의외로 나쁠 게 없지 않냐는 생각도 든다.

벨그리프는 턱수염을 쓰다듬으며 호프만을 돌아봤다.

"촌장, 어떻게 생각하나?"

"나쁜 의견은 아니라고 생각하는데 말이지. 다만 톨네라는 지금껏 마수라든가 전투라든가 별 인연이 없는 지역이었지. 갑자기 저런 게 일상으로 파고든다니까 거부감부터 느끼는 녀석들도 많네."

"지당한 말이군……."

혈기 왕성한 젊은이들은 어쨌든 간에 옛날부터 밭을 일구고 숲을 비롯한 자연의 산물에 의지하여 살아가는 생활이 완전히 익숙해져 있는 어른들은 당황하리라.

"하지만…… 딱히 마을 사람들이 다 나서서 싸워야 하는 건 아니잖아?"

안젤린은 한마디를 거들어봤다. 번스가 고개를 끄덕인다.

"물론이지, 맞아. 그런데 자꾸 걱정된다고, 위험하다고."

"부모인데 당연하잖냐, 바보 녀석아. 너는 몇 살을 먹어도 불안해서 가만 못 놔두겠다."

케리의 말에 번스는 입을 삐죽거렸다.

"혼자 폭주하겠다는 생각은 없어, 바보 아버지야. 벨 아저씨랑 다른 분들한테 이것저것 착실하게 배우고 있단 말이야!"

"……부모의 마음이란 정녕 복잡하구려."

던컨이 쓴웃음을 짓고 중얼거렸다. 퍼시벌도 뭔가 상념에 잠긴 듯 눈을 내리깔고 있다. 두 사람은 젊은 시절에 부모에게 반발하여 모험가가 된 사연이 있다. 그럼 점에서 톨네라의 젊은이들은 지나치다고 느낄 만큼 선량한 아이들로 보일 테지.

호프만이 탄식하며 벨그리프를 돌아봤다.

"실제로, 좀 어떤가? 그라함 씨와 여기에 다른 분들에게도 말을 들었네만, 톨네라에 던전을 만들어도 괜찮을 것 같나?"

벨그리프가 그라함을 쓱 돌아보자 긍정의 표시를 했다.

"그라함이 괜찮다고 말했다면야 별문제는 없지 싶네만."

"그라함 씨는 괜찮다고 이미 말을 해줬어! 카심 씨도 퍼시 씨도, 던컨 씨도 문제없다더라."

젊은이 중 한 명이 큰 목소리로 외쳤다. 다른 젊은이들도 맞아, 맞아, 소리 높인다. 안젤린이 카심과 눈을 마주하자 카심은 맞다는 대답 대신에 윙크했다. 그러면 굳이 고민할 필요가 없지 않나? 안젤린은 의아해했다. 케리가 조용히 고개를 가로젓는다.

"그게 아니야. 이런 표현은 좀 미안한데 그라함 씨와 다른 분들은 숙련된 모험가잖아. 게다가 일류이고 말일세. 그야 던전이야 자기 앞마당일 테지. 이런 분들이 과연 우리같이 약한 녀석들의 관점으로 생각할 수 있나 의문이 들어."

안젤린은 덜컥 놀라며 입을 우물우물했다. 확실히 자신들은 일류 모험가라며 갈채를 받는 입장이고, 개체 하나가 재해로 취급받는 마수를 잇따라 토벌한 전적이 있다.

그러나 E랭크의 마수 상대로도 애를 먹거나 혹은 목숨을 빼앗겨버리는 사람들이 훨씬 더 많은 법이다. 그런 사람들의 입장에서는 아무리 경제 효과를 기대할 수 있더라도 마수 소굴인 던전 따위야 불안의 근원밖에 안 될 테지.

뭐야, 우리는 그렇게까지 약하지 않아, 젊은이들이 말하면 아니다, 그런 방자함이 생명의 위기를 불러오는 법이다, 중역 어른들이 말했다.

"벨이 너희를 훈련시킨 것은 쓸데없이 던전에 가서 날뛰게 해주기 위해서가 아니다."

"우리도 놀이라는 생각은 절대 안 해."

"주장이 너무 급진적이다. 좀 냉정하게 생각을 해라."

"생각해서 내린 결론이라고."

"죽을지도 모른다."

"그 정도야 이미 각오했지."

"그 정도라는 말이 나온다는 게 아직도 모른다는 거다."

어른들도 심술부리자고 반대하는 것이 딱히 아니지만, 새로운 분야에 도전하고 싶어 하는 젊은이들 또한 한 발짝도 양보하려고 들지 않는다.

"……아무튼 간에 너희가 던전에 가겠다는 건 어쩔 수 없다고 생각한다. 최고의 선생님이 몇 명이나 있는 셈이고, 제대로 지도를 받는다면 괜찮을 테지."

"그럼."

"하지만 다른 주민들이 불안해한다."

"그래. 마수와 싸운다는 생각은 아예 못 하며 조용히 밭을 일궈서 생활하고 싶다는 주민들도 잔뜩 있다고. 그런 사람들의 불안을 무시할 순 없는 노릇이잖냐?"

이런 발언에는 젊은이들도 받아칠 말이 없었다.

호프만이 말했다.

"벨, 이보게. 자네는 이곳의 생활도 모험가의 생활도 잘 알잖나? 마을 근처에 던전이 생긴다고 치고……. 그래도 예전과 같이 살아가고 싶다는 주민들에게 위험은 없겠나? 마수가 흘러넘쳐 나온다거나 마중물 비슷하게 바깥에서 무언가 다른 게 온다거나?"

그때는 우리가 해결할게. 말을 꺼내려다가 안젤린은 입을 다물었다. 올펜을 거점으로 활동하는 자신이 너무 오지랖 넓은 소리를 늘어놓는 것은 안 좋다는 생각이 든다. 게다가 지금 자신이 무엇인가 말해 봤자 강자의 입장에서 꺼낸 말밖에 되지 않는다.

벨그리프는 잠시 상념에 잠긴 듯 수염을 비비 꼬았다. 퍼시벌과 그라함 또한 벨그리프에게 맡길 심산인지 묵묵히 추이를 지켜보고 있었다.

"……아예 던전이 어떻게 관리되는지부터 설명할까. 방치된 던전은 물론 위험해지네. 핵이 만들어 내는 마력이며 던전의 보스가 쏟아 내는 마력에 마수가 모여들거나 만들어지거나 하기 때문이지. 다만 이러한 사태가 일어나지 않게 각지의 길드에서 던전을 관리하며 정기적으로 마수를 토벌하는 걸세. 숫자가 너무 불어나지 않으면 마수는 던전 바깥으로 나오지 않아. 돌발 사태에 대비해서 주위에 결계를 쳐 놓는 경우도 많지."

벨그리프가 젊은 시절에 구입하여 숙독한 예의 두꺼운 책자에 쓰여 있었던 지식이다. 톨네라를 떠나기 전에 읽었던 안젤린도 기억이 나는 항목이었다.

"그럼 그 관리만 제대로 하면 괜찮은 건가?"

"기본적으로는. 그래서 탐색을 들어간 모험가에게서 보고를 받을 때마다 항상 각 던전의 정보를 갱신하는 걸세. 이때 축적되는 자료를 근거로 적정 랭크의 모험가에게 의뢰를 할당하는 게 길드의 업무 중 하나에 해당하기도 하고. 요컨대 항상 던전을 주시해야 할 필요가 있단 말이네만, 규칙만 잘 지킨다면 위험은 상당히 줄어든다고 생각해도 되네. 어차피 난 이제껏 해왔던 대로 순찰은 계속할 테고 말이지."

젊은이들이 확 밝아진 표정으로 서로의 얼굴을 마주 바라보고 있다. 호프만은 후유, 숨을 내쉬곤 벨그리프를 똑바로 주시했다.

"그래, 자네가 한 말인데 틀림없겠지……. 아무튼, 벨. 자네 개인은 이 생각에 찬성하나? 반대하나?"

살짝 들끓었던 젊은이들이 긴장한 낯빛으로 벨그리프를 쳐다봤다. 어쩐지 다음 한마디로 던전 건설의 여부가 결정되어도 이상하지 않은 분위기였다.

벨그리프는 눈을 내리떴다.

"……가능성은 있군. 쌍수를 들고 찬성하기에는 아직 상의가 더 필요하겠네만, 제대로 절차만 잘 밟는다면 괜찮을 것 같군. 게다가 무엇보다……."

"무엇보다?"

벨그리프는 씩 웃었다.

"이 녀석들이 삐쳐서 바깥에 나가 모험가가 되겠단 말을 꺼내면 더 곤란하잖나?"

케리가 너털웃음을 터뜨리며 짝, 배를 두드렸다.

"결정 났군! 아주 큰 사업이 되겠어!"

"바빠지겠군. 거참, 안 그래도 바쁜 시기인데 말이야."

호프만이 쓴웃음 짓으며 머리를 긁적거렸다. 중역 어른들 또한 쓴웃음을 지으면서도 「어쩔 수 없군」이라며 납득하는 분위기이다.

젊은이들이 환호를 내질렀다.

뭔가 엄청난 일이 벌어질 것 같다. 안젤린은 아직 머릿속에서 미처 정리가 안 됐는데도 일단 벨그리프의 손부터 잡아 줬었다.

젊은이들이 마구 떠들어 대는 동안에 퍼시벌과 카심이 슬쩍 다가왔다. 신참자가 너무 목소리를 높이면 대화가 오히려 복잡해질 것 같아 질문을 받아 대답할 때 이외에는 입을 다물었다고 한다. 어쩐지 조용하더라니. 안젤린은 혼자서 납득했다.

카심이 껄껄 웃고는 벨그리프의 어깨를 두드린다.

"하하, 이런 게 관록의 한마디인가. 벨이 말하니까 설득력이 있어."

"뭐, 불안하게 생각하는 마음은 모르는 바가 아니다만……. 평화로운 마을이잖냐, 여기는."

퍼시벌이 한마디 하고 머리를 긁적거렸다. 던컨도 고개를 끄덕인다.

"아무튼 젊은이들의 에너지는 억누르고자 해도 억누를 수 있는 게 아니지요. 그나저나 벨 님, 이제부터가 힘들 겝니다. 던전 관리에는 체계를 갖춘 조직이 필요하지 않겠습니까."

"가도가 정비되면 소문을 듣고 다른 모험가도 올 테지. 그런 녀석들에게 대응할 인력도 필요하군. 경우에 따라서는 숙소도 꽤 지어야 하지 싶은데."

"오호, 경기가 살아나겠군! 어쩌면 젊은 미인 아내 후보가 들어올지도 모르잖나."

"엘프일 테지?"

갑자기 장내가 웃음에 휩싸였다. 벨그리프는 난처해하며 머리를 긁적였다.

"헤헤헷, 게다가 소재 유통이라거나 토벌 의뢰에 딸리는 보상금 확보 문제도 생각해야지. 돈이 안 돌면 경제의 주축이 되기는 어림없어."

카심의 말에 벨그리프는 고개를 끄덕였다.

"그렇군. 자금원에다가…… 정보를 통합해서 던전의 위험도를 가늠해야 할 테고, 사실상 길드가 되는 건가. 누군가 통괄을 맡아줘야 할 텐데……."

퍼시벌이 흥, 코웃음 쳤다.

"네가 해라."

"……음?"

"맞네, 벨이 적임이지. 안 그런가? 케리."

카심이 거들었다. 케리가 웃음 짓고는 고개를 끄덕인다.

"아무렴. 이 안건이 통과되면 대표자는 자네에게 맡기자고 퍼시와 카심과 이야기가 되어 있었네. 잘 부탁하지, 벨."

"어, 아니, 갑자기……."

"아빠! 길드 마스터가 되는 거야?!"

안젤린은 흥분하며 넋 나간 벨그리프의 팔을 잡아당겼다. 벨그리프는 깜짝 놀라며 머리를 흔들었다.

"자, 잠깐만 기다려보게. 물론 협력이야 기꺼이 할 테지만, 나는 조직의 대표를 맡을 만한 그릇이 못 돼."

"모험가 파티라는 체계에서는 넌 확실히 중간이나 후방이 어울린다. 다만 길드처럼 조직의 수장을 맡기자면 나 같은 싸움꾼은 못 써먹지. 게다가 톨네라에서 쌓은 인망으로 봐도 너 이상의 녀석은 없다. 포기해라."

"아, 아니, 하지만……. 그, 그라함, 뭐라 말 좀 해보게. 자네가 오히려 적임 아닌가?"

묵묵히 서 있던 그라함은 드물게도 장난스러운 표정을 짓고 어깨를 으쓱였다.

"결정타를 때려 놓고서 책임은 내팽개치려 하다니 그대답지 않군……."

"억!"

호프만이 짐짓 화내는 얼굴로 벨그리프의 어깨를 두드렸다.

"이보게나, 벨. 자네의 말 한마디로 결정이 난 안건이야. 이제 와서 도망치겠다면 용서 안 하겠네."

"야, 약아 빠졌군! 뭔 말을 이렇게……. 약았어!"

몹시 허둥대는 벨그리프를 오랜 친구들이 웃으며 쿡쿡 찌른다.

예상외의 전개로 마무리되었으나 어쨌든 간에 나름대로 재밌다. 아니, 안젤린은 내심 상당히 기뻤다.

아빠가 길드 마스터라니, 정말 멋지잖아! 안젤린은 벨그리프의 등에 달라붙었다.

"멋있어, 아빠!"

"안제……."

"아빠, 나도 도와줄게."

"미토까지……. 아이고."

벨그리프는 결국 다 체념한 표정으로 한숨 쉬고는 쓴웃음 지으며 턱수염을 비비 꼬았다.

"……어쩔 수 없군. 하지만 내게 다 떠넘기진 말아주게나?"

"당연한 소릴. 소재 유통이나 상인과 교섭은 내가 담당하겠네."

케리가 곧장 대답하더니 웃는다. 확실히 이곳 톨네라에서 부농이라는 말을 듣도록 집안을 성장시킨 케리에게는 저런 업무가 적임이리라. 역할 분담을 적절하게 해서 전체적인 통괄을 벨그리프가 맡으면 된다.

그런 역할은 아빠가 가장 잘하는 일이니까. 안젤린은 자기 일처럼 가슴을 쭉 폈다.

128 산야에서 부풀어 오르던 꽃망울이

산야에서 부풀어 오르던 꽃망울이 일제히 벌어지며 이곳저곳에서 활짝 피어나고, 모두가 밭일에 한층 더 기운을 쏟는 시기가 왔다. 이미 봄맞이 축제도 코앞이었다.

눈이 녹아서 이곳저곳 지면에 얼룩이 졌다. 보리밭에서는 파릇파릇한 보릿잎이 햇볕을 잔뜩 받으며 무럭무럭 자라난다. 평원에는 눈 녹아 흐르는 시내가 다수 줄기를 이뤄 흐르고, 그것들이 강으로 합류하면 탁색을 띤 물이 꾸불꾸불 흘러 내려간다.

어린 풀들이 싹 틔운 마을 바깥의 평원을 벨그리프는 던컨과 둘이서 걷고 있었다. 서편에 커다랗게 구름이 걸려 있는 것 이외에는 새파랗고 맑은 날씨다.

"너무 마을과 가깝지 않게 고민을 해야겠구려."

"그러게나 말일세……. 하지만 멀면 관리가 어렵지. 마을에서 떨어뜨리겠다면 경비소라도 근처에 지어야 할 거야."

"흐음. 그건 그렇고 던전이란 게 건설할 수도 있나 봅니다. 본인은 아예 생각도 못 해봤습니다."

"나도 마찬가지일세. 뭐, 건설은 그냥 표현이지. 결국 마도구를 중심에 두고 마력을 발생시켜서 주변 환경을 바꾼다는 이야기니까 일종의 인공 마력 정체를 유발하는 셈인데……. 먹이를 두고 사냥감을 기다리는 방법과 거의 비슷하니까 아주 세세하게 조정할 수 있기를 기대하진 않는 게 좋겠지."

던전이라는 것은 마력이 짙은 장소에 생겨난다. 어떠한 작은 계기로 마력 결합체 따위가 만들어지면 그것을 중심 삼아서 주위의 환경이 변이하며 공간이 비틀리고 마수를 쏟아 내거나 불러들이거나 하는 식으로 던전의 형태가 갖추어진다.

중심이 되는 것은 마력의 결합체인 경우도 있고 강력한 마력을 가진 마수인 경우도 있다. 보스가 있는 던전이라면 후자가 많다. 그때는 보스를 토벌함으로써 마력이 흩어져버리면 던전도 무너지게 된다.

옛날부터 존재했으며 지금도 현역 모험가들이 탐색을 다니고 있는 던전은 보스가 없는 종류가 대부분이다. 저런 던전은 정기적으로 핵을 점검하고 관리한다. 마력에 의해 변화한 약초와 광석을 채굴하고 마수가 흘러넘쳐 나오지 않게 토벌을 실시한다. 또한 마수에게서 모피, 뼈, 고기, 이빨과 발톱 등 갖가지 소재를 채집 가능하다.

아직 던전이 사람의 지혜가 미치지 못한 마경이었던 시절에 그곳은 단순한 위협이 되어 사람들을 두려워하게 만들었다.

다만 지금은 다 지나간 옛날이야기. 대항책이 연구됨에 따라 수많은 실력 있는 모험가들이 마수와 던전을 단순한 위협이 아닌 것으로 몰아내었을 때, 던전은 모든 마력을 다하여 자원을 만들어주는 광산 비슷한 대상으로 바뀌었다.

아무튼 던전은 이제까지 자연 발생을 기다리는 것이 보통이었다.

물론 대마도사를 비롯한 많은 마법사들이 인공 던전을 만들곤 한다. 하지만 던전은 마력을 원동력으로 써서 유지되는지라 정작 마력을 어떻게 확보하느냐가 가장 중요한 과제였다.

용종 등 고위 랭크의 마수에게서 나오는 마력 결정을 핵으로 써서 던전 비슷한 구조물을 만들어 낸 사람도 있었지만, 아직껏 안정적인 단계에 다다르지는 못했다.

그런데 톨네라에는 미토라는 마력 발생 장치가 있다. 물론 미토가 던전의 최심부에서 머물러야 할 필요는 없고, 그라함이 정제한 마도구를 핵으로 써서 미토의 몸에 착용시킨 펜던트를 통해 마력을 보내주는 구조라고 했다. 어떤 의미로 던전의 보스가 던전 바깥에서 유지 관리를 하는 격인지라 가만 생각해보면 어쩐지 우습다.

거참, 기절할 노릇이군. 벨그리프는 수염을 비비 꼬았다. 불과 몇 년 전에는 상상도 하지 못했던 변화다.

마을은 금세 활기가 가득찼다. 새로운 건물을 건설하게 될 테니 나무꾼들도 의욕이 가득하여 숲에 나가고, 제재소에서는 이른 아침부터 어두워질 때까지 줄곧 소리가 들려온다. 목수들도 건물 설계를 궁리하느라 정신이 없다. 주점을 차려보고 싶었다는 둥 숙소를 운영해보고 싶었다는 둥 이런 이야기를 나누는 사람들도 있다.

던전이라는 새로운 변화는 대강 호의적으로 받아들여지고 있는 듯하다. 젊은이들은 의욕이 가득할뿐더러 케리 등 중역들도 마을의 발전은 바라 마지않을 것이다.

하지만 더욱 위쪽 세대의 노인들은 별로 달가운 기색이 아니라는 것도 분명하다. 좋게든 나쁘게든 톨네라밖에 알지 못하는 사람들은 바깥 세계에 대한 동경과 비슷할 만큼 공포도 또한 가지고 있다. 젊다면 동경이 이기고, 나이를 먹으면 공포가 이길 테지.

아무튼 수십 년이나 계속해온 생활이 불쑥 바뀐다고 생각하면 불안해지는 것도 당연한 반응이었다. 작년 숲의 소동이 영향을 줘서 마수에게 필요 이상의 두려움을 느끼는 사람도 있다. 애당초 불안정하며 목숨을 걸어야 하는 모험가라는 직업에 눈살을 찌푸리는 사람 또한 있었다.

그럼에도 강경하게 반대하는 주민이 없는 까닭은 내심 불안을 품었을지라도 역시 바깥 세계에 대한 동경이 있기 때문이려나.

"변화를 할 때 하더라도……. 가능한 한 온건한 게 최고이긴 한데 말이지."

가만히 중얼거렸다. 톨네라도 바꾸려고 하는 중이다. 다만 급격한 변화는 뒤처지는 사람을 다수 발생시킨다. 순응 가능한 사람은 괜찮다. 그래도 미처 적응하지 못한 사람을 아무렇지도 않게 외면하는 행동은 꺼림칙하다. 벨그리프는 그런 일은 생각하고 싶지도 않았다.

딱, 의족으로 자그만 돌을 찼다.

솔직히 말하면 아직 망설임이 있다. 그때는 찬성했으나 이렇게 실제 행동을 생각하는 단계까지 오면 자꾸만 고민하게 된다.

경제의 주축. 듣기에는 좋은 말이다. 다만 던전은 목숨을 걸어야 하는 현장이다. 안전을 확보할 수 있도록 힘쓰겠지만, 결국 절대적인 보장은 할 수가 없다. 가벼운 부상 정도라면 또 모를까, 누군가가 죽어 나가면 어떻게 해야 하는가 생각이 든다. 그게 아니더라도 큰 중상을 입는다면 밭일도 제대로 못 하게 된다.

자급자족이 기본인 톨네라에서 몸에 장애를 입는다면 매우 불리하게 작용한다. 지금이야 극복한 벨그리프도 힘든 시기를 보냈었다. 자신이 넘어설 수 있었더라도 다른 누군가 또한 가능하리라 단정 짓겠다면 경솔한 생각이다.

"……나에게는 안제가 있었으니까."

벨그리프는 크게 숨을 내쉬고 머리를 흔들었다.

어쨌든 간에 이미 수레바퀴는 돌기 시작했다. 어두운 가능성만 생각하자면 얼마든지 어두워질 수 있지만, 결코 어두운 미래가 전부는 아니라는 것도 확실하다. 새로운 변화는 항상 불안과 기대가 뒤섞인 채 찾아들기 마련이었다.

마을 주민들은 이것저것 즐겁게 상상과 이상을 이야기하며 들떠올랐지만, 막상 현실로 만들기 위해서는 많은 일들을 먼저 처리해야 한다. 하지만 이상 없이는 현실도 움직이지 않는다. 밭일 짬짬이 거창한 이상을 늘어놓거나 열을 올리며 이러쿵저러쿵 말을 주고받는 것은 자극적이고 즐거운 시간이었다. 단지 하루하루의 생활이 쭉 이어졌던 시골의 일상에 꽃이 피어난 것은 확실하다.

아무튼 간에 우선은 던전의 위치부터 결정해야 한다.

다만 이게 의외로 어려운 문제였는데 뭔가 사고가 발생했을 때 마을 주민들이 느낄 불안을 감안하면 가능한 한 마을에서 떨어뜨리는 것이 좋다고 주장하는 사람들과 새로운 산업으로서 건설하는 곳이니까 되도록 가까워야 편리하다고 주장하는 사람들. 둘로 갈라져서 좀처럼 결론이 나오지 않는다.

양쪽의 주장이 전부 나름대로 일리가 있는지라 입씨름으로 어떻게 결정하기에는 판단의 근거도 부족하고 교착 상태에 빠져들었다.

그래서 일단 이 문제는 제쳐 두고, 실제 부지를 보고 방침을 고민해보자는 말이 나왔다. 그래서 던컨과 둘이 마을의 바깥 둘레를 걸어 다니고 있는 중이다.

"……본격적으로 움직이기 전에 헬베티카 님께도 상담해야 할 텐데 말이야."

"분명 현 영주님이라 하셨지요?"

"음. 총명한 분이라네. 만약 던전이 만들어진다면 지금껏 그저 변경의 마을이었던 톨네라도 어쩌면 경제 거점 중 하나로 성장하지 않겠나. 그럼 영주님께 먼저 보고를 올리는 게 마땅할 테고."

"옳은 말씀이구려. 괜히 나중에 복잡해지면 좋을 게 없을뿐더러 무언가 좋은 지혜를 베풀어주실지도 모르잖소이까."

"눈도 대강은 녹았겠다, 조만간 보르도에 갈 필요가 있겠어……."

대화 나누며 걷는 동안에 마을의 입구 쪽까지 돌아왔다.

작년 중 시작됐던 가도 정비가 얼마간 진척된 터라 마을에서 조금 앞쪽까지는 길이 평탄하고 깔끔해졌다.

자신들이 바깥에 나가 있던 동안에 일이 꽤 진행됐구나 싶어서 벨그리프가 새삼 감탄하는데, 길 건너편에서 짐마차가 한 대 다가오는 광경이 보였다. 말 두 마리를 매단 포장마차다. 고삐를 쥔 인물이 커다랗게 손을 흔들었다.

"벨그리프 씨~."

눈에 힘주어 내다보니 이제 완전히 얼굴이 익은 청발의 행상인이었다. 싹싹하게 미소를 띠고 있다. 어라라, 놀라면서 마차가 다가오기를 기다린다.

마차 멈추는 시간도 답답하다는 듯이 뛰어내린 행상인은 벨그리프의 손을 쥐었다.

"벌써 돌아와 계셨네요. 틀림없이 몇 년은 걸리는 긴 여행이 되리라고……. 친구분과 재회하신 거예요?"

"예, 덕분에 이것저것 매듭을 지을 수 있었습니다. 그쪽도 무탈히 다시 와주셨으니 다행이군요."

벨그리프는 그렇게 말한 뒤 웃음 짓고는 마차 쪽으로 눈을 돌렸다. 말 두 마리가 끄는 커다란 마차에는 짐이 잔뜩 실려 있었다. 그 사이에 호위로 짐작되는 젊은 모험가 남녀 2인 일행이 신기하다는 표정을 짓고 쪼그려 앉아 있다.

"행상을 하러 오신 겁니까. 꽤 이른 시기군요."

"그러게 말이에요. 제가요, 이러니저러니 해도 톨네라가 꽤 마음에 들었거든요. 이제 곧 봄맞이 축제잖아요? 행상 겸 느긋하게 쉬다가 가고 싶었답니다."

들는 사람이 기뻐지는 말이군. 벨그리프는 웃음 짓고는 수염을 비비 꼬았다. 행상인은 던컨하고도 인사말을 나눈 뒤 생글생글 웃었다.

"던컨 씨도 잘 지내셨지요?"

"하하핫, 그때는 신세를 많이 졌소이다."

"건강하시니 다행이에요. 혹시 안젤린 씨도 계신가요?"

"예, 다들 같이요. 마리도 있습니다."

"와아, 떠들썩하네요. 우후후, 이것저것 많이 가져왔으니까 다 같이 찬찬히 보다 가세요……. 아, 맞다. 보르도의 헬베티카 님께서 말을 전해달라시던데요……. 촌장님 앞이지만 벨그리프 씨라면 말해드려도 괜찮겠죠?"

"예, 제가 전해드리지요……. 헬베티카 님께서요?"

"맞아요, 맞아요. 조만간에 한번 방문할 테니 잘 부탁드리겠다고 하셨어요."

"오호, 때마침."

아주 신기하게 날짜가 맞아떨어지는군. 벨그리프는 눈웃음을 지었다. 아무튼 마침 잘되었다. 헬베티카도 함께 던전의 이야기를 할 좋은 기회다.

여행상인은 웃으며 모자를 고쳐 쓰고는 또 폴짝 마부석에 뛰어올라서 고삐를 쥐었다.

"광장으로 갈 테니 꼭 와주세요. 이것저것 덤 드릴 테니까요!"

"하하하, 감사합니다. 조금 있다가 꼭 찾아뵙겠습니다."

마차가 다시 출발해서 마을 안으로 들어간다. 눈치 빠른 아이들
이 행상인 왔다, 행상인 왔다, 소리를 친다. 마차 안에서 목소리
가 들렸다.

"저 사람은 누굽니까?"

"벨그리프 씨예요. 『적귀』라고 말하면 알죠?"

"……어, 설마, 『흑발의 여검사』를 키웠다는?"

"맞아요, 맞아요. 게다가 안젤린 씨도 고향에 돌아와 계신다니
까 아마 나중에 만날 수 있겠네요."

"어, 어떡하지. 분명 여행을 가서 톨네라에는 없다고……. 긴장
되는데."

올펜이나 보르도 주변의 모험가일 테지. 부재중이라는 말을 들
었던 거물을 마주하고 허둥거리는 것 같았다. 확실히 전이 마법으
로 직접 톨네라에 돌아왔으리라 상상하는 사람은 아마 없을 것이
다. 안젤린과 친구들이 올펜에 돌아갈 때 길드의 사람들에게도 소
식을 전해달라고 부탁해야겠군. 벨그리프는 머리를 긁적였다.

던컨이 재미있다는 표정을 짓고 말했다.

"벨 님도 명실공히 완전한 유명인이시구려."

"하하하……."

어쩐지 『적귀』라는 호칭에 조금 익숙해진 기분인지라 벨그리프
는 자신에게 쓴웃음을 지어주고 허리에 찬 검의 위치를 고쳤다.

"우리도 돌아가세나."

"그러시지요. 본인도 나무꾼의 막사에 가봐야겠군."

"목재 수요가 높아졌으니……. 많이 바쁜가?"

"하하핫, 한가해서 할 일이 없는 신세보다야 낫지요. 하루하루가 충실합니다그려."

그렇게 던컨과 헤어진 뒤 집에 돌아오자 마당에서 안젤린과 식구들이 빨래를 널고 있었다. 우물 쪽에서는 아넷사와 마르그리트가 무엇인가 하고 있다. 쓱 살펴보니 바구니나 소쿠리를 씻고, 나이프 따위를 갈고 있었다. 다른 사람들은 각자 여기저기에 외출한 것 같다.

"아, 다녀오셨어요, 아빠."

"그래, 다녀왔단다."

빨래 바구니를 안아 든 사티는 살짝 어리둥절하는 표정을 지었다.

"잘 다녀왔어? 어때? 괜찮은 장소는 좀 찾았고?"

"딱히 뭐라고 말을 못 하겠군. 뭐, 막상 장소를 결정해도 그다음이 더 큰일이겠지만."

"그냥 시골살이였을 텐데 이런 곳까지 모험가 생활이 쫓아올 줄이야……."

사티는 뭔가 진지하게 말했다. 안젤린이 고개를 갸웃거린다.

"엄마는 싫어……?"

"이제 와서 모험에 불탈 나이는 아니잖니. 아, 그래도 길드를 진짜 운영하려면 접수원이 필요하겠구나. 내가 담당하게 되려나?"

"마을 아가씨들도 맡고 싶어 할 테지만……. 아마도 처음에는 네가 맡아주는 게 좋겠지. 이것저것 돌아가는 사정도 잘 아니까."

"엘프가 접수원이라니, 진짜 순식간에 소문이 퍼지겠네요."

건너편에서 아넷사가 웃으며 말했다.

"엄마, 인기인 되겠네……."

"그럼 좀 곤란한데. 벨 군이 되게 질투할 거야."

웃으며 말한 뒤 모녀가 같이 킥킥거린다. 벨그리프는 머리를 긁적였다.

"그나저나, 자주 오시던 행상인분이 또 오셨더군."

"파란색 머리? 와, 어떡해……. 가봐야겠네."

톨네라는 겨울 중 행상인이 오지 않는다. 따라서 초봄에 찾아오는 행상을 마을 주민들은 즐겁게 기다린다. 안젤린도 옛날부터 그랬다. 지금 와서도 도시의 가게를 돌아보며 물건을 살 때와는 다른 즐거움이 있다.

"갔다가 와도 돼……?"

"응, 이제 거의 다 널었으니까. 다녀오렴."

"아! 잠깐만 기다려! 나도 간다, 나도 간다."

나이프 연마를 다 마친 마르그리트도 일어섰다. 아넷사도 끌려가며 여자아이들이 요란하게 외출을 하자 남겨진 벨그리프와 사티는 얼굴을 마주 바라봤다.

"젊은 애들은 기운 넘치네."

"그렇군."

"벨 군, 여기 잠깐만 도와줄래?"

"그래, 알았어……. 콩에 버팀목을 세워줘야 할 텐데, 끝나면 손이 좀 비나?"

"괜찮아. 벡이랑 이따가 도와달라고 하자."

"음, 그렇게 하지. 아이들은 집에 있고?"

"뭔가 난로 주변을 치워주고 있더라. 부지런하다니까, 우리 집 아이들은."

대화 나누며 사티는 킥킥 웃었다. 벨그리프도 따라 웃는다. 이런 생활이 시작된 지 아직 반년도 지나지 않았는데 어쩐지 무척 옛날부터 이렇게 살아왔던 것 같았다.

○

야쿠모가 행복한 표정으로 연기를 피워 올리고 있다. 한동안 꺼내서 쓸 수가 없었던 담뱃대에 불이 붙고, 줄기를 이룬 연기가 똑바로 올라가다가 도중에 흔들거리며 흩어졌다. 거의 감격과 비슷한 한숨에 실려 연기가 쏟아진다.

"아……. 새록새록 맛있구나."

"꽤 오래 금연을 당했잖아, 헤헤헷."

"거참, 봉변이었네. 아니, 아무튼 덕분에 이 녀석의 맛을 떠올릴 수 있었군. 타성에 젖어 피우던 때보다 훨씬 맛있어."

"그거 잘됐군."

모험가가 되고 싶다며
도시로 떠났던 딸이 S랭크가 되었다 10권
©2021 by MOJIKAKIYA, toi8
EARTH STAR Entertainment Co., Ltd.

"카심 씨도 한 대 어떠신가?"

"나는 됐어. 퍼시는?"

말린 고기를 맛보고 있었던 퍼시벌이 고개 돌렸다.

"뭐라고?"

"담배."

"이 녀석아……. 내 목 상태를 알면서 하는 말이냐."

"아, 맞다. 까먹었네. 요즘은 별로 기침을 안 하니까 잊고 있었어."

"거참, 덜렁이 자식……. 뭐, 확실히 요즘은 상태가 괜찮긴 하군."

공기 덕분인가? 퍼시벌이 농담조로 말했다.

밭일 짬짬이 젊은이들은 검과 마법 단련을 하고 싶어 한다. 초봄의 갖가지 일거리로 바쁜 벨그리프를 대신하여 퍼시벌과 카심이 교사 역할을 맡아주었다. 오늘도 광장에서 수업을 하던 중 행상인이 와서 중단되었던 참이다. 야쿠모와 루실, 밀리엄도 구경할 겸 같이 나왔다.

톨네라에서 나가본 적 없는 젊은이들은 태연한 낯빛으로 두 사람에게 가르침을 받고 있다. 하지만 장소, 지역만 조금 달리하면 터무니없이 비싼 수업료를 치러서라도 제자 입문을 요청하는 사람이 나타날 만한 걸물들이다. 오히려 차마 엄두가 나지 않아서 가르침을 청하지 못한 채 주춤거리는 사람이 더 많을지도 모른다. 동업자라면 더더욱 S랭크 모험가는 쉬이 다가가기 어려운 존재로 인식되는 법이다.

다만 젊은이들은 딱히 주저하는 기색이 없다. 뛰어난 실력을 가진 모험가라기보다는 벨그리프의 오랜 친구라는 신분이 더 앞쪽에 서는 톨네라 특유의 광경이다.

말린 고기 등 건조 과일을 산 퍼시벌은 카심과 함께 조금 떨어진 곳의 바닥에 앉았다.

"눈이 녹으니까 분위기가 확 달라지는군."

"그러게 말야. 나도 작년에는 이맘때 왔어. 이제부터 산도 들판도 단박에 녹색으로 물들 거야."

"그거 괜찮군. 온통 하얀색이라 슬슬 질리던 참이다."

"……퍼시는 언제까지 톨네라에 있을 생각이야?"

"결정은 아직 안 했다만. 또 여행을 가긴 갈 거다. 그 검은 마수를 찾아내야 하니까."

"그렇게 말할 줄 알았어."

"뭐, 당분간 던전 관리를 도우며 상황을 봐야 할 테지만……. 너도 올 테냐?"

"글쎄, 어떻게 할까……. 어쨌든 톨네라에 아예 눌러살 생각은 없지만 말야."

"흐흐, 만사에 여자가 있다고 했던가."

"그렇지, 뭐. 벨과 사티를 봤더니 나도 시에라를 만나고 싶어졌어."

"네 인생이다. 네가 원하는 대로 해라……. 그나저나 벨도 사티도 낯빛이 너무 태연하니 재미가 없군. 이봐, 야쿠모. 너도 같은 생각일 테지?"

어느 틈인가 옆쪽에 와 있던 야쿠모는 입으로 연기를 뱉어 내면서 대답했다.

"뭐, 비슷하네. 한데 벨 씨가 사티 씨와 끈적하게 붙어 다니면 그건 또 은근히 무서울 것 같네만……. 애당초 우리가 잔뜩 더부살이를 하는 탓 아닌가?"

"그건 그거고 이건 이거지."

카심이 짝, 손뼉을 쳤다.

"이제 곧 봄맞이 축제가 있는데 말야, 거기서 깜짝 결혼식이나 올려줄까? 두 녀석에게는 비밀로 하고. 사람들 다 쳐다보는 와중에 끈적끈적 붙여주자. 그럼 확 가까워질걸."

"그거 괜찮군. 안제랑 다른 녀석들도 끌어들이자고."

그때 호랑이도 제 말 하면 온다더니 안젤린이 마르그리트와 아넷사를 데리고 다가왔다.

"오, 북적이네……."

"야~ 내 몫도 챙겨 놔라~!"

마르그리트는 노점 앞으로 달려가서 사람들 틈에 뛰어들었다. 「애가~ 새치기하지 마~」라는 밀리엄의 목소리가 들렸다.

저곳에 자신까지 끼어들면 난리 나겠다고 생각했는지 안젤린은 잠시 발걸음을 돌려서 퍼시벌과 카심이 있는 곳으로 왔다. 아넷사는 재미있다는 표정을 지은 채 노점 앞 떠들썩한 광경을 바라보고 있다.

퍼시벌은 건조 과일을 입에 던져 넣었다.

"뭐냐, 왔냐."

"퍼시 아저씨, 벌써 뭔가 산 거야……?"

"먹을 테냐."

"응."

안젤린은 퍼시벌과 카심의 사이에 끼어들어서 앉고는 건조 과일을 야금야금 베어 먹었다. 카심이 중절모자를 고쳐서 썼다.

"벨이랑 사티는?"

"집에. 부부끼리 오붓하게……."

"잘했다, 이 녀석. 한데 말이야, 이 녀석들 전혀 진전이 없잖냐. 그래서 봄맞이 축제 때 깜짝 결혼식을 올려주자고 퍼시랑 얘기하던 중이었는데."

"더 자세히."

안젤린은 좋아하는 먹이를 눈앞에 둔 짐승처럼 재빨리 덤벼들었다. 카심이 껄껄 웃는다.

"과연 반응이 빠르구나. 암튼 당사자 두 명한테는 당일까지 비밀로 하고 말이야, 주위에서 우와~ 박수 쳐주고 축하해서 분위기도 띄우고, 신부님 모셔다 놓고 정식으로 사랑의 맹세를 시키는 거다. 재미있겠지?"

"재밌겠네. 게다가 분명 아빠랑 엄마도 기뻐할 거야."

"그렇지? 그러니까 너도 마을 주민들한테 쭉 몰래 얘기해줘라. 네가 얘기하는 게 빠를 테니까."

"알았어……. 비밀 작전……. 후후, 아빠랑 엄마랑 같이 놀라겠네."

"뭐, 나도 둘이서 얼굴 빨개져서 우물쭈물하는 꼴을 보고 싶은

거다. 지금처럼 신혼답지 않게 담담하면 놀리는 보람이 없잖냐."

"퍼시…… 너, 동기가 너무 불순하지 않아?"

"왜 불쑥 혼자서 착한 아이 행세질이야. 네 녀석 뱃속도 똑같을 텐데."

카심이 얼버무리려는 듯이 어깨를 으쓱거리곤 웃었다. 안젤린은 헤죽 입꼬리를 끌어 올렸다.

"장난꾸러기구나, 퍼시 아저씨……."

"맞다. 옛날에도 벨을 많이도 놀려 먹었지. 이 녀석도 한패다."

"사티도 한패였는데? 그래도 벨은 대체로 웃으면서 용서해줬지만."

"그래도 반응이 재미있었잖냐. 숙소 침상에 귀뚜라미를 집어넣었을 때 기억나나? 이불에 다리를 넣은 벨이 엄청난 기세로 벌떡 일어나서 식은땀 흘린 건 아주 걸작이었지."

"사티도 우리랑 같이 배를 붙잡고 웃었잖아. 너무 웃어서 옆방 녀석이 찾아와 고함질렀을 때는 놀랐지만."

안젤린이 눈을 끔뻑끔뻑했다.

"넷이서 같은 방 썼어?"

"딱 한 번이지만. 신출내기가 원정 의뢰를 받아 나가면 혼숙용 방에서 자는 법이다만, 사티는 엘프잖냐? 수작 부리는 놈이 쓸데없이 많았어. 그래서 한 번은 지긋지긋하니까 좀 비싸도 돈을 각출해서 개인실을 빌린 때가 있었지. 침대에서 잘 녀석은 제비뽑기로 정하고, 꽝 나온 녀석은 바닥에서 침낭을 쓰고……. 그렇게 묵을 생각이었는데 말이다."

야쿠모가 눈에 웃음을 지었다.

"같은 파티라고는 하나 한창때 남녀가 한 방에서 말인가…….
실수를 저지르지는 않았던 겐가?"

"끝까지 다 들어라. 아무튼 간에, 쳐들어온 옆방 녀석을 쫓아내
고 잠이 달아났으니까 가볍게 방 안에서 술을 마셨는데 사티가 먼
저 잠들어버렸지. 술 때문에 피부가 살짝 분홍색으로 물들었지,
옷이 반쯤 흐트러져서 묘하게 요염하고……. 그렇게 수상쩍은 분
위기가 될 뻔했다."

"어우……."

뺨을 붉히며 숨을 멈추는 안젤린을 보고 퍼시벌이 입에 미소를
띠었다.

"뭘 기대하는 거냐, 이 녀석아."

"따, 딱히……?"

머뭇머뭇하는 안젤린을 보고 퍼시벌은 큭큭 웃었다. 그러다가
목에 무언가 걸렸는지 얼굴을 찌푸리며 향주머니를 입가에 가져
다 댔다.

"……기대를 이뤄주지 못해서 유감이다만 아무런 일도 없었다.
술기운도 거들어서 머리가 마비될 뻔했다만, 뭔가 어색해져서 말
이지……. 결국 남자들 셋이 사티를 놔둔 채 방을 뛰쳐나가서 혼
숙용 방에 들어가 잤다. 그랬지?"

"맞아, 맞아. 그래서 다음 날 아침 혼숙용 방 사용료도 내라는 말
에 사색이 돼서 개인실에 쓴 돈과 상쇄하자고 교섭했는데 방 하나

를 쓴 사실은 달라지지 않으니까 결국은 다 지불하는 처지가 됐지."

"뭔가, 시시한 결말이군. 겁쟁이들 같으니라고."

야쿠모가 껄껄 웃었다.

"정말 시시한 얘깃거리가 잔뜩 넘치네. 가난했던 게 이런 이유 때문이었을지도 모르겠어."

"글쎄, 그런가? 뭐, 그때도 나름 재미있었지. 자유가 제한되는 만큼 머리를 쥐어짜서 어떻게든 방법을 찾았잖냐. 지금은 상상이 잘 안되는군."

퍼시벌은 향주머니를 집어넣은 뒤 눈빛이 조금 아련해졌다. 돈을 벌고자 하면 얼마든지 벌어들일 수 있고 모험가의 명성도 널리 떨치게 된 지금은 굳이 기발하게 머리를 굴려야 할 상황이 거의 사라져버렸다. 신출내기 무렵처럼 적은 돈을 잘 변통해서 되도록 싼 가게를 찾아 돌아다니거나 에누리 교섭에 신경을 쓰지 않아도 지갑에서 금화를 꺼내 건네면 그냥 끝이다. 안젤린도 동의하며 고개를 끄덕거렸다.

야쿠모가 연기를 뿜어냈다.

"S랭크 모험가는 치사하군……. 나는 편안한 게 좋다 생각하네만."

"편하긴 편하다만……. 뭐, 나는 뭐가 더 좋다고 말을 못 하겠군."

"아주 복에 겨운 소리네. 헤헤헷."

"뭐, 아무튼 간에 두 녀석을 예전처럼 벽창호로 가만 놔두면 재미가 없단 소리다. 리더로서 도저히 간과할 수 없군."

그때 술병을 든 마르그리트가 희희낙락하며 다가왔다.

"안제, 난 이번에도 저 녀석한테 올펜까지 태워달라고 했다! 아네랑 미리도 똑같은 말 하던데. 너도 같이 갈 거지?"

"아, 그렇구나……. 응, 그러는 게 제일 간편하겠네."

청발의 행상인은 이제 꽤 친한 사이다. 마차를 얻어 타면 마음도 편하고 좋다. 그런데 인원이 많아 다 탈 수 있으려나? 안젤린은 잠깐 고개를 갸웃거렸다. 뭐, 나중에 직접 물어본 다음에 생각하면 된다.

"넌 그거 뭘 산 거야?"

카심이 물었다.

"증류주다. 오랜만에 마음껏 센 술을 마실 수 있겠어."

퍼시벌이 마르그리트에게 손짓했다.

"그래, 여기 좀 와봐라, 술주정뱅이. 너도 공범자가 돼라."

"어, 뭔데, 뭔데. 뭘 꾸미는 거냐?!"

마르그리트는 곧장 달려와서 봄맞이 축제를 목표로 하는 계략을 듣더니 한껏 의욕을 나타냈다. 이런 장난을 무척 좋아하는가 보다.

대강 상품을 둘러보고 온 아넷사와 밀리엄에 루실도 끼어서 이야기는 몹시도 들떠 올랐다. 이렇듯 벨그리프가 알지 못하는 곳에서 소녀들과 오랜 친구들이 꾸민 계략은 차근차근 형태를 갖춰 나가고 있었다.

129 회색이었던 지면이 싹 틔우는 풀에

회색이었던 지면이 싹 틔우는 풀에 뒤덮여서 초록색으로 물들었다. 바람에 흔들리고 햇살을 반사할 때마다 깜빡깜빡 하얗게 빛난다. 그게 수많은 가닥의 줄기를 이루어서 바람 방향을 따라 파도처럼 흘러갔다.

한 차례 밟혔던 보리의 잎이 다시 일어나서 하늘을 향해 무럭무럭 자라나고 있다. 겨우내 눈의 무게에 눌리며 버티다가 봄을 맞이하여 뿌리를 뻗고, 그렇게 충분히 다리를 디딘 이후에 힘껏 자라서 발돋움하고자 애쓴다.

평원의 하얀 점점은 양들이었다. 양들이 드디어 평원에 풀려나와서 파릇파릇 돋아난 풀을 입속에 잔뜩 욱여넣었다. 겨울 동안은 마른풀만 먹어야 했던 양들에게 싱싱한 풀은 무엇보다도 맛있는 진수성찬이다.

봄맞이 축제를 다음 날로 앞두고 있는 지금은 보리밟기가 끝났고 감자와 고구마 심기도 마쳤다. 이제는 축제 준비로 모두들 눈코 뜰 사이가 없다.

봄맞이 축제는 가을 수확제와는 달리 마을 주민들만의 내부 행사다. 그럼에도 소수의 손님은 온다. 특히 눈 녹은 북쪽 지방에 상품을 가지고 오는 행상인들이 일정 수 되는지라 광장에는 그들의 노점이 다수 늘어서 있었다.

그 장소의 안쪽에서 봄맞이 축제 때 대접할 요리 준비가 진행 중이다. 큰 냄비를 꺼내다 놓고 뿌리채소와 산나물도 모아다 놓고 껍질을 벗기거나 깨끗하게 씻는 등 재료 준비를 진행한다.

요리 솜씨가 좋은 집에서는 말린 과일을 넣어 달콤한 빵 반죽을 치대고 있고, 젊은이와 아이들이 강가에 물고기를 낚으러 간다. 늙은 염소와 양을 몇 마리 도축하고, 큼지막한 사과주 통도 꺼내 왔다.

긴 겨울나기를 무사히 마쳤다는 감사와 축하의 자리이다. 식자 재는 가을만큼 풍부하지는 않지만, 그럼에도 맛있는 음식들이 쭉 놓인다. 모두가 즐겁게 내일을 기다리며 겨울 이후의 일거리를 끝 내기 위해 온 힘을 쏟는다.

힘 쓰는 노동에는 젊은이들이 의욕 가득하기 때문에 벨그리프 와 사티는 마을의 아가씨, 아주머니들 틈에 섞여서 뿌리채소의 껍 질을 벗기고 있었다. 겨울 중 흙 속에 보관해 놓은 감자 따위는 상한 것도 많은지라 꼼꼼히 골라내면서 먹을 수 있는 부분을 잘 보고 모아 놓아야 한다.

안젤린과 친구들은 산에 산나물을 캐러 나갔다. 퍼시벌과 카심 은 다른 장소에서 뭔가 숙덕숙덕하고 있다. 야쿠모는 낚시를 하러 갔다. 루실은 마을의 연주 솜씨가 좋은 사람들과 소리를 맞춰보며 놀고 있다. 아이들은 그라함이 다 데리고 돌봐주는 것 같았다.

감자 껍질을 벗기며 사티가 말했다.

"스튜랑 보리죽이구나."

"맞아. 다른 메뉴는 물고기와 고기구이와 달콤한 빵이지."

"멋지네. 맛있는 식사에다가……. 행상인분들이 이것저것 가지고 와주시기도 했고."

증류주와 이웃 마을 로디나의 돼지고기, 소금에 절인 바다 물고기 등등 평소에는 좀처럼 먹지 못하는 음식이 나온다는 것도 기쁘다. 다만 소금절임 멸치에 당황했던 경험이 있는 벨그리프다. 발효된 소금절임을 잘 요리하기가 어려웠다. 기껏해야 맛국물과 짠맛을 동시에 내기 위하여 조미료로 쓰는 정도다.

그건 그렇고 예전에는 요리 솜씨가 참 난감했던 사티가 익숙한 손놀림으로 재료 준비를 한다는 게 어쩐지 재미있어서 벨그리프는 자꾸만 옆을 쳐다봤다. 콧노래를 흥얼거리며 감자 껍질을 벗기던 사티가 시선을 알아차렸는지 눈을 올려 뜨면서 어리둥절히 고개를 갸웃한다.

"……왜?"

"아니, 정말 요리 솜씨가 늘었구나 싶어서, 그냥."

"어휴, 또 그런 소리를 하네. 내가 만든 식사를 벌써 몇 번이나 먹었는데 자꾸 이럴 거야?"

"하하하, 미안, 미안해. 아무래도 옛날 인상이 강해서."

"그래그래, 빨리 끝내버리자. 알았지?"

사티가 그렇게 말하자 주변에서 마을 아가씨와 아주머니들이 쿡쿡 웃었다.

"맞아, 맞아. 빨리 둘이서 놀게 보내줘야지."

"벨 아저씨가 아내한테 푹 빠진 모습을 보면 재밌지만."

"정말로, 설마 벨이 말이야. 나는 아직도 믿기질 않아."

"사티 씨, 좋은 남자를 낚아챘구나."

"흐흥, 그렇지? 자랑스러운 서방님이야."

사티는 장난스럽게 웃음을 띠고 벨그리프에게 윙크했다. 벨그리프는 살짝 뺨을 붉힌 채 머리를 긁적였다. 역시나 옛날부터 사티는 당할 수가 없다.

감자 손질을 대강 마칠 무렵에 안젤린과 소녀들이 바구니에 산나물을 한가득 담아 돌아왔다. 나무와 풀의 새싹, 뿌리줄기와 꽃봉오리 및 버섯 등등 먹을거리는 많다.

"다녀왔어요!"

"어서 와~. 굉장하네, 되게 열심히 캐 왔구나."

"흐흥, 진수성찬을 위하여……."

"어라? 마리는 어디 갔어?"

"아직 숲에 있어……. 꼭 곰보버섯을 캐서 돌아오겠대."

"흐음……. 뭐, 마리라면 걱정 없겠네."

엘프가 설마 숲에서 헤맬 리 없는 데다가 마르그리트의 실력이라면 마수가 나타나도 격퇴할 수 있다. 열심히 맛있는 버섯을 찾아 캐 오면 좋겠다고 바랄 뿐이다.

"어떻게 할까요? 일단 씻어서 다시 가져오는 게 좋겠죠?"

바구니를 든 아넷사가 물었다. 벨그리프는 고개를 끄덕였다.

"그렇구나. 먼저 씻어서…… 조금 빼내서 오늘 점심 식사에 쓰자꾸나."

"그럼 일단은 전부 씻어서 다음에 나누면 되겠다냥~. 아네, 가자."

"응. 잠깐 다녀올게요."

아넷사와 밀리엄은 바구니를 들고 우물가로 걸어갔다. 안젤린은 이쪽 작업을 돕겠다며 원 안에 끼어들었다. 그렇게 여성들만의 떠들썩한 잡담을 즐기며 손을 움직인다. 그곳에 단 한 명 수염 덥수룩한 남자가 섞여 있다는 게 묘하게도 우스운 광경이었다.

온 마을의 아주머니와 아가씨들이 모여 있어서 일 속도는 빨랐지만, 그럼에도 양이 양인지라 아침부터 시작했는데도 재료 다듬기에 점심 무렵까지는 걸린다. 그다음은 채소와 고기를 푹 끓여서 하룻밤 재워 놨다가 다음 날 온종일 먹을 것이다.

냄비에 재료를 다 집어넣고 아래에 이글이글 불을 피우기 시작했을 때 수많은 발소리와 마차 바퀴 구르는 소리가 났다. 눈을 돌리자 보르도 가문 문장을 새긴 마차가 다가오는 광경이 보였다. 마을 주민들이 영주님이다, 영주님이다, 떠들고 있다.

"벨그리프 님!"

마차 멈추기를 가만히 기다릴 수 없다는 모양새로 헬베티카가 뛰어내려서 달렸다.

"언니! 잠깐만요!"

그 뒤에서 셀렌이 허둥지둥 몸을 내민다. 예상하지 못했을 자매의 행동에 마부가 몹시 당황하며 마차를 급정거시켰다. 다만 헬베티카는 전혀 개의치 않고 벨그리프에게 달려와서 손을 꼭 붙잡았다.

"설마 이쪽에 돌아와 계실 줄은 몰랐어요! 여행을 떠나신 게 아니었나요?"

"하하, 사실은 생각보다 빨리 목적을 달성해서 말입니다. 헬베티카 님게서도 무탈해 보이시니 다행입니다."

"감사합니다. 아앗, 안젤린 님. 여러분도 잘 지내셨지요?"

"헬베티카 씨, 오랜만……. 여전하구나."

안젤린도 헤죽 웃으며 헬베티카와 악수했다.

"언니, 위험한 짓 하지 말아주세요."

셀렌이 어처구니없다는 표정으로 다가왔다. 그러나 헬베티카는 기죽지 않고 웃는 얼굴로 돌아다봤다.

"그치만 이렇게 만나게 될 줄은 몰랐단 말야. 셀렌은 기쁘지 않니?"

"기쁘지 않을 리 없잖아요. 하지만 움직이는 마차에서 뛰어내리다니요."

"어머, 달리는 말에서 뛰어내린 너는 어떻고?"

"으윽…….."

셀렌은 분한 듯 뺨을 발갛게 물들였다. 혹시 말괄량이 기질은 보르도의 피가 발현시키는 특징이 아닐까. 벨그리프는 미소 짓고는 셀렌에게 인사했다.

"셀렌 님께서도 잘 지내셨습니까."

"으으……. 네, 여전히 휘둘리고 있네요."

셀렌은 주뼛주뼛 손가락을 마주 댔다. 안젤린이 킥킥 웃고는 셀렌의 어깨를 끌어안았다.

"사이좋구나, 멋져……. 사샤는?"

"작은언니는 다른 지역을 순찰하러 가셨어요. 초봄은 이래저래 할 일이 많으니까요. 분담해서 다니거든요."

"그래도 모든 마을과 도시를 돌아보기는 어렵답니다. 작년에 이곳에 오지 못했으니까 올해는 꼭 와야겠다고 생각했죠!"

헬베티카는 그렇게 말한 뒤 벨그리프의 팔을 잡았다.

북부의 겨울은 제법 혹독하다. 지역에 따라서는 겨울이 끝나기 전에 비축한 식량이 바닥나서 굶주림에 고통받는 마을도 있다. 그런 위기가 발생하지 않도록 초봄에는 이곳저곳을 직접 방문하는 것 같다. 몸소 여러 마을의 상황을 확인하며 적절한 조치를 취할 것이다.

그건 그렇고 영주가 직접 다닌다는 게 드문 이야기이기는 하나 이렇듯 굳이 영주가 얼굴을 보여주는 노력은 보르도 영지에서 헬베티카가 가진 경이적인 인망으로 연결될 테지.

헬베티카는 희색을 띠며 얼굴에 활짝 웃음을 지으면서도 주위를 둘러보다가 사티에게 눈이 멈췄다.

"저기에 계신 엘프분은 『팔라딘』의 관계자이신가요?"

"아뇨, 저 사람은 사티라고 합니다만."

"울 엄마……."

안젤린이 끼어들었다. 헬베티카는 어머, 고개를 갸웃한다.

"어머…… 그 말씀은……?"

"……부끄럽게도 제 아내입니다."

벨그리프는 쑥스러워하며 답했다. 헬베티카는 눈이 똥그래졌다. 셀렌이 놀라며, 다만 어쩐지 살짝 흥분하며 몸을 내밀었다.

"벨그리프 님, 결혼하신 거예요? 정말 축하드려요!"

"감사합니다. 저도 아직껏 도무지 실감이 안 드는 처지입니다만……."

불현듯 팔에 무게가 실리는 터라 벨그리프는 눈을 돌렸다. 헬베티카가 화난 사람처럼 발갛게 물든 뺨을 볼록거리며 물기가 어린 눈매로 얼굴을 뚫어져라 보고 있었다. 벨그리프의 팔을 있는 힘껏 끌어안는 것이 마치 떼쓰는 아이 같았다.

"너무해요! 제가 바쁘게 일하는 틈에 다른 상대를 데려오다니요!"

"아, 아뇨, 헬베티카 님?"

"흐응~ 벨 군. 되게 젊은 아가씨를 데리고 있었구나. 호색한."

사티가 히죽히죽하며 등을 쿡쿡 질렀다. 묘하게 여유가 있는 태도인지라 오히려 무서워서 벨그리프는 황급히 고개 돌린다.

"아니, 아니야. 나는 거리끼는 행동은 하지 않았어."

"너무해! 키스까지 했는데! 그냥 놀이였나요!"

"자, 잠깐만요, 헬베티카 님! 단순히 뺨에 해주셨을 뿐이고, 놀이라는 게 아니라."

벨그리프가 당황한다. 헬베티카는 화낸다. 안젤린과 사티는 히죽히죽 웃는다. 구경하는 여인들은 마구 웃고 있다.

수습은 안 되고 자꾸만 난처해지던 중 셀렌이 헬베티카의 목덜미를 움켜잡았다.

"언니, 적당히 좀 하세요!"

"그치만…….."

헬베티카는 잔뜩 토라진 아이처럼 입을 삐죽거렸다. 셀렌이 기막혀하며 한숨을 쉰다.

"그런 표정 지으셔도 소용없어요. 애당초 처음부터 아예 상대를 안 해주시는 입장이었잖아요."

"으으……. 경쟁 상대가 없다는 생각에 너무 여유를 부렸던 게 실수였어요……. 흐읏."

헬베티카는 두 손으로 얼굴을 덮었다. 그 어깨를 안젤린이 안아줬다.

"울 엄마는 전에 얘기했던 아빠의 옛날 동료야……. 쌓은 세월이 달라, 후후."

"……그랬군요. 서로에게 정말 일편단심이었네요."

"괜찮아……. 헬베티카 씨라면 금방 멋진 남자와 만날 거야."

"어째서 기뻐하며 말씀하시나요, 안젤린 님……. 아아, 어쩌면 좋아."

헬베티카는 포기한 듯 거하게 숨을 내쉬고 절레절레 머리를 흔들었다.

"확실히 지금 떼쓰고 투정 부려도 아무 소용이 없겠죠……. 벨그리프 님, 사티 님, 정말 잘됐어요. 축하의 말씀을 드리겠습니다."

"아, 송구합니다."

벨그리프는 살짝 안도하며 머리를 수그렸다. 사티는 키득키득 웃는다.

"후후, 감사합니다. 그런데 벨 군을 점찍어 두시다니 안목이 높네, 영주님."

"네, 사람을 보는 안목만큼은 있다고 자부한답니다."

"그래도 안 줄 거예요."

"네, 상관없답니다. 안 주셔도 알아서 데려갈게요."

"흐음? 되게 당돌한 분이네요."

"후후, 이래 보여도 집착이 강한 편이라서요."

평소 기세를 되찾은 헬베티카와 여전히 태연자약하게 받아치는 사티가 둘이 무언가 무시무시한 대화를 나누고 있다. 벨그리프의 얼굴에서 핏기가 가시던 때에 퍼시벌과 카심이 다가왔다.

"뭐냐, 떠들썩하군. 밥은?"

살았다. 안심한 벨그리프는 표정을 누그러뜨리며 대답했다.

"지금 준비하는 중이야. 자네들은 뭐하다 왔나?"

"고 녀석은 비밀이다."

"나중에 알게 될 테니까 기대하라고, 헤헤헷……. 어라, 영주 아가씨잖아."

"카심 님이셨죠. 오랜만에 뵈어요."

"뭐야, 영주라고? 저 어린 아가씨가?"

의아하다는 표정의 퍼시벌에게 헬베티카와 셀렌을 소개한 뒤

어차피 던전 관련으로 상담하고자 만나러 갈 생각이었음을 알려주자 퍼시벌은 납득하며 고개를 끄덕거렸다.

"오호라, 말이야 들었다만 진짜로 젊군."

헬베티카는 생긋 웃고는 우아하게 인사했다.

"아무쪼록 앞으로 잘 부탁드려요."

"그래, 잘 지내보자고. 귀족은 싫다만 이야기를 좀 들어보니까 댁은 못된 작자가 아닌 것 같더군."

사티가 가자미눈으로 퍼시벌을 쳐다봤다.

"퍼시 군~ 실례잖아. 나잇값도 못 하는 아저씨라니까."

"시끄럽다."

헬베티카와 셀렌이 쿡쿡 웃는다.

"괜찮아요. 솔직한 분은 좋아하거든요."

"헤헤헤, 퍼시보다 젊은 아가씨인데 훨씬 더 어른스럽군, 어이구."

"네가 할 말은 아니잖나. 그래, 상담에 쓸 시간은 있겠지?"

"물론이죠. 그나저나 던전 이야기가 정확히 무엇인가요? 이곳 근방에 새로 발견된 곳인가요?"

"이런저런 연유도 포함해서 상담드려야 할 안건입니다만, 촌장도 같이 동석시키는 게 좋겠군요⋯⋯. 안제, 미안한데 그라함을 불러와주겠니? 우리는 촌장의 집에 가 있을 테니까."

"네에~."

"사티, 너는."

"됐어, 난 별로 관심 없는걸. 여기서 식사나 만들 테니까 빨리 마무리 짓고 돌아와."

"그런가. 그럼 다녀오지."

어쨌든 간에 마냥 광장에서 어영부영할 수도 없는 노릇이다. 짐 등등은 같이 따라온 호위들에게 맡긴 뒤 벨그리프는 헬베티카와 셀렌을 데리고 촌장 호프만의 집으로 향했다.

마당에서 말의 몸통을 씻겨주던 호프만은 헬베티카와 셀렌의 얼굴을 알아보자마자 몹시 허둥지둥 양손을 닦으며 머리 숙였다.

"아이고, 세상에, 영주님께서……."

"오랜만에 뵈어요, 촌장님."

생긋 웃음을 짓는 헬베티카에게 호프만은 송구스러워하며 꾸벅꾸벅 거듭 머리를 수그린다. 청발의 행상인에게 비록 방문의 뜻을 전달받았다지만, 막상 마주하니까 역시나 긴장되는 것 같다.

여느 때처럼 마당에 의자와 탁자를 꺼내다 놓고 둘러앉았다.

주위의 수목 울타리에 예쁘게 꽃이 피어서 봄바람이 살랑이며 사락사락 흔들리고 있다.

준비를 하는 사이에 안젤린이 그라함을 데려왔다. 미토도 함께였다.

모험가가 아니더라도 동화 속 이야기로 널리 퍼진 『팔라딘』의 모험담은 어린 시절에 듣는 경우가 많다. 헬베티카도 일순간이나마 긴장해서 몸이 굳어지는 기색을 내비쳤지만, 마을 아주머니 같은 차림새로 잔뜩 달라붙은 아이들과 함께 다가오는 그라함을 보곤 저절로 웃음을 터뜨렸다. 한편 그라함은 변함이 없는 표정이다. 갓난아이를 안은 채 살짝 머리를 숙였다.

"……처음 뵙겠소이다. 그라함일세."

"후훗, 저야말로 잘 부탁드려요. 헬베티카 보르도라고 합니다."

"오랜만이에요, 그라함 님. 잘 지내셨지요?"

셀렌도 웃음 지으며 머리 숙인다.

"이런 꼴인지라 면목이 없군……. 아이들이 떨어져주질 않는군."

"아뇨, 아뇨, 괜찮아요."

분위기가 풀어진 이후 차가 나왔고, 잠시간 잡담을 나눈 뒤 던전 이야기를 시작했다. 이렇게 되면 미토의 정체도 끝까지 숨길 순 없다. 헬베티카와 셀렌을 신용해서 사실을 털어놓았다.

당연히 놀란 표정을 지었던 두 사람도 물론 벨그리프와 안젤린은 신뢰하는 데다가 그라함을 비롯한 실력자들 다수가 동석하고 있다는 이유도 거들어서인지 특별히 미토의 정체를 따져 물을 생각은 없어 보였다.

그다음은 저번 여행에서 마석을 구해 왔다는 것. 그 마석을 가공하여 그라함이 특수한 도구를 제작했다는 설명 따위가 이어졌다. 헬베티카는 입가에 손을 가져다 대고 고민에 잠긴 표정으로 미토를 바라봤다. 미토는 어리둥절히 놀란 얼굴로 헬베티카를 마주 바라본다.

"……그러면 미토 군의 마력을 이용해서 던전을?"

"그렇게 할 계획입니다. 전례가 없는지라 저희도 아주 자세하게 말씀드리지는 못합니다만."

"어쩔 수 없겠죠. 거의 들어보지 못한 이야기예요."

"어떤가? 실제 진행을 하면. 던전은 보르도에도 나쁜 이야기는 아닐 것 같은데."

카심이 물었다. 헬베티카는 생긋 웃었다.

"단적으로 말씀드리자면 어렵겠네요."

예상외의 대답에 일동은 눈이 동그래졌다. 안젤린이 몸을 쭉 내민다.

"헬베티카 씨……. 아빠한테 차인 게 진짜로 분했구나?"

"저, 저기요?! 제가 분풀이로 심술부리는 것처럼 몰아가지 말아주세요!"

"아니야……?"

"전혀 아니거든요……. 으흠."

헬베티카는 헛기침을 한 차례 하고 주위를 둘러봤다.

"우선 방금 전 말씀처럼 편리한 던전을 만들 수 있다면 솔직한 심정으로 보르도의 근교에 두고 싶네요. 미토 군의 마력에 따라 난이도를 조절할 수 있다고 간주해도 괜찮은 거죠? 게다가 유사시에도 큰 길드가 가까운 곳에 있어야 대응이 빠를 거예요."

"그렇겠지요. 처음에는 저희도 같은 생각이었습니다."

"음?"

벨그리프는 처음 잠깐은 보르도의 근교에 만들자는 생각으로 그라함이 여행 채비를 갖추던 중이었음을 이야기했다.

"그런데 젊은이들이 톨네라에 던전을 만들어달라며 말을 꺼내더군요. 경제 기반이 된다는 것도 이유 중 하나입니다만……. 젊은이들을 마을에서 떠나보낼 바에야 이곳에 붙잡아 놓을 무언가가 있으면 좋겠다고 생각한 것도 사실입니다."

"아하……. 후후, 벨그리프 님과 안젤린 님을 동경하는 청년들이 늘어났군요?"

벨그리프는 쓴웃음을 지었다.

"정곡을 찔린 심정인지라 면목이 없습니다만……. 대강 옳으신 말씀입니다. 물론 마을 안에서도 던전을 달가워하지 않는 주민들은 있습니다. 하지만 공공연히 반대하는 주민은 딱히 없군요."

"그게 무서운 거예요, 벨그리프 님."

헬베티카는 진지한 표정을 짓고 벨그리프를 바라봤다.

"불만이란 것은 서서히 축적되거든요. 겉에 드러나지 않아도 사람의 마음은 본래 갑자기 폭발하는 법이죠. 지금은 아직 문제가 일어나지 않았으니까 조용할 뿐 나중 일은 몰라요. 던전은 사람들이 많이 드나드는 곳이죠? 경제 기반의 역할을 하면 톨네라 출신 젊은이들뿐 아니라 외부에서 온 모험가의 출입은 현실적으로 막을 수 없을 거예요."

"그야 그렇겠지. 아무튼 그게 왜 문제냐?"

퍼시벌이 물었다.

"예컨대 본래부터 교역의 요소라서 사람들 출입이 많은 지역이었다면 문제가 없겠죠. 그렇지만 톨네라는 농촌이에요. 벨그리프 님의 소식을 듣기 전까지는 저도 미처 신경을 쓰지 못했을 만큼 조그만 곳이고요."

"어, 음, 요컨대?"

안젤린은 고개를 갸웃거렸다. 헬베티카가 미소 짓는다.

"사람들 출입이 적은 지역은 외부에서 온 사람을 거부하는 경향
이 있죠. 안정과 평온을 추구하는 농촌의 문화, 변화와 자극을 추
구하는 모험가의 문화는 다릅니다. 그 차이는 분명 틀림없이 문제
를 일으키겠지요."

"잠깐만 나도 좀 말하자. 톨네라는 딱히 배타적인 곳이 아니거
든? 우리도 밖에서 온 외지인인데 친절하게 받아들여줬다고."

"그거야 벨그리프 님 덕분이지요. 카심 님도 퍼시벌 님도 벨그
리프 님의 오랜 친구라는 전제가 먼저 있는 입장이세요. 짐작건대
톨네라에 잘 녹아든 외지인분들은 모두 벨그리프 님을 매개로 둔
분들이 아니신가요?"

헬베티카는 그렇게 말한 뒤 호프만을 바라봤다. 호프만은 눈을
내리깔며 뺨을 긁적거렸다.

"그 말씀은, 분명 맞습니다그려……. 카심과 퍼시, 사티는 물론
이고 그라함 씨도 던컨도 벨의 주선이 있었으니까……. 아니, 어
쨌든 이 사람들이 다 좋은 인품을 가진 인물들이라 비로소."

"물론 좋은 분들이시죠. 다만 던전을 건설하고 길드를 경영하겠
다면 시도 때도 없이 생면부지의 무뢰한과 다르지 않은 모험가가
언제든 들이닥칠 수 있어요. 아니, 오히려 확정된 미래겠지요. 던
전에 긍정적이지 않은 주민은 사소한 사고에도 불만을 꾹꾹 쌓을

거예요. 문제라는 생각까지는 안 하더라도 마을 분위기가 바뀌는 것 자체를 불쾌하게 생각하는 주민도 있을 수 있지요. 그게 전부가 아니에요. 예상되는 불화를 이용해서 자신이 단물을 빨아먹으려는 사람까지 꾀어든다면 언젠가 마을이 분열되어서 큰일이 터질 수 있어요."

"나와 그라함 영감이 단속해도 모자란가?"

퍼시벌이 살짝 언짢아하며 말했다. 다만 헬베티카는 태연하게 받아친다.

"무척 든든하네요. 하지만 이게 무언가를 베어 넘긴다고 해결되는 문제는 아니지요. 애당초 1년 내내 하루 온종일 신경을 쓸 수 있으시겠어요?"

퍼시벌은 말없이 눈을 내리깔았다. 본인도 숙련된 모험가다. 불가능한 과제를 허세 부리며 떠벌릴 만큼 무모하지는 않다.

"자, 잠깐만, 기다려줘, 헬베티카 씨……."

안젤린은 허둥지둥 끼어들었다.

"말뜻은 전부 알겠어. 중요한 문제라고 생각해……. 그치만, 아직 추측뿐이잖아……. 비관부터 하면 새로운 일은 아무것도 못 해……. 게다가 나쁜 사람들만 잔뜩 오는 건 아니잖아. 와도 아빠랑 할배가 있으니까……."

"……저도 그렇게 방심하다가 마르타 백작의 모반을 초래해버린 거예요."

이 말에는 안젤린도 벨그리프도 아무 대답을 못 한 채 우물거렸다.

확실히 헬베티카는 심술부리려고 반대하는 것이 아니다. 자신이 맛본 괴로운 경험을 근거로 톨네라의 안위를 생각해서 들려주는 말이다. 그러니까 강경하게 반론하려는 생각도 들지 않았다.

일동이 난처해하며 얼굴을 마주 바라보던 때 불현듯 헬베티카가 킥킥 웃었다. 그러고는 짝, 손뼉을 친다.

"자, 문제점을 잘 이해해주신 것 같고요, 이제 건설적인 말씀들을 나눠보실까요?"

"……엥?"

저 발언에는 일동이 또 다른 의미에서 눈을 동그랗게 떴다. 안젤린이 주뼛주뼛 입을 열었다.

"헬베티카 씨, 반대하는 거 아니야?"

"어렵겠다는 말은 했었죠? 누가 반대라고 말했던가요?"

헬베티카는 천연덕스레 답한 뒤 짓궂게 웃었다. 카심이 항복이라는 듯이 두 손을 들었다.

"졌다, 졌어. 과연 영주님이군. 우린 못 당하겠어."

"……던전 경영이 목표라면 검 솜씨보다 정치 감각이 먼저라는 소린가. 속수무책이군."

퍼시벌도 가만히 말한 뒤 쓴웃음을 띠었다. 안젤린이 입을 삐죽거리며 헬베티카를 쳐다보고, 곧이어 셀렌이 있는 방향도 쳐다봤다.

"……알고 있었어?"

셀렌은 쿡쿡 웃으며 고개를 끄덕였다.

"언니의 눈이 반짝거렸으니까요. 내심 솔깃한 게 틀림없겠구나 싶었죠."

그래서 끼어들지 않고 가만히 지켜봤구나. 벨그리프는 머리를 긁적였다. 이번에는 두 자매에게 완전히 한 방 먹었다.

셀린과 비슷하게 대강 사정을 눈치채서 침묵한 듯한 그라함이 입을 열었다.

"……그대들은 마을 주민들의 불만이 벨이나 주변 사람에게 향할 것을 염려하시는가."

"후후, 맞아요. 촌장님과 청년분들도 관련된 안건이지만, 표현은 좀 안 좋아도 솔직히 말해 던전 관리의 주축이 되실 분들은 거의 다 바깥에서 온 인원으로 굳어졌어요. 막상 문제가 발생하면 외지인이라는 낙인찍기 편한 징표에 불만이 쏠릴 것은 상상하기 어렵지 않죠."

"아뇨, 저희는……. 음, 아주 부정은 못 하겠군요."

무엇인가 말하려다가 말고 호프만은 포기한 듯 입을 다물었다. 실제 과거에 벨그리프를 박대했던 과거가 있는 만큼 강하게 부정하는 말을 꺼내기가 민망했던 것 같다.

벨그리프는 호프만의 어깨를 토닥였다.

"자네가 신경 쓸 일은 아니네, 촌장."

"……이런저런 말씀을 드렸는데요. 저는 톨네라가 다른 마을과는 다르다고 생각한답니다. 그러니까 어쩌면 저의 우려는 빗나갈지도 몰라요. 다만 매사에 절대적인 것은 없으니까요."

헬베티카는 말을 이었다. 벨그리프도 고개를 끄덕였다.

"그것이 영주 자리에 있는 분의 책무일 테지요. 지당한 말씀이십니다."

"맞아. 미토랑 소동이 일어났을 때도 너나없이 모두들 돕겠다고 말해줬잖나. 어떻게든 될 거야."

카심이 그렇게 말한 뒤 껄껄 웃었다. 퍼시벌이 몸을 쓱 내밀었다.

"아무튼 간에, 영주님. 구체적으로 뭘 어떻게 하면 된다는 건가?"

"현 상황에서는 마을에서 상의를 한 결과 던전을 건설하자는 형식으로 처리되었잖아요? 그 말은 요컨대 말 꺼낸 당사자에게 책임을 지우겠다는 것. 벨그리프 님께 과중한 멍에를 지우는 것 같아서 저는 불안해요."

"먼저 말 꺼낸 당사자는 퍼시 아저씨인데."

안젤린이 말하자 퍼시벌은 눈을 피했다. 헬베티카가 후후 웃는다.

"어쨌거나 책임을 지는 대표자는 벨그리프 님이시잖아요? 그 위에 누군가가 더 있어주면……. 그래요, 예를 들어서 보르도 가문이 보낸 직속이라면요?"

벨그리프는 이제야 알았다는 듯이 고개를 끄덕였다.

"오호라……. 마을 주도의 형태가 아닌 보르도 가문의 영주님께서 손수 관리하는 형태를 취하자는 말씀입니까."

"그래요. 그럼에도 완전히 불안을 다 떨어 내기는 어렵겠지만요……."

헬베티카는 그렇게 말한 뒤 차를 홀짝였다. 셀렌이 뒤를 이어받아서 말했다.

"저희가 직접 말하기는 좀 부끄러운데요, 보르도 가문의 위광이라는 게 무시할 수는 없거든요. 불만이 폭발해서 큰 문제로 비화될 가능성은 제법 억제할 수 있을 거예요."

톨네라는 좋게도 나쁘게도 기질이 많이 예스럽다. 개척자의 자손이라는 긍지도 있을뿐더러 자신들이 시골 사람임을 스스로 인정하는 만큼 영주를 비롯하여 귀족 계급에게는 고분고분하다. 그런 보르도 가문에서 직접 사람을 보내준다면 스스로를 납득시키기도 수월할 테지. 보르도는 이미 영주 및 모험가 길드와의 연계가 구축되어 있다. 톨네라에서도 비슷하게 체계를 갖추는 것이 어렵지는 않으리라.

"하지만 방금 말씀대로면……. 보르도의 본성에서 누군가가 와주셔야 되는 게 아닙니까?"

벨그리프가 묻자 헬베티카는 이때만 기다렸다는 듯이 가슴을 쭉 펴며 손을 가져다 댔다.

"물론 옳으신 말씀이에요. 그러니 제가 직접 톨네라에 거주하도록 하죠."

"언니?! 도대체 무슨 황당한 말씀이에요!"

"어머, 안 될까? 본성에는 애시도 있는걸."

"당연히 안 됩니다. 영주가 본성을 내팽개치면 대체 얼마나 자주 지장이 발생하겠어요. 누군가 다른 인물을 임명해주셔야죠."

"그렇구나. 그럼 셀렌, 네가 맡으렴."

"……네?!"

"너도 슬슬 마을이나 도시 하나를 다스리며 경험을 쌓을 시기라고 생각했었거든. 톨네라에는 벨그리프 님처럼 믿을 만한 분들도 계시니까 맡기기에도 안심인걸."

"아, 아, 너무, 갑작스러워서…….."

"셀렌이라면 대환영이야…….."

안젤린이 기뻐하며 셀렌의 어깨를 끌어안았다. 셀렌은 머뭇머뭇했다.

"그 말씀은…… 물론 슬슬 시기가 올 거라 생각은 했었는데요…….. 그, 그래도, 지금 촌장을 맡고 계시는 호프만 님이 아직껏 건재하신데 저 같은 풋내기가…….."

"아뇨, 아뇨, 아뇨. 셀렌 님께서 와주신다면야 저 같은 사람이야…….."

"하, 하지만…….."

잠시 상념에 잠겼던 벨그리프가 입을 열었다.

"그러면 우선 호프만을 촌장으로 두고 셀렌 님께서는 촌장 보좌의 직위를 맡아 와주시는 방법은 어떻겠습니까?"

"괜찮네요. 딱히 풍파가 일어나지도 않을 테고요. 셀렌, 이래도 싫어?"

"아, 아녜요. 저는 싫다는 게 아니라요…….."

"그럼 맡아보면 되잖니. 딱히 톨네라에서 쭉 눌러앉으라는 말도 아닌걸. 이곳은 새로운 형태를 모색하고 있는 와중이니까 네가 힘이 되어드리렴. 잘 완수하면 네게도 좋은 경험이 될 거야."

셀렌은 눈을 내리뜬 채 탄식했다.

"……알겠습니다. 그래도 당장은 무리예요? 이것저것 준비가 필요하니까요."

"에이, 물론이지. 게다가 던전도 당장 추진하는 게 아니잖니. 맞죠? 벨그리프 님."

벨그리프는 쓴웃음과 함께 고개를 끄덕였다.

"저희도 이런 안건을 처리하기에는 문외한이니 말입니다……. 먼저 체제부터 만들지 않으면 본격적인 추진은 아마 어려울 겁니다."

"잘 들었지? 괜찮아, 나도 자주 상황을 보러 와줄게."

"……헬베티카 씨, 그게 진짜 목적이었어?"

경계심을 내비치는 안젤린의 말에 헬베티카는 메롱 혀를 내밀었다. 퍼시벌이 목소리를 높이며 웃는다.

"이거 걸작이군. 모험가 출신만 있을 때와 다르게 아주 마음 든든해."

"뭐, 덕분에 마음고생을 할 필요가 없어졌네. 셀렌 아가씨, 잘 부탁한다~."

카심이 히죽히죽 웃으며 중절모자를 손가락으로 빙글빙글 돌렸다. 호프만이 후유, 안도하는 표정을 짓는다.

"그럼 이 이야기는 일단 결재가 떨어진 셈이군요. 헬베티카 님, 내일은 마을에서 봄맞이 축제가 열립니다. 꼭 참가해주시면 감사하겠습니다."

"고마워요. 기꺼이 참석할게요."

뭔가 또 굉장한 일이 벌어지는군. 벨그리프는 가만히 생각을 정리하며 조금 식은 차를 입에 가져갔다. 그라함도 만족스럽게 미소를 짓고, 미토는 잘 모르겠다는 표정을 지은 채 모두의 얼굴을 순서대로 쳐다본다.

안젤린이 헤죽헤죽하며 벨그리프의 팔을 꽉 껴안았다.

"셀렌이 촌장이야! 멋있어……."

"그러게나 말이다."

거슬러 올라가면 안젤린이 셀렌을 구한 사건에서 쭉 연결된 인연들이다. 돌고 돌아서 이런 결과가 올 줄이야. 벨그리프는 웃음 지었다. 자, 점심 식사를 하자. 다 같이 나란히 광장으로 돌아갔다.

해가 높이 떠 있는 청명한 날이었다.

130 아침 해가 평원을 비추자 아침 이슬에

아침 해가 평원을 비추자 아침 이슬에 젖은 풀들이 반짝반짝 빛난다. 그 복판을 밟아서 헤쳐 걸어가니 신발과 바지 옷자락이 흠뻑 젖었다. 벨그리프가 한껏 숨을 내쉬자 하얗게 떠다니다가 천천히 사라져 갔다.

평소와 같이 순찰을 나온 참이었다.

봄맞이 축제의 아침에도 이 매일 아침의 일과는 빠뜨리지 않는다. 딱히 의무감이 아니라 이미 일상으로 자리 잡았기에 안 하면 오히려 기분이 찝찝해서다.

"아빠."

뒤쪽에서 다가온 안젤린이 벨그리프의 손을 쥐었다.

"날씨 참 좋다……."

"그러게나 말이다. 평소와 같은 날이지만 맑아서 다행이야."

주위에는 아지랑이가 자욱이 끼어서 아직 하늘은 하얀빛이지만, 해가 높아짐에 따라 한없이 맑은 푸른색이 늘어난다. 초봄의 정기가 가득 찬 진수성찬은 혀를 즐겁게 만들어주지만, 겨울의 흐릿한 하늘 아래에서 움츠러들어 있었던 마을 주민들에게는 찬란하게 내리쏟아지는 햇살이야말로 가장 반가운 진수성찬일지도 모르겠다.

옆에 선 안젤린이 거하게 하품을 했다. 벨그리프는 가만히 바라보며 미소 짓는다.

"안제는, 내일 출발하는구나."

"행상인 씨 일정에 달렸지만……. 아마 내일일 거야."

이미 청발의 행상인과 이야기를 마쳐 놓은지라 봄맞이 축제가 끝난 이후에 같이 마차에 타서 올펜으로 돌아갈 예정이다. 아마 이번에 온 행상인들은 한꺼번에 상단을 만들어서 남하할 것이다. 마차의 수는 충분할 테지.

안젤린은 벨그리프의 팔을 껴안았다.

"있잖아, 여름 동안에 일하다가…… 가을 수확제 전에 돌아올게."

"하하, 저번에도 비슷한 말을 하지 않았니?"

"저번에는 에스트갈에 불려 가서 못 왔지만……. 이번에는 꼭 돌아올 거야. 그리고 다 같이 바위월귤 열매를 따러 갈 거야……."

이제 톨네라에 남겨 둔 안젤린의 미련은 저것 하나뿐인가 보다. 벨그리프는 웃음 지으며 안젤린의 머리를 쓰다듬었다.

"그렇구나. 가을에 또 오렴. 그 무렵에는…… 던전 관련의 안건도 제법 정리가 되어 있을 테니까."

"에헤헤, 기대된다……."

어떤 의미에서 들썩거리는 상태가 되어 있었던 톨네라 마을은 헬베티카에 의해 좋게든 나쁘게든 현실로 되돌아왔다. 마수 상대로는 비할 데 없는 강력함을 자랑하는 모험가 여럿이 한자리에 모였을지라도 길드 운영을 목표한다면 상황이 무척 달라진다. 강력한 무력만으로는 손쓸 도리가 없다.

이해심 있고 협력적인 영주가 도와준다는 건 정말 행복한 환경이구나. 벨그리프는 턱수염을 쓸어 만졌다.

"……난 먼저 돌아갈게."

안젤린은 퍼뜩 무엇을 떠올렸는지 말을 남기곤 종종걸음으로 언덕을 내려갔다. 벨그리프는 가만히 배웅하며 쓴웃음과 함께 숨을 내쉬었다.

안젤린이나 다른 친구들이 무언가 꾸민다는 것은 대강 미루어 짐작할 수 있었다. 퍼시벌과 카심도 한패임은 일목요연하다. 여러 면면들의 성격상 심상치 않은 꿍꿍이임은 분명하나 대번에 눈치채인다는 게 의외로 귀엽잖은가. 뭐, 모른 척 속아주도록 하자.

햇살 비치는 평원에서 새하얀 아지랑이가 올라온다. 그것들을 날려버리려는 듯한 바람이 불어와서 벨그리프의 머리카락과 수염을 흔들었다.

젊은 시절에 톨네라를 떠나던 날도 이렇듯 아침에 이 언덕에 올랐던 기억이 떠오른다. 아침 안개에 햇살이 비치며 젖은 풀들이 반짝반짝 빛나고 있었다. 다만 계절은 가을이었지만.

마을 집집의 굴뚝에서 연기가 줄기를 이뤄 피어오른다. 이제 곧 교회에서 예배가 시작된다.

벨그리프는 오른쪽 의족으로 톡톡 두 차례 지면을 차고, 그러곤 천천히 언덕을 내려갔다.

○

사과주 통을 뜨자 술기운 섞인 달콤한 향이 흘러나왔다.

가을에 담가서 겨울 동안 푹 재워 놓은 사과주를 여는 것은 봄 맞이 축제의 즐거움 중 하나다. 똑같이 만들어도 해에 따라서, 혹 은 통에 따라서 맛이 미묘하게 다르다. 상등품의 맛이 나는 술이 있는가 하면 산미가 강한 술, 유난히 독한 술 등등 각양각색이다. 그럼에도 어떤 맛이든 긴 겨울을 넘긴 이후에 마시는 축하의 맛으 로 느껴지고는 했다.

예배를 마친 뒤 광장에 나오면 곧장 연회다.

요즘은 작물 수확량도 안정적이고 겨울을 무사히 넘기는 것도 썩 어렵지는 않다지만, 과거의 시대에서 겨울나기는 힘들고 혹독 한 시기였다. 노인들이 겪어 들려주는 개척 시대의 옛날이야기에 는 식량이 부족하여 굶어 죽는 사람이나 연료가 부족하여 얼어 죽 은 사람의 일화도 곧잘 나온다. 그런 때에는 따뜻한 봄의 도래는 정말 고마운 순간이었을 것이다.

옛 시절의 기쁨과는 아마 비교도 할 수 없겠지만, 물론 지금에 이르러서도 봄의 도래는 기쁘다. 어떤 일이든 간에 시작의 계절이 니까. 시작이란 말은 언제나 마음을 들떠 오르게 한다. 마을 주민 들은 사과주를 따라 대작하면서 무사히 겨울을 난 것, 따뜻한 봄 이 올해도 와준 것을 주신 뷔에나와 정령과 선조의 영령들에게 감사했다.

"음, 올해도 제법 괜찮은 맛이군."

"먼저 맛본 술보다 괜찮은데. 꽤 세게 익었어."

"헬베티카 님,. 이쪽으로 오시죠."

"감사합니다."

물론 영주 자매도 연회석에 참석한지라 아직 해가 높이 떠 있을 때부터 이미 떠들썩하게 술판이 벌어졌다.

모닥불에 구워지는 고기와 생선이 좋은 냄새를 풍기는 와중에 마을의 솜씨 좋은 연주가들과 루실이 악기를 울렸다. 현악기에 피리, 북의 쾌활한 박자가 주위에 가득 울려 퍼지자 소리에 맞춰 아이들이 뛰어다녔다. 완전히 큰형 역할을 맡아 아이들에게 이리저리 끌려다니는 벡도 함께 귀찮아하며 춤추고 있다.

루실의 육현과 노랫소리가 한층 더 커다랗게 귀에 들리는 것 같았다. 평소의 북부 음악에 남부의 박자감 강한 소리가 섞이자 왠지 신선하게 느껴졌다.

"쉐키럽 베이베……. 야쿠몽, 컴 온."

"엉? 아……. 여흥 말인가. 좋다, 좋아."

사과주를 홀짝이고 있던 야쿠모가 창을 한 손에 들고서 일어섰다. 잠시 주위를 둘러보더니 아이들이 가지고 노는 조그만 공을 발견하고 주워 든다. 그 공을 톡 하늘에 던져서 창의 물미 위쪽으로 능숙하게 받아 냈다.

"자, 자아, 여러분, 주목하시라. 본업은 피 튀기며 싸우는 모험

129

가이나 옛 시절에 익힌 돈벌이 재주, 창과 공의 만남과 이별, 한바탕 춤사위를 보여드리리다."

매끄러운 말재간 이후 기울이는 창의 자루를 공이 굴러서 흘러간다. 그렇게 쭉 떨어지는가 싶었는데 야쿠모는 재주 좋게도 창을 움직여서 마치 공이 혼자서 창의 자루에 달라붙어 구르는 것처럼 연출했다.

툭 때리자 공이 하늘을 날고, 받아 내자 창 자루의 주위에서 나선을 그리며 굴러다닌다. 그렇게 야쿠모의 팔에서 어깨, 목을 지나고 반대편으로, 다시 천칭처럼 짊어진 창 자루로 돌아와 또 하늘로 휙 날아오른다.

공은 곧이어 발부리에 두 번 세 번 걷어차였다가 이번에는 머리 정수리에 올라타고, 다음은 또 하늘을 날았다가 이번에는 물미의 끝부분에 안착한다. 능숙하게 균형을 잡는지라 공이 갸우뚱갸우뚱 흔들리는데도 전혀 떨어질 낌새가 없다.

마치 생물과 같은 공의 움직임과 유연하게 춤추는 듯한 야쿠모의 움직임에 마을 주민들은 짝짝 박수갈채를 보냈다.

한바탕 재주를 선보인 뒤 야쿠모는 꾸벅 머리 숙이더니 가까운 곳의 아이에게 공을 휙 던져주었다. 곧장 아이들이 몰려들어서 이 공이 살아 있는 것인가 어찌 된 영문인가 떠들썩하게 살펴본다.

"굉장해. 재주가 좋구나, 야쿠모 씨……."

옆에 다가와 앉은 야쿠모에게 안젤린은 박수를 치며 말했다.

"무얼, 이 정도야 별것 아니라네."

"아뇨, 진짜로 대단했어요. 거리 공연도 하신 적 있어요?"

아넷사가 물었다. 야쿠모는 담뱃대를 입에 물었다.

"그렇다네. 신출내기 무렵, 제대로 된 일이 없어서 말일세. 고위 랭크로 올라간 이후에도 이따금 기분 전환으로 용돈 벌이 삼아서 솜씨를 부리곤 했지. 그러다가 저 멍멍이와 맞닥뜨렸고."

"아하."

"오호라~ 그런 인연이 있었군요~."

밀리엄이 감탄하며 말한 뒤 웃었다.

생각해보면 동부와 남부, 짝짝이 조합을 이룬 두 사람이다. 어떤 계기가 있었는지 때를 놓쳐서 못 물어봤었는데 거리 공연의 인연이었던가. 안젤린은 내심 의외라고 생각했다.

야쿠모는 연기를 뱉어 내고는 안젤린에게 슬쩍 얼굴을 가까이 댔다.

"그래, 자네들의 계략은 어찌 되어가는가?"

"계략 아니야……. 금방, 곧."

"흐음? 그나저나, 결혼식이면 무얼 하는 겐가?"

"퍼시 아저씨랑 카심 아저씨는 사람들 다 보는 앞에서 뽀뽀를 시키겠다고 말했어……."

"……기막힌 아저씨들이로고."

야쿠모는 쓴웃음 짓고 말하며 담뱃대의 재를 털었다.

물론 안젤린과 친구들도 벨그리프와 사티의 결혼을 축하하자는 마음은 충분히 있다. 다만 동시에 항상 초연한 두 사람이 쑥스러워서 난처해하는 모습을 보고 싶다는 것도 부정할 수 없는 본심이다.

계획이라고 해 봤자 대단한 일을 치르는 것이 아니다. 때를 봐서 두 사람을 앞에 끌어내고, 마을 주민들이 다 같이 놀리고 떠들어 대는 축하의 자리. 다른 의도는 더 없다. 하지만 계획을 성공시키겠다고 몰래 마을 주민들 거의 전원과 만나 이야기까지 끝낸 것은 부지런하달까, 바보 같달까. 이 부분은 본인들도 잘 알지 못했다.

아무튼 간에 떠들썩한 연회 자리를 이용해서 벨그리프와 사티를 실컷 놀려주고 결과적으로 두 사람이 부부로서 더욱 친밀해지면 더할 나위가 없겠다. 제법 머리를 굴린 것일까, 얼렁뚱땅 장난에 불과할까. 어느 쪽인지 좀 분명하지 않은 계획이다.

어쨌든 상황을 잘 살피는 한편으로 지금은 순수하게 축제를 즐기면 된다.

안젤린은 사과주를 홀짝거리며 별생각 없이 광장을 쭉 둘러봤다. 사티는 음악에 맞춰 뛰어오르는 쌍둥이와 미토를 보고 있었고, 벨그리프는 건너편에서 퍼시벌과 카심, 케리 등 아저씨들끼리 무언가 대화 중이었다.

왜 이런 때까지 따로 다니는 거야. 안젤린은 뺨을 볼록거렸다.

그때 셀렌이 다가왔다.

"안젤린 님, 여기 앉아도 될까요?"

"응, 괜찮아……."

셀렌은 마음을 놓은 표정으로 안젤린의 맞은편에 앉았다. 밀리엄이 사과주로 채운 술 주전자를 내밀자 셀렌은 잔을 들어서 받았다.

"신임 촌장님, 수고 많다냥~."

"어휴, 놀리지 말아주세요……. 이게 아닌 밤중에 홍두깨라서 아직은 조금 혼란스럽거든요."

"지금 당장 일 시작하는 게 아닌데 벌써 걱정부터 할 필요는 없지 않겠어?"

아넷사가 달래주자 셀렌은 쓴웃음을 지었다.

"반대로 지금 당장 부임했다면 얼결에 기운이 좀 났을 것 같거든요. 준비를 해야 하니까……. 이것저것 생각이 너무 많아지면 어쩌나 싶어요."

"성실한 건 좋은 거야……. 착하다, 착해."

안젤린은 손을 뻗어서 셀렌의 머리를 쓰다듬었다. 셀렌은 간지럽다는 듯이 눈웃음을 지었다. 아주 싫지는 않은가 보다.

"어라, 헬베티카 씨는?"

아넷사가 말을 꺼내며 획획 둘러본다. 셀렌은 퍼뜩 놀라며 시선을 이리저리 움직였다.

"아까까지 저쪽에……. 앗."

찾았다. 헬베티카는 벨그리프의 옆에 바짝 기대서 아양 부리며 술 주전자를 내밀고 있다. 벨그리프는 쓴웃음을 지으면서도 차마 거절하지 못하는 모습이다. 퍼시벌과 다른 아저씨들이 껄껄 웃고 있다.

"언니!"

셀렌이 황급히 일어나서 저쪽으로 달려갔다.

야쿠모가 큭큭 웃었다.

"저거 가로챌 마음이 아주 가득하구먼. 승산은 전무할 텐데 기개가 대단한 여인이야."

"감히, 아빠의 다정한 마음씨를 이용해서······. 용서 안 한다, 헬베티카 씨!"

세차게 일어서고자 한 안젤린을 아넷사와 밀리엄이 붙들어 말렸다.

"용서 안 하면, 뭘 어쩔 셈이야. 앉아 있어."

"셀렌한테 맡기면 잘 해결될 거야. 안제가 나서면 복잡해지니까 잠깐만 참자~."

"그치만······."

불만 가득한 안젤린을 보고 야쿠모가 웃었다.

"너무 바득바득 나서지 않아도 될 게다. 게다가 연적을 두고 더욱더 불타오르는 마음도 있는 법이니."

"오오, 경험자의 이야기가 나올 분위기다냥~?"

밀리엄이 히죽히죽하며 말하자 야쿠모는 살짝 당황하며 눈을 희번덕거리더니 홱 고개 돌렸다.

"······나의 과거야 아무래도 상관없잖은가."

"어라라, 혹시 정곡이었나?"

"야쿠모 씨도 사실은 달콤새큼한 추억이 있었군요?"

"궁금한데······."

바짝 다가드는 세 소녀를 앞에 둔 야쿠모는 쓰디쓴 표정을 지은 채 연기를 뿜어냈다. 세 소녀는 와앗와앗 놀라며 손을 흔들어 연기를 쳐낸다.

"시끄럽다, 이 말괄량이들……. 애당초 자네들이 나보다 꽤나 젊지 않은가. 그쪽이야말로 연애 이야기 한둘은 있을 터인데. 아닌가?"

세 소녀는 얼굴을 마주 바라봤다.

"……없어."

"없는데……."

"없구나……."

"……그, 그래."

셋이서 같이 은근히 서글퍼한다.

일단 위기감은 있나 보구나. 야쿠모는 웃어도 되는 것인가 아닌가 떨떠름한 표정으로 담뱃대의 재를 떨궜다.

두 손에 세 개씩 꼬치구이를 든 마르그리트가 다가와서 이상하다는 표정을 지은 채 고개를 갸웃했다.

"너희들 뭐하냐?"

○

셀렌이 억지로 떼어 놓았지만, 그럼에도 헬베티카는 벨그리프의 옆에 자리를 차지하고 한 발짝도 물러나지 않을 분위기였다.

"딱히 잡아먹겠다는 게 아니잖아요. 자, 벨그리프 님도 한 잔 더 드세요."

"예……."

"언니, 이렇게 무분별한 행동은 좀."

"어머나, 그냥 술을 따라드리는 게 무분별한 행동이야?"

"저기, 헬베티카 님. 아무리 애쓰셔도 저는."

"애쓰다뇨, 누가 들으면 오해하겠어요. 친애의 감정을 표시하는 게 잘못이에요?"

생글거리며 둘러대면 차마 밀어내지 못하는 남자가 바로 벨그리프다. 하물며 상대가 헬베티카인지라 더욱 방법이 없었다.

벨그리프는 힐끔 사티가 있는 방향을 바라봤다. 멀리서 그라함과 함께 아이들을 상대하고 있다. 정작 벨그리프는 쳐다보지도 않는다. 여유작작한 모습인 터라 어쩌면 나는 사티에게 시험당하고 있는 게 아닐까, 괜한 의문마저 솟구친다.

카심이 빈 술잔을 살랑살랑 흔들며 웃었다.

"기운 넘치는 언니구나, 헤헤헷. 나도 술 한 잔 주라."

"네에, 기꺼이. 퍼시벌 님도 더 드시겠어요?"

"영주에게 받는 술잔인가, 거 영광이군. 그나저나 배짱 한번 두둑하잖나. 여자라는 게 조금은 아까워."

"후후, 아버지에게도 자주 들었던 말이에요. 그렇지만 저는 여자로 태어나길 잘했다고 진심으로 생각한답니다."

그렇게 말한 뒤 헬베티카는 벨그리프에게 윙크했다. 벨그리프는 난처해하며 머리를 긁적였다. 딱히 할 말이 없어서 웃어넘길 수밖에 없다. 띠동갑보다 아래인 여성에게 완전히 농락당하고 있는 기분이다.

케리가 껄껄 웃었다.

"거참, 벨이 이렇게 쩔쩔매는 광경을 보게 되다니."

"인기남은 괴롭구나, 헤헤헤."

"무슨 소리들을 하나, 아이고……."

벨그리프는 힐끔 헬베티카를 돌아봤다. 생글생글 웃으며 지그시 이쪽을 마주 바라본다.

이런 때 단호하게 거절할 수 있는 성격이라면 좋았을 텐데. 벨그리프는 이마에 손을 얹었다. 막상 마음을 굳게 먹어도 얼굴을 마주하면 말 꺼내기가 자꾸 주저된다. 꼭 필요하다지만 상대를 슬프게 만든다는 게 역시나 꺼림칙스러웠다.

예전에 출사 권유를 왔던 때에는 쉽게 대응할 수 있었다. 그러나 이후 지금껏 시간이 지나며 헬베티카도 한 차례 탈피를 했달까. 소녀와 같은 분위기에서 천진난만함을 의도해서 무기로 사용할 수 있는 유연함을 갖추게 된 것 같다는 생각이 든다. 이러한 상대는 어린아이 다루듯 상대할 수 없다. 벨그리프가 가장 어려워하는 상대였다.

그러나, 그렇다고 헬베티카의 투정에 굽혀줄 생각은 전혀 없었다. 물론 헬베티카라는 여성은 좋아한다만, 어디까지나 친애의 감정일 뿐 연인이나 부부가 되고 싶은 종류는 아니니까.

그러니 확실하게 매듭짓고 싶다만, 잘 못 하겠다.

답답한 심정으로 술잔에 찬 사과주를 비우자 헬베티카가 곧장 또 술을 따라주었다. 벌써 몇 잔째인지 가늠을 할 수가 없다. 취기가 도는 탓인지 머릿속 한쪽 구석이 마비되는 느낌이었다.

"후후, 호쾌하게 잘 드시네요. 자, 한 잔 더……."

"언니? 적당히 좀 하세요. 일어나세요. 벨그리프 님뿐 아니라 다른 주민분들하고도 교류하셔야죠."

"아앙, 잠깐만, 셀렌. 알았으니까 잡아끌지 마!"

결국 인내심이 바닥나서 마구 화내는 셀렌에게 헬베티카가 끌려갔다.

살았다는 마음으로 숨을 내쉬고 벨그리프는 히죽히죽하는 친구들을 쓱 째려봤다.

"……전혀 도움이 안 되는 친구군, 자네들은."

"네가 해결할 문제잖냐, 투정 부리지 마라. 아내가 있는 주제에 젊은 아가씨한테 헤벌쭉하는 녀석이."

"헤벌쭉하지 않았어……. 하는 듯 보였나?"

"엄청. 얼굴도 새빨갰고."

카심이 또 놀렸다. 퍼시벌이 히죽히죽하며 턱을 쓰다듬었다.

"적귀가 빨개졌단 말인가?"

"아니, 그냥 술 때문에……. 전부 내 잘못이다."

벨그리프는 한숨 쉬더니 또 사과주를 입에 머금었다. 술만 마셨던지라 오히려 목에 갈증이 나서 못 견디겠다.

케리가 씩 웃으며 술잔 안 사과주를 흔들거렸다.

"뭐, 옛날부터 마음씨 착한 녀석이었잖냐, 넌……. 근데 말이다, 이런 관계는 빨리 매듭을 지어주는 게 좋아. 헬베티카 님이 더 불쌍해진다고. 괜히 기대를 하게 만들면 안 돼."

"알기야 알지……. 못쓰겠군, 나는……."

목이 마르다. 또 잔이 비었다.

"무슨 별일이라고 대뜸 낙담하지 마라, 한심한 녀석. 던컨과 한나를 본받아라."

자작으로 사과주를 따르는 벨그리프의 등을 퍼시벌이 토닥였다. 손이 흔들려서 사과주가 넘쳐흐른다. 손에 떨어진 사과주를 핥아 먹으며 벨그리프는 건너편에 눈길을 줬다. 춤추는 사람들의 원에 섞인 던컨과 한나가 보였다. 춤에 익숙지 않은 모습의 던컨이 한나에게 손을 잡힌 채 껑충껑충 우스운 스텝을 밟고 있다.

"……잘 이어졌군. 저 두 사람은."

"남 일이 아니야, 벨. 너도 사티와 춤이나 추고 와라."

"아니, 난 춤은……."

"무슨 소리래. 안제한테 자주 끌려 나가서 춤추지 않았나."

그렇게 말한 케리가 웃는다. 벨그리프는 머리를 긁적였다. 목이 마르다. 아까부터 술만 마셨던 탓일까. 아니면 긴장감과 초조감에서 온 어떠한 현상일까. 내가 안달복달한다? 무엇에? 안 되겠다. 머리가 멍멍하다. 평소와 달리 급하게 마신 탓이다.

먹고 마시고 놀림받고 이렇게 저렇게 시간은 흘러간다. 점점 해가 높이 떠오르고 높아진 해는 서쪽으로 기울어서 조금씩 붉은색이 짙어졌다.

목의 갈증을 달래느라 평소보다 빠른 속도로, 또한 다량의 사과주를 마신 벨그리프는 드물게도 취한 기분이었다. 물론 회까닥 정신을 놓을 지경은 아니다. 다만 조금은 머릿속이 둥실둥실하고, 어쩐지 다리가 땅에 붙어 있지 않은 것 같다.

"카심…… 물……."

"뭐야, 네가 웬일로 이렇게 취했어."

카심이 살짝 기막혀하며 잔에 물을 따라서 내밀었다. 본인은 주당인지라 낯빛이 아예 달라지지 않았다. 비슷하게 술이 센 퍼시벌이 재미있어하는 얼굴로 말했다.

"아무튼 오히려 잘된 일인가. 이봐, 벨. 잠깐 따라와라. 카심, 사티 데려오고."

"좋다, 지금이군."

"어……? 뭔가?"

퍼시벌에게 재촉당해 일어난 벨그리프는 고개를 갸웃했다.

둔하게 굳은 머리로 생각하다가 그러고 보니 두 친구와 안젤린이 같이 무언가 꿍꿍이짓을 하는 기색이었음을 떠올린다. 자세한 내용을 알지 못하나 아무래도 불길한 예감이 든다.

끌려 나가는데 주위의 마을 사람들도 무슨 까닭인지 살짝 흥분하는 분위기였다. 기다렸습니다, 라는 목소리까지 들리는 터라 아무래도 자신들 이외의 거의 전원이 한통속이었던 것 같다.

영문도 모른 채 떠밀려서 나오고, 똑같이 끌려온 듯한 사티가 두리번두리번 주위를 둘러보고 있었다.

"사티."

"아, 벨 군. 이거 뭐야? 어떻게 된 거야?"

"아니, 나도 뭐가 무슨 영문인지……."

둘이서 같이 고개를 갸웃거리던 때 하루와 마루 쌍둥이와 미토가 샤를로테에게 이끌려 다가왔다.

"사티, 앉아봐."

"빨리, 빨리."

"응응?"

시키는 대로 사티가 쪼그려 앉자 목에 커다란 화환이 걸리고, 더욱이 머리에 화관이 씌워졌다. 봄철 꽃들이 화려하게 사티를 장식해주자 아이들은 만족하며 고개를 끄덕거린다.

"예뻐!"

"어울려."

"다 같이 만들었어. 그치?"

"분담해서 꽃을 꺾었어! 어머님, 아주 잘 어울려."

"아하하, 고마워……."

사티는 살짝 쑥스러워하며 뺨을 붉히더니 화관에 손을 가져갔다.

멍하니 서 있는 벨그리프의 등을 퍼시벌이 두드렸다.

"어떠냐, 감상은."

"음? 아, 아니. 잘 어울리는군."

"그러냐, 그러냐. 이봐, 신부님, 잘 부탁해."

무슨 까닭인지 흐뭇한 표정을 짓고 모리스 신부가 나서는지라 벨그리프는 당황했다.

"으흠……. 벨 씨, 사티 씨, 이 자리를 빌려 축하드립니다. 주신의 축복이 있기를."

"어……. 고, 고맙네……. 뭐, 뭔가?"

"아뇨, 퍼시 씨와 안제 양이 정식으로 두 분께 결혼식을 올려드리자고 말씀하시는지라 오호라, 맞는 말이다 싶었지요."

그렇게 된 건가. 벨그리프는 이마에 손을 가져다 댔다. 사티도 난처해하며 웃고 있다.

"이, 이제 와서……? 조금 부끄러운데, 아하하."

"오, 사티가 부끄러워한다. 저 표정이 얼마 만이지? 헤헤헷."

카심이 부채질하듯 말하자 사티는 입을 삐죽거렸다.

"너희는 진짜……. 몇 살인데 아직도 아이들처럼 굴어."

"엄마, 포기해……. 그리고 축복을 받아……."

소리도 없이 나타난 안젤린이 사티의 팔을 붙들었다.

"안제까지……. 알았어, 알았어. 괜찮을까? 벨 군."

"그, 그래……."

결혼식, 그래 봤자 대단한 행사를 치르는 것은 아니다. 대부분의 경우는 교회를 방문하여 주신 뷔에나의 앞에서 서로 사랑을 맹세하고 축복을 받는 식이다. 요컨대 부부로서 살아가겠다고 선서하는 자리이며, 딱히 세세하게 절차가 규정되어 있지는 않다.

그러니까 두 사람도 관례를 따라 신부의 앞에 나란히 섰다.

"으음……. 벨 군은 내 서방님이 됐어. 맞지?"

"응……. 너는 나의 아내가 되었지."

모리스 신부가 헛기침했다.

"그럼 두 사람은 서로를 배우자로 받아들이고 함께 사랑할 것을 주신께 맹세하겠습니까."

"네…….'"

"맹세합니다."

"정말인가요?"

시끌벅적한 와중에 늠름한 목소리가 들렸다.

고개 돌리면 헬베티카가 입을 삐죽이며 서 있다. 안젤린이 얼굴을 찌푸렸다.

"헬베티카 씨…….'"

"언니, 끝까지 미련을 못 버리고."

그러나 헬베티카는 의연한 태도로 안젤린도 셀렌도 밀쳐 냈다.

"아니요, 할 말은 해야겠습니다. 두 분의 사이가 좋다는 것은 척 봐도 알아요. 아주 잘 어울리신다고 생각해요. 하지만 이렇게 서로 간에 묘하게 거리감이 있는 듯 보인다면 저도 물러나고 싶은데 물러날 수가 없잖아요!"

헬베티카는 살짝 화까지 내며 사티에게 바짝 다가들었다. 사티는 몹시 당황한다.

"어……. 미안, 합니다? 어? 혼나는 거야? 우리?"

"네, 혼내는 거예요. 어차피 식을 치르시겠다면 포기할 수 있게 확실히 좀 해주세요! 이렇게 주위 사람들에게 휩쓸린 탓에 부부가 됐다, 이런 애매한 분위기는 납득할 수 없어요! 차라리 제가 빼앗을 거예요! 진심으로!"

주위를 둘러싼 관중들은 재미있어졌다며 서로서로 숙덕거렸다. 이건 좀 예상외인데. 퍼시벌과 카심은 얼굴을 마주 바라보고 있다. 안젤린과 친구들도 어떻게 해야 할까 망설이며 머뭇머뭇하는 모습이다.

벨그리프는 잠시 상념에 잠긴 듯 눈을 내리깔았다가 이윽고 입을 열었다.

"……확실히, 헬베티카 님의 말씀이 맞군. 나는 휩쓸렸던 거야."

"어……? 아, 아빠?"

안젤린이 불안해하며 벨그리프를 바라봤다. 사실은 서로 좋아했던 게 아니었다는 말일까. 조바심이 나서 심장이 마구 뛰어오르는지라 무심코 가슴을 부여잡았다.

한데 벨그리프는 사티를 똑바로 쳐다봤다.

"사티, 좋아해. 아니…… 아마도 쭉 좋아했어. 옛날부터. 나는 벽창호라서 다른 누군가의 마음에도 자신의 마음에도 둔감하지만……. 그래도 너는 분명하게 좋아해. 하루와 마루가 있기 때문이 아니야. 안제가 있어주기 때문도 아니고……. 나는 네가 너이기 때문에, 내곁에 있어주기를 바라. 나의 아내가 되어주겠어?"

벨그리프는 말을 마친 뒤 가만히 손을 내밀었다.

"아, 아으······."

사티는 하얀 피부를 귀까지 새빨갛게 물들인 채 입을 우물우물 하다가 이윽고 살짝 고개를 끄덕거린 뒤 내밀어주는 손을 꼭 붙잡 았다.

"나도······ 좋아, 좋아해. 벨 군······. 잘, 부탁드려요······."

침묵이 이어졌다. 다들 숨 쉬는 소리도 조심하는 것 같았다.

따란, 육현 소리가 울렸다. 루실이 노래하듯 말했다.

"축하해, 베이베."

즉각 폭발하는 듯한 환성이 울려 퍼졌다.

"얼씨구! 벨! 너 의외로 정열적이었군!!"

"젠장~ 오늘은 진탕 마시는 거다, 이 자식아~!"

"이미 마시고 있잖냐."

"벨 아저씨, 축하해요!"

"사티 씨, 진짜 잘됐어!"

"두 분 다 축하해요!"

"축하해~!"

"행복해라, 얄미운 녀석들아~!"

마구 밀려든 마을 주민들 틈에서 시달리며 벨그리프는 쓴웃음 을 지었다. 사티는 뺨을 붉힌 채 깔깔 웃고 있다. 아이들이 꽃을 흩뿌리자 또 활기차게 연주가 시작됐다.

그 광경을 바라보던 헬베티카는 생긋 미소 짓더니 쓱 발길을 돌 렸다. 처음에는 완만하게, 다만 점점 더 발걸음이 빨라졌다. 인파에서 멀어질수록 점점 미소가 무너지고 눈에서 눈물이 뚝뚝 떨어졌다.

"……으으, 져버렸어……."

울상으로 눈물을 닦으며 코를 훌쩍거린다.

"오, 영주님인가. 괜찮은가?"

"헤헤, 차여버렸어요……. 유감이에요."

헬베티카가 도망친 곳에는 비슷하게 인파를 피해 도망친 듯한 퍼시벌과 카심이 앉아 있었다. 떨떠름한 표정, 아주 떨떠름하지는 않은 애매한 표정을 짓고 있다.

헬베티카는 훌쩍훌쩍 코를 들이마시며 손가락으로 눈물을 닦았다.

"……벨그리프 님과 사티 님은 과거라는 강한 인연이 묶어주는 사이인걸요."

"아무튼 고맙단 말은 하지. 댁 덕분에 벨도 속마음을 털어놓은 셈이니."

"그런데 뭔가 져버린 기분이야. 우리가 오히려 한 방 먹은 느낌이잖아."

"어쩔 수 없다. 뭐, 벨이 예상 이상으로 사나이다웠다는 거지."

"헬베티카 씨!"

목소리가 들렸다. 고개 돌리자 안젤린과 셀렌이 달려오고 있었다.

"있지……. 있잖아."

"아뇨, 괜찮아요, 안젤린 님. 그렇게라도 하지 않으면 저는 자신을 납득시킬 수 없었거든요."

헬베티카는 가만히 말한 뒤 미소 지었다. 원하는 것은 무엇이든 손에 넣으며 살아왔다. 그에 필요한 힘도 재능도 충분히 갖고 있었다. 그래서 더더욱 손에 들어오지 않은 사람의 존재가 몹시 서글펐다.

"언니……."

"어휴, 셀렌. 그런 표정 짓지 말아주렴. 광대 역할을 했는데 신나게 웃어줘야지."

"강한 아가씨구나. 뭐, 마셔라, 마셔. 이런 때는 센 술이 최고다."

찰랑찰랑 증류주를 따라 술잔을 건네주자 헬베티카는 곧장 받아 들더니 울분을 풀겠다는 듯이 단숨에 쭉 들이켰다. 그러곤 살짝 콜록거리면서도 갑자기 한 발짝 내디뎌서 카심과 퍼시벌의 팔을 단단히 붙잡았다.

"뭐…… 뭐냐?"

"……이건 축하의 술이에요. 홧술이 아니에요."

"어, 헬베티카 씨? 이보쇼~?"

팔랑팔랑 손 흔드는 카심을 헬베티카는 번뜩 노려봤다. 눈빛이 조금 무섭다.

"오늘은 끝까지 같이 마셔주셔야겠어요. 여러분의 계획 때문에 제가 실연하게 된 셈이니까요!"

"……그럼 역시나 홧술이잖아."

"뭐라고요?"

"아, 아니, 아무것도 아니다……."

젊은 여성 영주의 안광 앞에서 중년의 S랭크 모험가 두 사람은 아무 대답도 하지 못했다. 헬베티카는 흥, 코웃음을 치더니 안젤린을 똑바로 마주 바라봤다.

"안젤린 씨! 물론 당신도예요! 셀렌, 너도 술잔 들고 와."

"어, 언니, 진정하세요."

"군소리 말고 마셔요, 명령이에요. 안젤린 씨, 술병!"

안젤린은 쿡쿡 웃고는 술병을 손에 들었다.

"기꺼이 함께하겠소, 영주님……."

"좋아요! 자, 왜 다들 멍하니 서 있는 거예요! 퍼시벌 님, 카심 님, 마시세요! 제 말을 못 따르겠다는 건가요!"

"예, 예이."

"잘 마시겠습니다."

아저씨 둘이 민망해하며 잔을 내밀었다.

"어라, 저쪽에서 뭔가 술판이 벌어졌는데!"

"다 같이 어디에 가나 했더니만."

"뭐하는 거냐, 우리도 끼워줘라~."

눈치 빠르게 찾아온 마르그리트와 밀리엄, 아넷사도 같이 끼어들자 자리가 금세 흥겨워지기 시작했다.

결혼식의 열기에 취해서 축제는 한참 더 이어진다.

○

　해가 저물어 간다. 광장에서는 아직 연회가 이어지고 있었다.
큰 냄비에 끓인 스튜와 보리죽은 거의 바닥났다만, 사람들은 축제
의 꼬리를 놓아주기가 아쉽다는 듯이 아직껏 집에 돌아가려고 하
지 않는다.

　벨그리프는 슬쩍 광장을 빠져나온 뒤 마을 바깥으로 나왔다.

　봄이 되었다지만 해질녘의 바람은 아직 선뜩하게 차가운지라
목덜미가 노출되지 않도록 망토 자락을 입가까지 끌어 올려서 바
람을 막았다.

　어린 풀들이 바람에 흔들리며 소리를 내고 있다. 바람 소리인지
풀 소리인지 정확히 알진 못한다. 높은 서편의 산 너머로 태양이
숨자 마을은 그림자 속에 들어갔다. 산의 능선이 또렷해지고, 푸른
색 산 표면은 실루엣이 되어 위쪽에서 덮어 씌워지는 것 같았다.

　벨그리프는 언덕 위까지 올라와서 앉은 뒤 거하게 숨을 내쉬었다.

　과음한 머리에 산들바람이 상쾌하다. 어쩐지 무시무시하게 분
주한 하루였던 것 같다.

　"……제정신이 아니었어."

　뭔가 굉장히 부끄러운 소리를 늘어놓았던 것 같아서 벨그리프
는 얼굴이 빨개졌다. 비록 술도 상당히 마셨었다만, 나잇살 먹
은 아저씨가 그 많은 사람들 앞에서 무슨 짓을 저질렀단 말인가.
배 속 깊숙한 곳이 꽉 죄어드는 기분이었다. 그런 이유도 있어 사

람들 앞에서 도망치고 싶어 이곳에 왔다.

문득 자박자박 풀을 밟아 헤치는 소리가 났다.

"후후, 혼자 여기서 뭐해?"

바람에 은색 머리카락을 나부끼며 사티가 다가온다. 지금은 꽃
목걸이도 관도 떼어 냈다. 벨그리프는 애써 차분하게 미소 지었다.

"잠깐 술이나 깨려고 나왔어."

"아하하, 좀 많이 마셨지……. 얍."

사티는 벨그리프의 옆쪽에 같이 앉았다. 은색 머리카락과 하얀
옷이 땅거미 속에서 뿌옇게 도드라져 보였다.

사티는 무릎을 끌어안고 그 위에 입을 파묻은 채 몸을 움츠렸다.

"해가 떨어지면 아직은 많이 춥구나, 역시."

"이곳은 바람이 곧장 불어오는 곳이니까. 더 많이 추울 거야."

벨그리프는 후유, 숨을 내쉬곤 굼실굼실 자세를 가다듬었다.

"옛날, 올펜에 출발할 때도 이 언덕에 올라왔었어. 마을이 잘 보
이는 곳이라서."

"그랬구나……. 확실히, 잘 보이네."

불을 밝히기 시작한 마을 광장에서 모닥불 연기가 모락모락 피
어오르고 있다.

"정말로 좋은 마을이야, 여기는."

사티가 말했다. 벨그리프는 훗 웃었다.

"좋게 말해주니까 나도 기쁘군."

"벨 군의 고향이라서 딱히 걱정은 안 했는데……. 그래도 처음

에는 조금 무서웠거든. 나를 받아들여줄까 걱정돼서. 하지만 다들 무척이나 친절해서 금방 친해질 수 있었고……."

"네가 마을 주민들을 받아들이려고 노력한 덕분이야. 다들 네 마음을 잘 알아준 게 아니었을까?"

"그런가? 하지만 그라함 님도 계셨고 마리도 있었고, 엘프가 꽤 익숙했는지도 몰라."

"그런 이유도 어쩌면 있었겠지."

"……후후."

이쪽을 바라보며 사티가 킥킥 웃는지라 벨그리프는 무슨 일인가 싶어 고개를 갸웃거렸다.

"왜 웃어?"

"아니, 꽤나 정열적인 고백을 해줬잖아, 갑자기 떠올라서."

벨그리프는 얼굴에 피가 확 올라오는 것을 느끼고 무의식중에 두 손으로 얼굴을 감쌌다. 사티는 웃음 지으며 벨그리프의 머리를 쓰다듬었다.

"왜 부끄러워해? 이미 다 해버린 말이잖아."

"그렇긴 한데……. 어쩌자고 그런 소리를……."

두 손에 얼굴을 묻고 못 움직이는 벨그리프에게 사티는 살짝 섭섭하다는 듯이 입을 삐죽거려 보였다.

"그럼…… 말해서 후회하는 거야? 아니면 분위기 때문에 아무 말이나 꺼냈던 거야?"

"그럴 리 없잖아……. 그야 술기운은 물론 있었지만, 전부 진심이라서 더 부끄러운 심정이야……. 게다가 그 많은 사람들 앞에서…….
으으."

사티는 입을 우물우물하다가 살며시 벨그리프에게 몸을 기댔다.

"……나도 떠올려버렸어. 확실히 부끄럽네."

"음……."

잠시간 두 사람 다 말이 없었다.

사티는 말은 않은 채 더욱 강하게 벨그리프에게 체중을 실었다.
벨그리프는 어깨와 팔에 사티의 체온을 느꼈다. 살며시 팔을 움직
여서 어깨를 끌어안는다. 추위 때문일까, 아니면 다른 무언가 때
문일까. 살짝 떨고 있는 것 같았다.

팔에 힘을 넣어서 가까이 끌어안자 사티는 부끄러워하며 얼굴
을 벨그리프 쪽에 향했다. 하얀 피부가 상기되어 붉게 물드는 모
습을 어스레한 하늘 아래에서도 분명하게 볼 수 있었다.

서로의 얼굴이 가까워진다. 입술의 부드러운 감촉과 달콤한 내
음. 사티의 에메랄드색 눈동자에 자신의 얼굴이 작게 비쳤다. 사
티가 쑥스러워하며 웃었다.

"후후, 술 냄새……."

"……너도 마찬가지야."

멀리서 떠들썩한 축제의 소리가 희미하게 바람을 타고 들려왔다.
서로가 등에 손을 둘렀다.

땅거미가 내려앉는다. 두 그림자가 하나로 겹친다.

131 온통 봄기운이 가득 차오른 산야에

온통 봄기운이 가득 차오른 산야에 많은 마차가 열을 이루어 나아간다. 보르도 가문의 문장이 달린 마차를 필두로 행상인의 소유인 듯한 마차가 뒤를 따르고, 말에 탄 병사들이 주위를 왔다가 갔다가 한다.

다만 어째서인지 호위가 가장 많이 배치된 곳은 중간쯤에 있는 행상인의 마차이다.

사실은 당연하다. 선두에 있는 보르도 가문의 마차는 빈껍데기니까.

그만큼 행상인의 마차는 떠들썩했다. 안젤린의 파티와 마르그리트에 더하여 호위 대상인 헬베티카와 셀렌이 이 마차에 타 있다. 본래 행상인의 호위로 동행했던 모험가 2인조도 함께였다.

마차가 덜컹 흔들렸다. 안젤린은 살짝 몸을 움직여서 자세를 가다듬었다.

뒤쪽 마차에서는 육현 악기의 소리가 들려온다. 이 마차는 만원인 터라 야쿠모와 루실은 다른 마차를 타고 있다. 보르도 가문 소속과 행상인들이 한데 모이니 마치 상단과 다를 바 없는 규모다.

고삐를 쥔 청발의 행상인이 말을 다그쳤다. 하지만 말의 발걸음은 오르막길이라는 지형도 거들어서 썩 빨라지지를 않는다.

"이렇게 많이 탔으니까 역시 좀 무겁겠지……."

"죄송해요, 억지를 부렸어요."

셸렌이 미안해하며 머리 숙였다.

"앗, 아뇨, 아녜요. 괜찮아요."

"그래도 좀 꽉꽉 낀다. 딴 마차도 잔뜩 있는데 말야."

"그럼 마리는 다른 마차에 탈래?"

밀리엄이 장난스럽게 받아쳤다.

"뭐래, 나만 따돌릴 셈이냐!"

마르그리트는 뺨을 볼록거리며 꼼짝 않겠다는 자세로 마차 테
두리에 몸을 기댔다.

안젤린은 힘껏 기지개를 켜고 뒤쪽에 흘러가는 풍경을 바라봤다.

"화창한 봄날……. 따뜻해졌네."

"지내기가 많이 편안해졌죠. 저는 이 계절을 무척 좋아해요."

셸렌의 말에 동승자들이 모두 긍정한다. 북부에 살면서 봄을 싫
어하는 사람은 없다.

봄맞이 축제 이후 딱 이틀이 지났다. 이런저런 뒷정리와 상의를
마친 뒤 일행은 톨네라를 떠났다. 분주한 봄의 하루하루가 또 시
작되더라도 아직 축제의 잔향이 있는지라 발길이 살짝 안 떨어지
는 기분이었지만, 올펜을 너무 오래도록 비운 느낌도 있어 가을의
귀성을 기대하며 짐을 실었다.

던전 건설은 조금 더 나중에나 착수할 것 같다. 셸렌이 촌장 보

좌나 혹은 대행이라는 형식을 빌려 정식으로 부임한 이후 구체적인 논의가 진행될 예정이다.

그때 필요한 시설을 만들겠다고 마을은 아주 떠들썩하다. 영주님, 백작의 여동생을 대관(代官)으로 맞이해야 할 텐데 엉성한 건물을 만들 순 없다며 긴장 반 즐거움 반으로 목수들은 매일같이 도면을 둘러싸고 재료를 계산하는 등 의욕이 많다.

다시 가도 정비 공사도 시작될 테고, 많은 환경이 바뀔 것 같다. 그러나 싫은 느낌은 아니었다. 앞쪽에 있을 불안보다는 즐거움의 비중이 더 크다.

이것저것 상상을 부풀리며 안젤린이 히죽히죽하고 있자니 헬베티카가 쿡쿡 웃었다.

"안제는 금방 표시가 나는구나."

"……그건 미점이야."

곧장 받아치면서도 안젤린은 조금 쑥스러워서 시선을 피했다.

헬베티카를 대할 때 은근히 퉁명스러웠던 안젤린도 실연을 이유 삼았던 술판에서 마음을 활짝 터놓으며 사이가 좋아졌다. 딱히 술자리에 같이 앉았던 적은 없는 관계였는데, 헬베티카는 주벽이 꽤 고약한지라 퍼시벌과 카심마저 은근슬쩍 도망치려고 했던 난장이었다.

아무튼 간에 진탕 마시고 다 쏟아 냈는지 다음 날 헬베티카는 완전히 기운을 되찾아서 벨그리프와도 사티와도 아무렇지도 않은 얼굴로 대화했다. 너나없이 제법 당황했었다.

헬베티카는 마차 테두리에 몸을 기대서 상쾌한 얼굴로 풍경을 바라보고 있다. 귀족이 보통 사용하는 부드러운 쿠션은 하나도 없는 마차이지만, 딱히 아무렇지도 않다는 모습이다. 기분 좋게 눈웃음을 지은 채 두 손을 들어 올리며 힘껏 기지개를 켠다.

"아, 정말 날씨가 좋구나."

"이봐, 헬베티카."

마르그리트가 말했다.

"왜 불러?"

헬베티카는 고개를 살짝 갸웃했다.

"너 말야, 차인 사람 치고는 기운차잖아. 역시 술 마시고 풀어낸 거냐?"

"와아, 마리. 차마 못 물어보는 말을 거리낌 없이 하는구나……."

밀리엄이 기막혀하며 웃었다. 헬베티카도 킥킥 웃는다.

"뭐, 술 덕분이기도 했는데 말야. 다만 요컨대 어린아이가 가지고 싶은 장난감을 못 갖게 된 셈이었으니까……. 그때는 분명 슬펐지만……. 다 지나고 보니 막 엄청나게 심각하진 않았던 것 같아."

"엥, 진짜냐? 뜨거웠던 마음이 식은 것처럼?"

"응……. 딱히 벨그리프 님을 좋아하지 않았다는 게 아니라……. 뭐라 말해야 할까, 그 사람을 좋아하는 자신이 좋은 마음도 같이 섞여 있었다고 할까……. 마음 어딘가에서는 처음부터 승산이 없다는 걸 알기도 했고."

"……뭐, 몇 번이나 거절당하셨으니까요."

셀렌의 말에 헬베티카는 쓴웃음을 띠었다.

"내 영입 제안을 단호하게 거절한 분은 벨그리프 님 말곤 없었는걸. 그래서 괜히 더 가지고 싶어졌을 거야, 분명히. 알잖니? 손에 넣기 어려운 사람일수록 매력적으로 보이는 법이니까."

"아빠는 가게에서 파는 상품이 아니야……."

안젤린이 뺨을 볼록거리자 헬베티카는 웃음 짓고는 눈을 내리떴다.

"그러게, 맞는 말이야. 난 결국 벨그리프 님을 순수하게 바라볼 수가 없었던 거네."

"영주로서는…… 틀리지 않은 방식이겠죠?"

아넷사가 두둔해주는 말을 꺼냈다.

"그럴지도 몰라. 하지만 한 명의 여자로서는……. 좀 아니지?"

"뭐야, 역시 풀 죽은 게 맞잖냐. 안심했다."

마르그리트가 깔깔 웃으며 머리 뒤쪽으로 깍지를 꼈다. 헬베티카는 입술을 삐죽였다.

"얘가, 뭐가 안심이야."

"이제 와서 우리 상대로 체면 차리지 않아도 된다. 친구잖냐?"

헬베티카는 당황하며 눈을 끔뻑거렸다. 그러다가 갑자기 큰 소리로 웃음을 터뜨린다.

"후훗, 어휴, 마리는 참 솔직하구나."

"무례하다는…… 말은 못 하겠네. 엘프령의 공주님인데."

아넷사가 웃으며 마르그리트를 콕콕 찔렀다.

"엉, 뭐야? 내가 이상한 소리 했나? 음?"

"앗, 저한테 물어보신 거예요? 아뇨, 좋은 말씀이었다고 생각하는데요."

갑자기 대화에 참여하게 된 청발의 행상인은 당황하며 대답했다.

헬베티카는 웃는 얼굴은 변함없이 후유, 숨을 내쉬고 살짝 자세를 고쳤다.

"그러게. 이렇게 유쾌하고 의지할 수 있는 친구가 잔뜩 있잖아. 나는 행복한 사람이야."

"이게 다 헬베티카 씨의 인덕이다냥~?"

밀리엄이 불쑥 말하더니 웃는다. 헬베티카는 당돌한 웃음을 띠어 보였다.

"그렇게 말해주면 기쁘지……. 게다가 벨그리프 님께 거절당한 것도 관점에 따라서는 훌륭한 교육자가 두 사람이나 영내에 머물러준다는 좋은 일인걸. 그 연줄로 인재도 잔뜩……. 언젠가 톨네라는 북부의 거점이 되고, 출신 인재가 보르도 전체를 윤택하게 만들어 줄거야. 즉 장래를 내다보는 투자. 내 실연 따위야 별거 아니지."

"그, 그렇구나……."

갑자기 무척 달변이 된 헬베티카를 보고 마차에 탄 일동은 당황했다. 안젤린은 흠흠, 고개를 끄덕이다가 헬베티카에게 두 손을 내밀었다.

"헬베티카 씨, 씩씩하구나……. 그치만 강한 척하지 않아도 되거든? 자, 내가 가슴을 빌려줄게……. 풍만한 가슴에 기대서 울도록 해."

―풍만?

또 갑자기 모두의 시선이 안젤린의 흉부로 쏟아졌다. 누구도 한마디를 하지 않는다.

"왜 다들 입을 다물."

"……로디나까지 얼마나 남았더라?"

"이 속도면 하루……. 저녁쯤에는 가겠네."

"뭐야, 왜 다른 이야기를 하지."

"안제, 박하수 줘."

안젤린은 떨떠름한 표정을 지은 채 짐에서 박하수병을 꺼내 밀리엄에게 건넸다.

마르그리트가 하품을 했다.

"흐암……. 후, 낮잠이나 자고 싶은 기분이군."

"날씨 참 좋지~. 앗, 셸렌도 박하수 마실래?"

밀리엄이 말했다.

"아까 마셨던 참이라서요……. 여러분은 어떠세요?"

음료를 권하자 2인 일행의 모험가는 송구해하며 고개를 흔들었다.

"아, 아뇨, 괜찮습니다."

마르그리트가 입을 삐죽였다.

"너무 긴장하지 마. 같은 모험가잖냐."

"그야 그렇긴 한데요……."

"S랭크『흑발의 여검사』씨 파티에다가……. 『팔라딘』의 손녀분이 같이 계신데 긴장하지 말라는 게 무리라고요오……. 저희는 아직 C랭크니까요."

"손녀가 아니라 질손이야."

"그게 중요하구나……. 뭐, 영주님인 헬베티카 씨도 있고. 어쩔 수 없나."

아넷사는 쓴웃음 지으며 활을 꺼내다가 손질을 시작했다. 다만 마차가 흔들려서 손이 자꾸만 엇나가는지 얼굴을 찌푸렸다.

"……흔들리네. 공사가 진행되면 조금 덜 흔들리려나."

"그렇겠죠. 던전의 안건도 있으니까요, 가능한 한 빨리 완료되면 좋겠어요."

"후후……. 공사 다 끝나면 귀성길도 편해져. 기뻐."

톨네라는 변경에 위치하는 탓에 왕래가 수월하지 않았다. 길도 험하고 따라서 시간이 걸린다. 게다가 막다른 지역이라는 이유도 있어 이웃 마을 로디나에서 걸음을 멈추는 여행자나 행상인도 많다. 하지만 던전이 건설되고 가도도 오가기 편하게 정비된다면 사람들의 왕래도 훨씬 활발해지리라. 안젤린 또한 귀성하는 날이 기다려졌다. 오히려 이쪽이 진짜 바라는 바다.

아무튼 간에 긴 휴가는 끝났다. 다시 올펜에서 모험의 나날이 시작된다.

벨그리프와의 여행은 수라장도 제법 겪었지만, 아버지와 함께 할 수 있어 기뻤던 안젤린에게는 아무런 괴로움도 되지 않았다.

이런저런 사건을 겪었어도 다 끝난 지금에 와선 전부가 좋은 추억이다.

올펜에서 의뢰를 받아 수행하며 또 고향을 그리워하도록 하자. 초가을에 다시 귀성하면 이번에야말로 꼭 신선한 바위월귤 열매를 따러 가야지, 안젤린은 싱글벙글 웃음 지었다.

"에브리데이, 아이 해브 더 블루스!"

"시끄럽다!"

아까부터 줄곧 시끄러웠던 뒤쪽 마차가 끼익끼익 흔들리며 한층 더 커다랗게 루실의 노랫소리가 들려오는가 싶더니 야쿠모의 노호가 터져 나오고 조용해졌다.

"저긴 뭐하는 거야?"

"루실이 록을 불태우고 있어……."

"저 녀석은 항상 즐겁더라."

마르그리트가 마차에서 몸을 내밀며 뒤를 쳐다봤다.

"야~ 괜찮냐~."

"후, 걱정 말거라. 멍멍이가 조금 흥분했을 뿐이니."

팔랑팔랑 흔들거리는 야쿠모의 손이 보였다.

안젤린은 쿡쿡 웃으며 마차 테두리에 등을 기댔다. 수레바퀴가 지면을 밟아 나아가는 율동이 등을 통해서 온몸에 울려 퍼진다. 눈앞에서 셀렌이 하품하는 모습이 보였다. 그러자 따라 하듯이 모두가 커다랗게 입을 벌린다. 왠지 갑자기 졸린 분위기가 감돌았다.

그렇게 눈꺼풀이 무거워져서 멍하니 흔들리는 마차에 몸을 내

맡기던 중에 바깥쪽에서 말발굽 소리가 나고, 누군가가 말을 건넸다. 호위를 맡은 보르도의 병사가 생기 가득한 목소리로 말한다.

"헬베티카 님, 이제 곧 점심 식사를 할 시간입니다. 조금만 더 가서 잠시 휴식을 취하려는데 괜찮으시겠습니까!"

"음……. 알았어요. 잠시 쉬었다 가죠."

병사는 경례한 뒤 말을 몰아서 멀어져 갔다. 헬베티카는 병사가 떠나간 것을 확인하고 나서 작게 하품을 했다. 그 광경을 보고 안젤린은 웃음을 뻥 터뜨렸다.

○

어쩐지 집 안에 텅 비었다는 느낌이 든다.

그냥 느낌이 아니라 실제로 비게 되었다. 다만 떠들썩한 소녀들이 떠난 이후인지라 빈자리의 사람 수 이상으로 조용하게 느껴지는 것은 무리가 아니었다.

집 안을 청소하며 벨그리프는 이 집이 이토록 넓었던가 생각했다. 새로운 집에 기거하기 시작한 이후 쭉 대가족이었는데, 인원이 한 번에 빠져나가니 더욱 휑뎅그렁한 것 같았다.

아이들은 그라함과 함께 마을 바깥으로 산책을 나갔다. 아침부터 좋은 날씨였기에 산책을 즐기기에는 딱 좋은 날이다.

"……떠들썩했었지."

빗자루에 기대서 한숨 쉬었다. 지금 뒤늦게 길었던 여행이 이제야 끝난 심경이었다. 집에 돌아온 이후에도 줄곧 이벤트가 계속되는 것 같았다. 아직 던전 이야기가 남아서 기다리고 있지만, 맥이 확 빠지는 것은 분명했다.

높임 마루에 드러누워 있던 카심이 뒹굴 몸을 뒤집더니 벨그리프를 쳐다봤다.

"왜 한숨을 쉬어. 안제가 가버려서 허전해?"

"그 이유도 있지만 말이지. 뭔가 맥이 빠져서버려서."

"헤헤헷, 줄곧 축제 때처럼 야단법석이었으니까."

"음. 소용돌이의 복판에 있을 때는 괜찮지만⋯⋯. 지나가고 나면 피로가 느껴지지."

"뭔 늙은이 같은 소리를 하나."

고개 돌리자 퍼시벌이 들어왔다. 두 팔에 가득히 장작을 안아들고 있다.

"자네는 피곤하지 않나?"

"몸의 피로는 없군. 뭐, 조금 조용해졌다는 생각은 한다."

그렇게 말한 뒤 난로 옆쪽에 장작을 내려놓고 쌓기 시작했다.

"아무튼 좀 생각을 해봤다만, 벨."

"음?"

"너와 사티는 옛날 집으로 옮기는 게 어떠냐. 신혼이 아저씨에 애들에 영감까지 데리고 살자면 마음 편하게 붙어 지내지도 못하잖나."

"오, 그거 괜찮은 생각이네. 퍼시치고는 마음 씀씀이가 착한데."

"네 녀석은 리더를 대하는 경의가 부족하군."

벨그리프는 기막혀하며 이마에 손을 가져다 댔다.

"배려는 기쁘지만…… 아이들도 우리를 따라오려고 할 테니 똑같을 거야."

"아니, 그라함 영감이 있으니까…… 무린가."

미토와 샤를로테 같은 큰 아이들은 어쨌든 간에 쌍둥이는 잘 때 사티에게 꼭 달라붙으려고 한다. 퍼시벌이나 카심과 자려고 하는 아이는 없다. 카심이 수염을 비비 꼬았다.

"그런 문제가 남아 있었군……. 뭐, 어쨌든 부부를 위한 사랑의 둥지라는 건 좋은 생각이야, 내가 들어봐도. 아이들은, 흠, 나중에 또 고민해보자고."

"그래야지. 이왕에 안제한테 동생이나 하나 만들어줘라."

"이봐들~."

다른 목소리가 들려서 눈을 돌렸더니 물이 든 나무통을 손에 들고서 사티가 서 있었다. 입은 웃고 있는데 눈은 웃지 않는다.

"퍼시 군, 카심 군……. 너희는 어쩜 이렇게 무신경한 거야~?"

"무신경하다? 전혀."

"그래. 우리는 너희가 행복하길 바라서 말이야."

"뭐가 행복이야. 어휴, 아저씨 둘이서 아주 못 하는 말이 없다니까……. 오늘 저녁 식사를 기대하는 게 좋겠네!"

"이 자식, 그건 반칙이잖냐!"

"어라, 독 넣게?"

"그런 짓까진 안 해!"

"뭐야, 그러면 됐어."

"카심……. 자네 진짜로 괜찮은 건가?"

"사티가 만든 식사가 맛없으면 옛날로 돌아왔다~ 생각하고 그냥 끝이지. 죽어 나가는 건 아니잖아, 헤헤헷."

"옛날에도 특별히 맛이 없지는 않았잖아!"

"그렇다, 카심. 매몰찬 말을 하는군. 맛있지 않았을 뿐이다."

"어라, 똑같은 말 아니야?"

"그런 건 아무래도 좋다. 아무튼 너희 부부는 저쪽 집으로 옮겨라. 침상이 삐걱거려서 숙면을 방해당하면 못 참으니까."

"……색골 아저씨."

"뭣."

"변태!"

사티는 메롱~ 혓바닥을 내밀었다.

퍼시벌은 눈살을 찌푸렸다가 느닷없이 웃음을 터뜨렸다. 그러고는 곧 소리를 내서 껄껄거린다. 뒤이어 카심도 벨그리프도 웃어 버리고, 사티까지 입가를 누른 채 어깨를 부들거렸다.

퍼시벌은 아마 과하게 웃은 탓인지 눈에 맺힌 눈물을 손가락으로 닦았다.

"하하하핫……. 또 이렇게 바보 같은 이야기를 할 수 있다니."

"관둬라. 또 숙연해지면 싫다고, 난."

"……우리 넷만 있는 시간은 어쩌면 합류하고 처음인 것 같네."

167

사티가 말했다.

돌이켜보면 줄곧 안젤린 등 다른 일행들이 함께 있었던지라 이렇게 옛 동료들 네 사람끼리 이야기를 나누는 시간은 처음인지도 모르겠다.

퍼시벌과 사티가 말다툼하고, 카심이 부추기고, 벨그리프는 기막혀하면서도 친구들을 바라보고 있다. 그러다가 갑자기 표적이 벨그리프로 바뀌곤 했더랬지. 아직 10대의 젊은이였던 시절, 그렇게 식탁을 둘러싸고 앉아서 술을 마시곤 했던 기억이 떠오르자 벨그리프는 눈자위가 살짝 뜨거워졌다.

"앗, 벨 군도 울어."

눈치 빠른 사티가 히죽히죽 웃으며 벨그리프의 어깨를 콕콕 찔렀다. 벨그리프는 쓴웃음을 지으면서도 손가락으로 눈을 문질렀다.

"나이를 먹었나……. 자꾸 눈물이 나오는군."

"그래. 이게 다 나이를 먹은 탓이다."

퍼시벌이 말하자 카심이 웃었다.

"아까는 대뜸 늙은이 같다는 소리 한 주제에."

"꼬치꼬치 따지지 마라, 이 녀석아."

퍼시벌이 카심의 중절모자를 휙 집어 들더니 마치 원반 던지듯이 멀리 날렸다. 카심은 허둥지둥 손을 앞으로 내민다. 그러자 마력이 뒤쫓아갔는지 모자가 공중에서 뚝 멈추더니 공중에 뜬 채 카심의 손안으로 돌아왔다.

"무슨 짓이냐."

"하핫, 재주도 좋은 녀석이군."

퍼시벌은 미안해하는 기색도 없이 또 장작을 쌓기 시작했다. 나무통에 든 물을 병에 옮기고 사티가 다시 바깥에 나가려고 한다. 벨그리프도 빗자루를 정리한 뒤 바깥으로 나왔다.

태양은 하늘 꼭대기에 가깝고, 바깥은 봄날의 햇살이 내리쏟아지고 있었다. 막 돋아난 새잎이 햇살을 반사하며 빛난다. 바람은 아직껏 조금 쌀쌀하지만, 보드랍게 피부를 어루만지는 정도이고 겨울의 매서움은 이미 없어졌다.

"이제 고개는 넘었으려나."

안젤린의 여정을 떠올린다. 날씨가 좋다. 여행을 하는 중에도 기분이 상쾌할 테지.

저쪽에서 도르래 삐걱거리는 소리가 난다. 사티가 우물에서 물 길어 올리는 모습이 보였다. 물을 길어다가 나무통에 옮겨서 들어 올린다. 벨그리프는 가까이 걸어 다가갔다.

"들어줄까?"

"괜찮아, 이 정도야. 그건 그렇고 그라함 님과 아이들이 돌아오질 않네. 이제 곧 점심인데."

"숲까지 들어간 걸까……. 조금 보고 올까?"

"걱정할 필요는 없겠지만. 뭐, 산책 겸 다녀올래?"

"그렇군. 엇갈리지 않게 서둘러 가야겠군."

"……잠깐, 잠깐만."

"음?"

나무통을 내려놓고 비밀 이야기를 나누자는 듯이 몸짓하기에 얼굴을 가까이 가져가자 불현듯 입술에 부드러운 감촉이 닿았다가 곧 떨어졌다. 장난스럽게 빛나는 에메랄드색 눈동자가 보였다.

"안녕히 다녀오세요."

"……다녀오겠습니다."

벨그리프는 쑥스러워하며 머리를 긁적였다. 사티는 만족스럽게 웃곤 가벼운 걸음걸이로 집 안을 향해 걸어간다.

살짝 정신이 멍한 와중에 벨그리프가 퍼뜩 놀라며 소리 높였다.

"사티, 물."

"앗."

잊을 뻔했네. 사티가 허둥지둥 되돌아와서 나무통을 안아 들고 종종걸음으로 집 안에 들어갔다. 대나무 잎 같은 귀 끝부분이 조금 빨갛게 물들었다. 정작 본인도 쑥스러웠군. 벨그리프는 그만 웃어버렸다.

한바탕 웃고 자, 가볼까. 발길을 돌리자마자 그라함이나 아이들과 눈을 마주쳤기에 벨그리프는 기겁했다. 그라함은 변함없이 무표정이었는데 은근히 재미있어하는 모습으로, 샤를로테 등등은 뺨을 붉힌 채 헤죽헤죽 웃으며 벨그리프를 보고 있다.

"……어, 언제부터 거기에."

"조금 전부터였네."

"후훗, 아버님도 어머님도 귀여우셔."

딱 들켜버렸나 보다. 벨그리프는 두 손으로 얼굴을 감쌌다. 쌍둥이가 달려와서 등과 다리에 뛰어 안겼다.

"아빠~ 사티랑 무슨 얘기 한 거야?"

"얼굴 가까이 대고 비밀 이야기?"

"그, 그래…… 음. 이제 곧 점심이잖니."

"점심."

"와아~."

"가자, 애들아. 따라와."

미토가 형처럼 오빠처럼 쌍둥이의 손을 잡아서 집 안으로 데려 간다. 그라함이 턱을 쓰다듬었다.

"오붓하니 보기에 좋군. 신경 쓰지 말게나."

"그, 그게, 이 상황에는……."

"딱히 사람들 눈을 신경 쓸 필요는 없다네, 벨. 이곳은 그대의 집이잖나. 우리는 더부살이에 불과하지."

"자네가 이런 소리를 하니 진심인지 농담인지 분간을 못 하겠 군……."

그라함은 작게 웃고는 아이들의 뒤를 따라서 집 안으로 들어갔 다. 샤를로테가 벨그리프에게 살며시 속삭거렸다.

"괜찮아, 아버님. 카심 아저씨랑 퍼시 아저씨한텐 비밀로 해줄 테니까!"

"그, 그래, 고맙구나……. 양 돌보기는 조금 익숙해졌니?"

"응, 새끼 양이 무척 귀여워. 에헤헤, 다음에 아버님도 같이 가 보자."

"그러자꾸나…… 벡?"

벡은 무뚝뚝한 얼굴은 변함없이 벨그리프에게 대답하지 않은 채 집 방향으로 쓱 걸음을 옮겼다.

"베, 벡, 뭐든 말을 해다오."

"……말해도 되나?"

"……미안, 역시 괜찮다."

벡은 흥, 코웃음 치고 집 안으로 들어갔다.

아이들이 오히려 마음을 써주는 건가. 정말 나잇값을 못 하는구나. 벨그리프는 쓴웃음을 짓고 있다가 샤를로테가 잡아끄는 손길을 따라 집 안으로 들어갔다.

132 열심히 일군 흙 위쪽으로 허리를 굽힌

열심히 일군 흙 위쪽으로 허리를 굽힌 사람들이 왔다가 갔다가 한다. 봄 파종 밀을 심는 중이다. 맛은 가을 파종 밀에 약간은 떨어지지만, 초가을에 수확 가능한 이 밀은 겨울나기를 위해 **빼놓을** 수 없는 중요한 작물이다.

막대로 파낸 줄에다가 밀 낱알을 떨어뜨리며 간다. 높은 곳에서 떨어뜨리면 마구 흩어지는지라 흙과 가까운 곳에서 뿌려야 한다. 그래서 다들 허리를 굽힌 채 걷는다.

주식으로 먹는 작물은 마을 주민들끼리 서로 협력하여 재배한다. 벨그리프도 이곳저곳에 밭일을 도우러 다니는데 오늘은 밀을 심는다.

작년 숲 습격 때 괴멸 상태가 됐던 서쪽의 밭도 다시 일구어 낸 덕에 이제는 파릇파릇한 밀 이파리가 흔들리고 있다. 대강 절반은 봄 파종 밀이 자라날 땅이고, 오늘은 아침부터 이곳에서 씨를 뿌리는 중이다.

멀리서 당나귀의 요란한 울음소리가 들려온다.

벨그리프는 수중의 밀이 바닥난 틈에 쭉 굽혀 다니던 허리를 폈다. 왼쪽 다리에 중심을 두고 상체를 뒤로 쭉 젖힌다. 척추뼈가 소리를 내며 풀어지는 감촉이 느껴졌다.

"……후유."

숨을 내쉬고 허리에 찬 주머니에서 또 밀 낱알을 쥐어 꺼냈다. 이렇게 밭일을 할 때면 특히 톨네라에 돌아왔다는 기분이 든다.

안젤린과 친구들이 톨네라에 돌아간 지 1주일 남짓 지났다. 떠들썩한 시간이 지나간 이후 기묘한 허전함도 엷어지고, 하루하루의 일에 매진하는 동안에 마음도 조금씩 일상으로 돌아오려고 하고 있었다.

다만 결정적으로 다른 것은 친구들의 존재다. 과거에 마음에 박힌 가시였던 친구들이 지금은 같은 지붕 아래에서 함께 기거하며 같은 냄비로 식사를 한다. 안젤린을 도시로 보낸 이후로 쭉 오래도록 혼자서 생활했던 때를 떠올리면 무언가 참 많이도 달라졌음을 느끼며 매사에 신기하다는 기분이 든다.

저 건너편을 보면 바구니를 등에 멘 퍼시벌이 쌍둥이를 두 팔에 매단 채 걷고 있었다. 저 친구는 아이들을 한꺼번에 다섯 명도 안아 들 수 있는데 게다가 태연하다. 두 팔에 각각 두 명씩 매달고도 걸어 다닐 수 있다.

따라서 아이들은 재미있어하며 퍼시벌에게 꽉 붙잡고 매달리거나 어깨에 올라타서 신나게 떠들어 대거나 한다. 그럼 퍼시벌은 아이들은 태운 채 빙글빙글 돌거나 공중으로 휙 던져서 다시 받아 줄 수도 있었다.

굳이 말하자면 과묵하며 빙빙 돌려주거나 던져주는 등의 놀이는 해주지 않는 그라함과 달리 퍼시벌은 꽤 거칠다. 하지만 아이들에게는 다소 거친 놀이가 더 즐거운 경우도 있는 법인지라 특히 남자아이들은 요즈음 퍼시벌에게 놀아달라고 조르는 때가 많아진 것 같다. 다만 지금은 아이들도 밭일을 하는 데 도우미로 같이 나와 있다만.

허, 퍼시벌이 저런 녀석이었던가. 벨그리프는 웃음 지었다.

"벨 아저씨, 갑자기 웃네?"

가까운 곳에서 작업하던 번스가 말을 붙이며 고개를 갸웃거렸다.

"아니, 퍼시도 완전히 아저씨가 되었구나 싶어서 말이다."

"그렇구나. 우리는 저런 퍼시 아저씨밖에 모르니까……."

"아이 같아서 귀여워……. 좋은 의미로, 응."

리타가 가만히 말한 뒤 살짝 웃었다. 벨그리프도 웃는다.

"저런 모습만큼은 옛날과 똑같구나. 나와 같은 나이지만……. 저 녀석은 아버지라기보다는 형님 같은 느낌이 들었지."

"확실히. 퍼시 아저씨는 형님이라는 느낌이지. 벨 아저씨는 아빠지만 말이야."

"왜냐면 벨 아저씨한테는 안제가 있는걸, 응."

"지금은 미토도 있고 샤르도 있고 하루랑 마루도 있고……. 게다가 신부까지 데려왔잖아."

번스가 슬쩍 놀리더니 히죽히죽 웃었다. 벨그리프는 쓴웃음을 지으며 턱수염을 비비 꼬았다.

톨네라의 마을 주민들은 노인이든 청년이든 너나없이 벨그리프를 놀린다. 그것이 친근감에서 비롯되었음을 알기 때문에 벨그리프도 싫다는 생각은 안 한다만 역시 쑥스럽다.

담소를 나누며 잠시 손을 쉬었다가 다시 작업에 착수했다.

그라함과 카심은 더 어린 아이들을 데리고 낚시를 갔다. 사티는 집에 딸린 밭을 손보려는 것 같다. 일하는 중에도 집에 돌아간 뒤에도 떠들썩한지라 안젤린의 안부를 기원하며 혼자 조용히 생활했던 시절이 지금 와서는 그립다는 생각마저 들었다.

그러나 딱히 나쁜 기분이 들진 않는다. 다만 이러한 변화에 아직 익숙하지 않을 뿐이리라 생각한다.

이윽고 태양이 하늘 꼭대기에 올라갈 무렵에는 자신이 맡은 구역을 마무리할 수 있었고 벨그리프는 집에 돌아왔다.

마당에서 밀짚모자를 쓴 샤를로테가 감자 껍질을 벗기고 있었다. 샤를로테는 부지런한 아이라서 언제나 종종걸음으로 돌아다니며 이런저런 일을 거들곤 했다. 뺨은 빨갛고, 손과 손가락은 흙투성이고, 작게 상처도 있다. 저런 모습으론 도저히 루크레시아 추기경의 영애라고 생각할 수 없었지만, 본인은 오히려 현재의 변화를 기뻐하는 것 같았다.

샤를로테는 껍질 벗긴 감자를 물 채운 냄비에 넣고 얼굴을 들어올렸다.

"아, 다녀오셨어요, 아버님."

"다녀왔단다, 샤르."

벨그리프는 우물에서 물을 길어다가 손을 씻으며 주위를 둘러봤다.

"혼자니?"

"어머님은 텃밭에 계셔. 벡이랑 같이."

"그렇구나. 음, 점심 준비는 이제부터겠군."

"응, 이 감자를 삶아서……. 나머진 카심 아저씨랑 그라함 할아버님께 달렸네."

샤를로테는 혼잣말처럼 말한 뒤 쿡쿡 웃었다. 두 사람의 낚시 결과에 따라 점심 식사의 호화로움이 결정되는 셈이다. 벨그리프는 미소 짓고는 샤를로테를 모자 위로 톡톡 쓰다듬어주고 집 안에 들어갔다.

아무도 없는 집 안은 몹시 잠잠했다. 창문을 통해 비치는 햇살에 흩날리는 먼지 알갱이까지 볼 수 있었지만, 그게 오히려 침침한 분위기를 조장하는 듯 여겨졌다. 혼자 있을 때는 집이 과하게 넓은 이유 때문인지도 모르겠다.

문득 자그맣게 윙윙 소리가 들렸다. 눈을 돌리자 벽에 세워 놓은 그라함의 대검이 불만스럽게 소리를 내고 있었다.

"……심심하니?"

혼잣말처럼 벨그리프가 묻자 검은 고개를 끄덕이듯 또 윙윙거렸다. 그러고는 다시 침묵한다.

이번 여행에서 큰 힘을 발휘해줬던 이 성검은 톨네라에 돌아온 이후는 거의 전무에 가깝도록 활약할 기회가 없었던 터라 살짝 토라졌는지도 모르겠다. 하지만 마수도 도적도 없는 곳이니만큼 검

같은 무기가 나설 기회는 당연히 없기 마련이다. 설마 식칼 대신에 쓸 수도 없잖은가.

본래 지금쯤 그라함이 던전을 만들기 위해 여행을 떠났겠지만, 중지된 탓에 더욱더 심기가 불편한 것 같기도 하다. 그라함이 여로에 올랐다면 이 대검도 한바탕 날뛸 기회가 있었을 테지.

"조만간 던전이 만들어지면 마음껏 활약할 수 있단다."

위로의 말을 건네봐도 삐쳤는지 무슨 이유인지 검은 침묵할 따름이었다.

벨그리프는 어깨를 으쓱거리다가 난로의 불을 확인한 뒤 요리를 준비하고자 장작을 지피고 냄비에 물을 채웠다. 냄비의 옆쪽면에 자잘자잘한 거품이 묻어날 즈음 샤를로테가 껍질을 다 벗긴 감자를 안아 들고 들어온다. 그 뒤쪽에서는 벡도 나타났다. 유채의 꽃봉오리가 가득 찬 바구니를 들고 있다.

"오, 많이도 뜯어 왔구나."

겨울 중 눈 아래에 파묻혀 있었던 밭의 푸성귀가 이제야 일제히 꽃대를 뻗어 올리나 보다. 꽃이 피어나기 전 봉오리는 삶아도 볶아도 맛있게 먹을 수 있다. 조금 쓴맛이 나며 맛깔스럽다. 초봄의 쓴맛은 추위에 굳은 몸이 풀어지는 것 같다고 벨그리프는 늘 생각한다.

조금 뒤 들어온 사티가 눈을 끔뻑거렸다.

"어라, 벨 군, 집에 와 있었네?"

"일이 빨리 끝났거든. 점심은 감자에 생선인가?"

"그렇게 할 생각인데 낚시 간 사람들이 언제 돌아오려나…….
칭호를 받은 모험가라고 낚시 솜씨가 좋단 보장은 없는걸."

"하기야……. 뭐, 도시락도 안 가져갔으니 금방 돌아올 테지."

생선은 살짝 넉넉히 기름을 둘러서 굽도록 하고, 남은 기름으로
감자와 유채를 볶아도 괜찮겠다. 그럼 양파와 향초도 같이 넣어
서……. 아니면 소금을 뿌리고 위에 향초를 듬뿍 얹어서 찜기로
푹 쪄도 괜찮지 않으려나. 혹은 토막을 내서 수프를 만들어볼까.

벨그리프는 난로의 불을 조절하며 점심 식단을 이것저것 떠올
렸다. 요즘은 사티에게 요리를 맡기고 있는지라 이렇듯 자신이 요
리를 고민하는 것도 어쩐지 즐겁다. 자신 한 명을 위해서가 아니
라 누군가가 같이 먹어주는 식사인 만큼 의욕이 난다.

아무튼 간에 감자를 먼저 삶던 중 카심과 그라함이 미토를 데리
고 돌아왔다.

"우리 왔어."

"어서 오게나. 좀 낚았나?"

"대강 배부르게는 먹을걸."

큼직한 녀석 한 마리, 중간쯤 되는 게 네 마리가량 된다. 아가미
와 내장은 이미 빼내서 가져왔다.

"큰 녀석은 향초로 찌고, 나머지는 구워 먹어볼까."

"괜찮네. 그럼 유채랑 양파도."

"나도 거들게."

미토가 말했다.

"그래. 그러면 샤르를 도와주려무나."

"미토, 이리 와. 감자 으깨서 염소젖이랑 섞을 거야."

삶은 감자는 소금과 염소젖, 녹인 버터를 섞어서 매끄러워지게 으깬다. 톨네라뿐 아니라 제국에서 자주 만들어 먹는 요리다. 다만 젖은 우유를 쓰는 경우가 많다. 두 아이는 나란히 손을 움직였다. 어느 틈인가 미토가 조금 더 커졌다. 옆에서는 벡이 묵묵히 양파를 썰고 있었다.

생선을 찌고 굽고 향긋한 냄새가 떠다니게 될 무렵에 퍼시벌이 쌍둥이를 데리고 돌아왔다. 쌍둥이는 퍼시벌의 어깨에서 뛰어내리더니 난로 앞쪽에 다가들었다.

"생선이야."

"생선, 좋아."

"기름이 튄다. 이리 오거라……."

그라함이 쌍둥이를 안아 들었다. 쌍둥이는 저항하려는 듯이 버둥버둥 다리를 흔들었다만, 안에 데리고 가서 책을 펼쳐주자 금세 얌전해졌다. 얼마 전 봄맞이 축제 때 행상인이 가져온 책이 요즘 마음에 드는가 보다.

글자는 아직 못 읽지만, 그라함이 읽어서 들려주면 눈을 반짝거리는 하루와 마루를 보고 있자니 자신도 저렇게 안젤린에게 책을 읽어줬던 기억이 떠오른다. 저러면서 조금씩 글자와 말을 익히고 점차 본인 혼자서 읽기 시작했었다.

요리가 다 만들어지자 식탁을 둘러싸 앉아 떠들썩한 점심 식사가 시작되었다. 사람 수가 좀 줄었다지만, 그럼에도 떠들썩한 분위기는 변함이 없다.

"그나저나 막 얼마 전까진 여자아이들이 잔뜩이었는데 지금은 아저씨들 얼굴만 눈에 띄네. 이거 차이가 상당한데."

카심이 수염에 묻은 감자 조각을 닦으며 말했다. 퍼시벌이 웃는다.

"한꺼번에 나가버렸잖냐. 슬슬 애들도 올펜에 도착했겠지."

"글쎄다. 보르도 주변에서 느긋하게 쉬다 간다면 조금 더 걸릴지도 모르지."

그야 영주와 여동생까지 함께 움직인 일행이다. 사샤를 만난다면 물론 이야기를 나누고 싶을 테고, 초대받는다면 기꺼이 걸음을 잠시 멈출 수도 있겠다. 톨네라에는 딴 곳에 새지 않고 한시라도 빨리 도착하고 싶어 할 안젤린도 올펜에 갈 때는 마음이 느긋할 테지.

이런저런 잡담을 즐기며 식사를 마치고 나서 뒷정리까지 끝냈다.

샤를로테와 미토는 쌍둥이를 데리고 놀러 나갔고, 벡도 같이 붙잡혀서 따라갔다. 어른들은 집에 남아서 식사 후 제각각 휴식하던 중 문득 그라함이 입을 열었다.

"조금 상담하고 싶은 문제가 있네만."

"음?"

찻주전자에 찻잎을 집어넣던 벨그리프가 고개 돌렸다.

"무슨 일인가?"

"미토의 문제라네."

"미토? 또 할 일이 있나?"

퍼시벌이 말했다. 그라함은 턱을 쓰다듬었다.

"던전 이야기도 본래는 미토의 마력을 효율적인 형태로 소비시키기 위함이라 말을 했었지."

"그래."

"사실 톨네라에 던전을 건설하자는 이야기가 안 나왔다면 나는 이미 미토와 함께 보르도로 출발했을 걸세. 마석에 옮겨 담은 마력도 상당히 쌓여 있는 상태라서 말이지."

"그러면 거 뭐냐, 마력을 소비하기 위해서 던전 대신에 뭔가 해야겠단 말이네?"

카심의 물음에 그라함은 긍정했다.

"맞네. 슬슬 어떠한 형태든 소비하지 않으면 마도구도 못 버틸 테지……. 단순히 마력을 해방시키고 끝낸다면 주위 환경이 비틀려서 던전화되어버릴 터이나 술식을 잘 구성하고 또한 세심하게 주의를 기울인다면 마력이 마수화될 것이네. 그것을 쓰러뜨릴 수 있다면."

"마력과 함께 사라진다는 말인가. 분명 간편하게 해결할 수 있겠지만……. 그러면 굳이 던전을 만들 필요가 있는 건가?"

"마수를 소환하는 방법은 위험하네. 우리가 마수의 종류를 특별히 지정할 수도 없을뿐더러 술식과 방법, 어느 한쪽이 조금이라도 잘못되면 마도구 자체가 부서질 가능성이 있지."

그렇게 되면 또 『대지의 배꼽』에 아 바오 아 쿠를 쓰러뜨리러 가야 하는 것인가. 벨그리프는 쓴웃음을 지었다. 더 이상 그런 기나긴 여행은 못할 것 같다.

퍼시벌은 팔짱을 끼고 상념에 잠긴 듯 시선이 이리저리 움직였다.

"흠……. 어떤 마수가 튀어나오든 나와 댁이 있다면 만에 하나라도 별일은 없겠지만 말이야. 카심도 있으니까."

"그렇지. 그러니 이번에는 이 방법을 쓰고 싶어서 상담했네. 다만 절대적이지는 않아. 이것은 어디까지나 나와 그대와 같은 인물이 있다는 전제로 쓰는 수단이네. 게다가 과거에 숲의 습격처럼 숫자로 밀린다면 희생이 발생할 가능성도 있지. 그렇게 되면 최종적으로 다 쓰러뜨린다 한들 실패라네. 솔직히 안정적인 방법이라는 말은 못 하겠군. 가능하면 자주 쓰고 싶지는 않아."

"흐음~ 그러면 안제랑 애들이 떠나기 전이 더 좋았을 텐데. 머릿수가 많으면 적이 잔뜩 튀어나와도 대응이 쉽지 않았겠어?"

카심이 묻자 그라함은 눈을 내리깔았다.

"미안하네……. 던전 건설이 신속하게 진행되리라고 속단했던 터라 다른 방책을 강구하지 않았었다네. 나의 책임이군."

벽에 세워 둔 대검이 윙윙거렸다. 뭔가 화내는 것 같다. 그라함은 난처해하며 눈살을 찌푸렸다. 퍼시벌이 웃었다.

"꼬마 아가씨들 몇 명 없어도 자기만 있으면 어떤 마수든 분쇄해주겠단 건가. 과연 성검이군. 댁이 약한 소리를 하는 게 마음에 안 든다는군, 그라함 씨."

벨그리프는 검과 퍼시벌을 번갈아 봤다.

"어라……. 퍼시, 자네는 저 검의 목소리가 들리나?"

"엉? 벨, 너는 안 들리는 건가? 줄곧 저 녀석을 휘둘렀잖냐?"

벨그리프는 머리를 긁적였다.

"제대로 들은 적은 없는 것 같군. 안제도 말을 들었다고 하던데……. 그런가, 자네도 들리는 건가…….."

역시나 저 검의 목소리는 어떠한 일정 기량을 보유한 자, 이른바 천재가 아니라면 들리지 않는 것일까. 소유주인 그라함은 물론 안젤린, 마르그리트, 퍼시벌까지 대검의 목소리가 들린 사람은 자타 공인의 실력자뿐이다. 결국 갖가지 수라장을 헤쳐 나왔다지만, 자신은 그 영역에는 다다르지 못한 것인가. 조금 서글픈 심정으로 벨그리프는 머리를 긁적였다.

그렇게 다소 의기소침한 벨그리프를 보고 퍼시벌은 어깨를 으쓱거렸다.

"……뭐, 딱히 중요한 건 아니지. 그럼 어떡할 거야? 마을이 위험해지지 않을 장소까지 나가서 거기에서 마수를 불러내면 되는 건가?"

"그게 무난하지. 퍼시벌, 그대는 나와 함께 나타나게 될 마수의 상대를 부탁하지. 카심, 그대는 현장에서 마력 방출을 거들어주면 좋겠네. 술식 구축에도 협력해주면 고맙겠군."

"예이. 헤헤헤, 이런 건 오랜만인데. 요즘은 쌈박질만 하느라 술식 구축은 전혀 한 적이 없었잖아."

"나도 몸이 둔해지던 참이다. 마침 잘됐군."

"그러면 우선 주위를 결계로 둘러싼 다음에 하는 게 좋겠네요. 혹시 마수가 잔뜩 나타나도 다른 곳으로 흩어지는 걸 조금이나마 억제할 수 있어요."

사티가 말했다. 그라함은 고개를 끄덕거렸다.

"옳은 말이군……. 준비는 미리 철저하게 해야 할 테지."

"살짝 바빠지겠군. 벨, 너는 어떡할 테냐."

"S랭크 수준의 마수가 상대라면 내가 나설 자리는 없지. 저 검도 그라함이 휘둘러줘야 더욱 기뻐할 테고."

"에이, 삐치지 마라. 게다가 싸우진 않더라도 구경은 하고 싶겠지? 『팔라딘』과 『패왕검』, 게다가 『천개 파괴자』의 한곳에서 싸우는 거다. 음유시인 녀석들이 손뼉을 치며 기뻐할 만한 장면이라고."

"좋겠다, 나도 참가하고 싶은데."

사티가 부러워하며 말했다. 퍼시벌이 흥, 코웃음을 쳤다.

"겨우 『처형인』한테 지는 실력이면 안 되지. 사랑하는 남편과 둘이서 견학이나 해라."

"그래그래, 아이들도 있는 몸이잖아."

카심도 맞장구치며 껄껄 웃었다.

사티는 발끈하며 눈살을 찌푸리다가 갑자기 당돌하게 미소를 짓고 휙 손을 흔들었다. 즉각 퍼시벌의 웃음 띤 얼굴이 얼어붙으며 시선만 목 주위로 내려갔다. 목에 칼날을 바짝 들이댄 듯한 기세가 감돌았기에 벨그리프와 카심도 놀라서 눈을 커다랗게 뜬다.

사티는 생긋 웃더니 손을 내렸다. 험악한 분위기가 사라졌다.

퍼시벌은 손으로 목을 쓰다듬었다. 의아하다는 표정을 짓고 사티를 쳐다본다.

"……이 녀석."

"여러분? 제도에서 저는 옛 신과 맺은 계약 때문에 힘을 제한당한 처지였다는 것을 잊어버리면 곤란한데요. 원한다면 연속 무승부 기록에 마침표를 찍어볼까? 퍼시 군."

퍼시벌은 멍하니 있다가 금세 껄껄거리며 웃음을 터뜨렸다.

"이거 한 방 먹었군! 멋지게 발톱을 숨기고 있었구나, 사티. 아직껏 싸움 상대가 건재했다니 기쁘군."

사티는 흥, 코웃음을 쳤다.

"제대로 뎄지? 앞으론 막 우쭐대지 말자, 퍼시 군. 실력이 좋아진 건 너 하나가 아니란 말야."

"하핫. 어쨌든 제대로 부딪치면 네가 진다고."

"안 지는데요~. 그치만 애들이 흉내 내니까 싸움은 안 돼~."

"그게 뭐야."

"헤헤, 알겠다. 무섭구나?"

"무섭긴 누가 무서워. 건방진데? 카심 군."

"헹. 기습이 아니면 못 이기는데 그게 실력이냐?"

"기습을 당한 시점에서 상대보다 약한 거예요~!"

"뭐라!"

"어머, 어머. 말 꺼내자마자 시비를 거네?"

퍼시벌과 사티가 말다툼하고, 카심이 부추기고, 벨그리프가 끼어든다. 과거에 몇 번이나 되풀이됐던 광경이 거듭됐을 때 쿡쿡 웃음소리가 들렸다. 눈을 돌리자 그라함이 드물게도 얼굴에 활짝 웃음을 짓고 있었다.

네 사람은 갑자기 부끄러워졌는지 입을 다물고 시선을 이리저리 돌렸다. 그라함은 웃음을 거두지 않은 채 조곤조곤 말했다.

"좋은 친구들이군……. 젊은 시절의 모습이 보이는 듯해."

벨그리프는 난처해하며 수염을 비비 꼬았다. 그라함에게 저런 말을 들으니 왠지 더더욱 쑥스러움이 배가되는 기분이었다.

"아니에요오. 오는 말이 고와야 가는 말도 고운 법이니까……."

사티는 우물쭈물하며 변명했다. 퍼시벌은 거칠게 머리를 긁고 발길을 되돌렸다.

"에잇, 젠장맞을. 아무튼 조만간에 마수 퇴치란 말이지?"

"어디에 가나."

"애들 봐주러 간다."

그렇게 말한 뒤 집에서 나가버렸다. 카심이 껄껄 웃는다.

"도망쳤네."

벨그리프는 어깨를 으쓱였다.

"저런 구석은 옛날부터 달라진 게 없군."

"어휴! 꼬맹이 아저씨 녀석!"

사티는 뺨을 볼록거렸다. 그라함이 웃음 짓는다.

○

안젤린이 주점에 들어가자 낯익은 단골들이 놀라서 눈을 돌리
더니 곧이어 시끄럽게 잔을 치켜들었다.

"돌아왔구나!"

"오랜만이군, 이봐!"

"어떤 여행이었어? 이야기 들려줘!"

왁자지껄한 환대의 목소리에 안젤린은 팔랑팔랑 손을 흔들며
「나중에」라고 답한 뒤 카운터 자리를 차지하고 앉았다. 여전히 무
뚝뚝한 주인장이 유리잔을 닦으며 말했다.

"잘 지냈나 보군."

"응."

"혼자인가."

"나중에 올 거야⋯⋯. 여기서 만나기로 했어."

"아버지는 같이 안 오셨나."

"아빠는 톨네라에⋯⋯. 귀성, 즐거웠어."

안젤린은 카운터에 두 팔꿈치를 짚고 흐무러진 얼굴을 손으로
받쳤다. 오리고기 소테와 차갑게 식힌 와인을 주문한다.

어둑어둑하며 다양한 냄새가 배어든 주점에 오면 어쩐지 마음
이 차분해지는 것 같았다. 이미 올펜이라는 도시도 안젤린에게는
생활 공간이다. 톨네라와는 다른 곳이지만, 다시 일상으로 돌아온
듯한 안심감이 있다.

보르도까지 간 날에 보르도 가문에서 하룻밤 묵고, 사샤와도 오랜만에 인사를 나눴다. 톨네라의 던전 이야기 등을 나누며 몹시 흥분했던 사샤는 빨리 축하의 말을 전하러 가야겠다며 다음 날 아침 안젤린 일행과는 반대 방향으로 날듯이 말을 달렸다. 무의식중에 함께 가려고 했던 안젤린을 친구들이 서둘러 붙잡아준 것도 좋은 농담거리다.

그다음은 또 1주일가량 걸려서 겨우 올펜에 돌아왔다. 이쪽은 이미 눈은 찾아볼 수가 없고, 봄다운 따뜻한 온기와 이동을 시작한 여행자 및 행상인들로 활기가 가득했다.

일단 각자의 집에 돌아가서 가볍게 휴식을 취하거나 목욕탕에 가는 등 몸을 돌보다가 느지막이 밤중에 단골 술집에서 다시 모이자고 이야기를 나눴다. 그래서 왔는데 안젤린이 1등 도착이었나 보다.

오리고기가 지방을 튀어 올리며 구워지는 광경을 바라보며 안젤린은 이번 귀성까지 긴 여정을 떠올렸다. 모험의 연속이었으나 벨그리프가 줄곧 곁에서 함께했다는 이유도 있어 허전함도 불안도 느끼지 않았다.

아니, 사실은 불안도 약간 느꼈지만, 금방 의지할 수 있는 상대가 함께해준다는 것이 마음의 짐을 덜어주었을 테지. 퍼시벌과의 만남, 그리고 어머니 사티와의 만남도 기뻤다. 재회를 기뻐하는 아버지와 친구들의 모습도 자기 일처럼 기뻐해줄 수 있었다.

평온한 나날. 아버지와 옛 친구들의 지난 이야기. 그리고 봄맞이 축제의 결혼식…….

가만히 떠올리기만 해도 저절로 헤실헤실 웃음이 나온다.

와인을 홀짝이며 멍하니 앉아 있던 중 옆자리에 누군가가 앉는 기척이 났다.

"벌써 주문했어?"

아넷사가 얼굴을 들여다본다. 안젤린은 고개를 끄덕거렸다.

"평소대로……."

"너, 오리고기 진짜 좋아하는구나."

마르그리트가 깔깔 웃으며 증류주를 주문했다. 밀리엄은 흐아 앙, 커다랗게 하품을 하며 카운터에 턱을 얹는다.

"피곤해라~. 뭔가 집에 돌아가니까 맥이 확 빠지는 느낌이었어."

"긴 여행이었으니까. 언제부터 일에 복귀할래?"

"음……. 결정 안 했어. 우선 내일 길드에 한번 얼굴 비추고……. 상황에 따라."

"얘들아, 얘들아, 나 말야~『대지의 배꼽』에서 올린 실적을 말하면 단박에 고위로 올라갈 수 있지 않겠냐?"

마르그리트가 두근두근하는 모습으로 말했다. 아넷사가 잠시 생각하며 눈만 위쪽으로 향했다.

"뭐, 확실히 마리는 예전부터 이미 하위 랭크의 실력은 아니었지만……."

"맞아, 맞아. 길드도 고위 랭크가 늘어나면 나쁠 게 없거든."

"그렇지? 게다가 말야, 고위로 올라가면 나도 같이 파티에 들어

갈 수 있잖냐."

마르그리트는 자신 있게 말한 뒤 카운터를 탁탁 두드렸다. 안젤린은 잔을 들고서 안쪽의 와인을 흔들거렸다.

"그러게…… 마리도 경험 꽤 쌓았고, 아빠도 할배도 반대는 안 할 거야."

"역시나? 헤헤헤, 기대된다~."

"뭐, 길드 마스터랑 얘기해봐야지."

"아마 열심히 환영해줄걸~. 전위가 두 사람이면 편해지겠다~."

안젤린은 고개를 끄덕거렸다. 마르그리트가 함께 앞으로 나와준다면 자신도 활동 범위가 더욱 넓어진다. 즉 벨그리프와 퍼시벌처럼. 여기까지 생각하다가 문득 의문이 들었다. 벨그리프의 옛날 이야기에 따르면 전위 두 사람은 사티와 퍼시벌이 아니었던가? 괜히 고개를 갸웃거린다.

"마법사 미리가 카심 아저씨 자리는 당연히 맡아야 하고……."

"응? 나? 카심 아저씨? 응응?"

고개를 갸웃거리는 밀리엄은 무시한 채 안젤린은 눈살을 찌푸리며 아넷사를 바라봤다. 아넷사는 눈을 끔뻑거렸다.

"어어? 왜?"

"……아네, 내일부터 검사 하자. 내가 가르쳐줄게."

"엥?"

"그리고 마리랑 전위. 나는 뒤에서 관찰. 그리고 적절하게 필요한 곳에 지원을……."

"얘가 뭔 소리를 하냐?"

"그치만 이렇게 안 하면 내가 아빠 자리에 못 들어가……."

"아빠 자리는 또 뭐야……."

"안제가 벨 아저씨처럼 지시를 내리는 거야?"

"아하핫, 안제한테 벨 역할은 무리지."

벌써 세 잔째 증류주를 홀짝거리던 마르그리트가 유쾌하게 웃었다. 안젤린은 뺨을 볼록거리며 대꾸한다.

"무리 아니야……. 나는 아빠 딸이잖아."

"저번에 카심 아저씨한테 성격이 너무 다르단 말 들었잖아……."

"끙……."

안젤린은 언짢아하며 와인을 쭉 들이켜더니 주인장에게 밀어줬다. 한 잔을 더 달라는 무언의 재촉인지라 주인장은 묵묵히 와인을 따랐다.

밀리엄이 웃으며 안젤린의 어깨를 콕콕 찌른다.

"안 어울리는 역할에 매달리지 마. 안제는 안제니까."

"그래, 맞다. 익숙하지도 않은 짓 하다가 괜히 뒤엉키면 우리도 곤란하다고."

"……나는 포기하지 않아."

기름이 떨어지는 오리고기를 입속에 가득 넣으며 안젤린을 눈을 내리떴다.

쭉 증류주를 들이켠 마르그리트가 막 떠올랐다는 듯이 말했다.

"그러고 보니 말이야, 너 톨네라에서 생각보다 벨한테 어리광 부리는 느낌이 아니었거든. 무슨 일 있었냐?"

"……그래?"

스스로는 딱히 별생각이 없었기에 안젤린은 고개를 갸웃거리며 되물었다. 듣고 보니까 맞는 말 같기도 하다. 사티와 벨그리프의 관계를 신경 쓴 측면도 어쩌면 있었겠지만, 귀향하기 전부터 벨그리프와 줄곧 함께 지냈다는 것이 오히려 아버지를 향한 강렬한 친애를 억제한 것 같기도 하다.

"……분명히 아빠 내음을 충분히 보급했었기 때문일 거야."

"그게 뭔데."

"그치만 가을이 될 무렵에는 다시 부족하겠지. 그러니까 집에 갈 거야. 그리고 바위월귤 열매를 따러 가야지. 그때는 더 많이 어리광을 부릴 거야……. 후후후."

그렇다. 벌써부터 기대가 된다. 막 따낸 달콤새큼한 바위월귤 열매를 바구니에 꽉 채워서……. 앙~ 먹여주고 먹으면 정말 멋지겠지. 엄마한테도 앙~ 먹여줘야겠다.

히죽히죽 웃는 안젤린을 보고 세 친구는 얼굴을 마주 바라보며 깔깔 웃었다.

"오오, 여긴가."

"꼬륵꼬륵이라네, 베이베."

야쿠모와 루실도 찾아온 덕에 장내가 떠들썩해졌다. 두 사람도 당분간은 올펜에서 수입을 올릴 계획이란다.

슬슬 취기가 돈 단골 손님이며 모험가들이 기다리다 지쳐 여행이야기를 들려달라며 다가왔다. 술이 들어가면 떠드는 입도 신나서 가벼워진다.

아직껏 밤은 길었다. 이야기하며 추억에 잠기는 것도 나쁘지는 않다.

안젤린은 와인을 한 잔 더 주문했다.

133 떠들썩한 소리가 가득 찬 길드에 돌아오자
일상으로

떠들썩한 소리가 가득 찬 길드에 돌아오자 일상으로 돌아왔다는 느낌이 강해졌다.

울퉁불퉁 딱딱한 돌바닥도 칙칙한 회색으로 물든 석회석 벽도 변함없다. 하지만 뭔가 예전보다 더 떠들썩한 데다가 오가는 사람 숫자도 많아진 것 같았다.

"와아! 그럼 톨네라에?"

노란색 포니테일을 흔들거리며 소라가 흥분조로 말했다. 안젤린은 자랑스럽게 고개를 끄덕인다.

"맞아……. 그러니까 아빠는 길드 마스터가 될 거야."

"진짜냐……. 벨그리프 씨, 굉장하다."

제이크가 탄성을 흘리며 의자에 걸터앉았다. 카인도 놀라서 눈이 마구 흔들리고 있다.

"실현되면 진짜 굉장하겠죠……. 『팔라딘』에 『패왕검』에 『천개파괴자』. 길드 마스터가 『적귀』……. 모험가의 실력으론 올펜이나 보르도에도 못하지 않을 겁니다."

"응. 분명 굉장할 거야……. 후후."

"제가요, 전에 벨그리프 씨한테 배운 대로 창 쓰는 사람들 찌르기를 참고했더니 확실히 검의 기세가 예리해졌슴다! 덕분에 랭크가 곧 올라갈 듯함다!"

"나도 예전보다 몸이 잘 움직여지는 느낌이고……. 기초는 정말 중요하더군요."

"나도 이것저것 많이 배웠어요……. 그 숲에서 치른 싸움도 상당히 좋은 경험이었고요."

예전에 행상인의 호위로 톨네라에 왔다가 시기가 맞아떨어져서 오래된 숲과의 전투에 참가했었던 세 사람은 톨네라에서 받은 훈도(薰陶)를 제각각 소화하여 깊이 익혔나 보다.

안젤린은 자신이 직접 가르친 것처럼 거들먹거리는 표정으로 고개를 끄덕였다.

"너희도 또 톨네라에 오도록 해……."

"와아, 안젤린 씨가 직접 이렇게 말해주다니 기쁨다."

"그런데 혹시 안젤린 씨도 조만간 톨네라에 다시 정착하는 겁니까?"

제이크가 조금 섭섭해하며 말했다. 안젤린은 쿡쿡 웃었다.

"그건 아마도 꽤 나중의 이야기야……. 물론. 왔다 갔다는 하겠지만, 나는 더 많은 곳을 모험하고 싶거든."

"모험이라……. 과연 S랭크 모험가는 다르군."

저쪽에서 제이크 파티를 부르는 목소리가 들렸다. 소라가 일어섰다.

"아, 감정이 끝났나 봄다. 가보겠슴다!"

"어, 진짜냐? 더 오래 기다릴 줄 알았는데."

"빨리 끝났군요……. 그럼 안젤린 씨, 또 봐요."

"응."

세 사람이 떠나가자 안젤린은 의자 등받이에 기댄 채 깊숙이 숨을 내쉬었다.

요즘 들어서 올펜의 길드는 마수 소재를 비롯한 이런저런 매입이 활발화되었기에 가져오면 가져오는 분량만큼 짭짤한 수입을 올릴 수 있다고 한다. 소라의 이야기에 따르면 길드가 대형 상회와 제휴를 맺은 덕분에 소재 판매 루트가 상당한 규모로 확대된 것 같다.

매출 일부는 길드의 몫으로 공제된다. 한 건의 거래에서는 미미한 금액이지만, 교역 도시이기도 한 올펜의 모험가 인구를 감안하면 상당히 높은 수입이리라. 수익이 좋다며 외부에서 온 모험가도 제법 늘어나는 추세라니까 이렇듯 떠들썩한 길드의 광경도 이유가 대강 이해된다.

길드 마스터도 열심히 하는구나, 생각하며 잠시 가만히 멍하니 앉아 있으려니까 친구들이 다가왔다.

"미안, 좀 늦었지."

"와~ 여전히 여긴 떠들썩하네~."

"혼자 멍하니 뭐하냐."

마르그리트가 안젤린의 어깨를 콕콕 찔렀다. 안젤린은 얼굴을 들어 올리며 하품했다.

"기다리다가 지쳤을 뿐. 가자."

넷이 나란히 카운터로 간다. 접수원 유리가 생긋 웃었다.

"어서 와, 얘들아. 건강해 보이는구나."

"다녀왔어요, 유리 씨⋯⋯. 이쪽은 별일 없었어?"

"그러게. 예전 같은 소동은 안 일어났어. 서류 작업 때문에 리오가 비실비실하지만."

라이오넬은 여전한가 보다. 안젤린은 쿡쿡 웃었다.

"있잖아, 길드 마스터한테 얘기 좀 하고 싶은데⋯⋯."

"리오한테? 알았어, 지금쯤이면⋯⋯. 응, 괜찮겠네. 들어가."

곧장 입실 허가가 떨어져서 길드 마스터의 집무실로 향했다.

방에 들어가려는데 서류 다발을 안아 들고 나오는 비서인 듯한 여자아이와 딱 마주쳤다. 비서는 놀라서 눈이 동그래졌다가 곧 기뻐하며 얼굴에 활짝 미소를 떠올렸다.

"안젤린 씨! 드디어 돌아오셨네요!"

"응, 어제⋯⋯. 길드 마스터 있어?"

"있어요. 길드 마스터, 안젤린 씨가 왔어요."

비서와 엇갈려서 방에 들어가자 집무용 책상에 산처럼 쌓인 서류 건너편에서 막 일어서는 라이오넬의 모습이 보였다. 그 밖에도 몇 사람 사무 업무를 보고 있었던 직원들이 반가워하며 안젤린에게 인사햇다.

서간인 듯한 종이를 훑어보던 도르토스가 얼굴을 들어 올리더니 웃음 짓는다.

"오오, 안제. 겨우 돌아왔구나."

"다녀왔어, 백금 할배……. 바빠 보이네."

"무얼, 이쯤이야 익숙하단다."

"조금 휴식하자. 차 좀 내줘……. 자자, 안제 양, 앉아, 앉아."

라이오넬은 지친 미소를 띠며 비슷하게 이것저것 놓여 있는 접객용 탁자를 서둘러 정리했다. 아무렇게나 편지와 서류를 밀어내고 어서 앉아라, 앉아라, 손짓으로 자리를 권해준다.

"아이고, 다들 건강히 돌아와줘서 다행이야."

"너는 여전히 지쳐 보이는구나."

마르그리트가 깔깔 웃었다.

"똑같지, 뭐. 아니, 하지만 조금씩 요령이 붙곤 있거든. 레논 상회와 제휴를 성공시켜서 자금 융통이 되게 편해졌단 말이지……. 뭐, 일거리가 줄진 않았지만. 오히려 늘었지만."

"아까 들었어……. 열심히 하는구나. 기특해, 길드 마스터."

"하하, 안제 양한테 칭찬 들으니까 기쁘네……. 벨그리프 씨랑 친구분들은 같이 안 왔어?"

안젤린은 『대지의 배꼽』에 갔던 여행길과 여러 전투의 이야기, 퍼시벌 및 사티와의 재회, 이후의 생활 따위를 짧게 정리해서 들려줬다.

라이오넬과 도르토스는 이따금 눈이 동그래지는 둥 마구 흔들리는 둥 내내 놀라며 이야기를 들었다.

"뭐랄까……. 고생 참 많았구나."

"무사히 옛 동료들이 함께 모인 것인가. 경사스러운 일이군."

"그건 그렇고 톨네라에 던전이라니……. 벨그리프 씨가 길드 마스터를 맡아주는 거야? 좋겠다. 인품 최고고, 인망은 괴물이고, 통솔도 잘하시고……. 나, 길드 마스터 은퇴하고 톨네라에 이사나 갈까 봐."

"정신 나간 소리 지껄이지 말거라."

"슬슬 괜찮지 않을까요? 길드도 재건이 거의 끝났고, 조금 더 안정되면 젊은 녀석에게 맡긴 뒤……. 도르토스 씨도 톨네라에 가 보고 싶지 않습니까? 『팔라딘』도 머물고 있다잖아요."

"……으음, 아예 관심이 없다면 거짓말이겠지."

마르그리트가 앞에 놓아준 차를 손에 들면서 말했다.

"잘됐네, 와라. 큰숙부도 환영해줄 거다!"

"으음……."

도르토스는 난처해하며 하얀 수염을 비비 꼬았다. 라이오넬은 유쾌하게 웃고 있다. 여유가 생긴 덕분인가, 예전처럼 본래의 무사태평한 분위기가 조금씩 돌아오는 것 같았다.

안젤린은 입가에 미소를 띠며 쓱 몸을 내밀었다.

"그래서 말야, 『대지의 배꼽』에서 재해급이랑 잔뜩 싸우기도 했고, 마리를 고위 랭크로 승격시켜줄 순 없나 물어보고 싶은데……."

"어, 승격시켜도 괜찮겠어? 와, 나야 고맙지. 마르그리트 씨 실력은 나도 잘 아니까 이견은 없어. 오히려 너무 늦었다 싶네. 이제 더 안심하고 의뢰를 줄 수 있겠어."

라이오넬은 대뜸 허락했다. 너무 아무렇지도 않게 허락해주는지라 안젤린이 오히려 힘이 빠질 정도였다. 밀리엄이 깔깔 웃었다.

"잘됐네, 마리. 그래도 혼자 막 튀어 나가면 벨 아저씨랑 그라함 할아버지한테 혼날걸~?"

"시끄러워. 나도 잘 안다고. 왜 다들 똑같은 잔소리래."

마르그리트는 입을 삐죽거렸다.

라이오넬은 유쾌하게 웃으며 찻잔을 손에 들었다.

"그래서, 안제 양은 어떻게 할 예정이야? 또 올펜을 거점으로 활동해주려나?"

안젤린은 고개를 끄덕거렸다.

"응. 초가을에 한 번 더 톨네라에 귀성할 텐데……. 이번에는 가을 수확제 지나면 복귀할 예정이야."

겨울나기도 즐거웠지만 조금 과하게 오래 머물렀던 것 같기도 해서 고향이 너무 편해지는 게 왠지 싫었다. 지금은 일에 기운을 쏟고, 가을 수확제 전에 귀성해서 톨네라의 생활을 즐기다가 축제가 끝나면 행상인들과 함께 다시 올펜에 돌아올 테다. 기대감을 높여 두어야 귀성의 즐거움도 더욱 늘어나는 법이다.

그게 전부가 아니었다. 안젤린에게는 더 하고 싶은 것이 있었다.

안젤린은 손에 든 찻잔을 만지작거리며 차근차근 말했다.

"……그리고 말야, 당분간 여기에서 일하다가 또 잠깐 모험을 다녀오고 싶거든."

"모험?"

"그게 뭐야, 나는 못 들었다고."

아넷사가 눈을 휘둥그레 떴다. 안젤린은 고개를 끄덕거렸다.

"어제 침대에서 생각이 떠올랐는데……. 이번 여행이 무척 즐거웠으니까."

그랬다. 안젤린은 모험을 하고 싶었다. 오래도록 올펜과 그 주변을 영역으로 삼아 활동했었지만, 이번의 긴 여행에서 다른 토지에 대한 동경을 자극당한 것은 분명하다. 톨네라에서 지낸 평온한 생활도 매력적이지만, 젊은 마음은 모험을 추구한다.

올펜의 자기 방에 돌아와서 오랜만에 혼자 조용히 침대에 눕자 어쩐지 이런저런 생각이 머릿속을 빙글빙글 돌아다녔다. 대부분은 이번 여행과 톨네라의 생활과 얽힌 추억이었다. 떠올리기만 해도 가슴이 고조돼서 행복한 기분을 느낄 수 있었다.

이제까지도 비슷하게 추억을 떠올릴 만한 기회는 많았지만, 혼자 곰곰이 생각하던 중 이 즐거운 마음은 어디에서 온 것일까 문득 의문을 느끼게 됐다.

물론 톨네라에서 부모님과 친구들과 함께하는 평온한 생활도 좋아한다. 그러나 선명하게 추억이 되어 떠오르는 것은 『대지의 배꼽』이나 제도에서 벨그리프와 함께 싸우고, 낯선 지역에 발을 들여놓는 장면이다. 한 차례 이국의 여행을 경험해버리면 낯선 지역이나 사람과의 만남이 불쑥 욕구가 되어 솟구치게 된다.

침대에서 전전반측하며 만약에 여행을 떠난다면 어떤 경로를 택해 이동해야 할까, 다른 지역의 길드에서는 어떻게 교섭해야 할까, 이런저런 생각을 무의식중에 떠올리는 자신을 깨닫고 역시 자신은 이미 뿌리까지 모험가임을 안젤린은 새삼 절감했었다.

"그런데 모험을 가면 어디에 가려고?"

라이오넬이 묻는다.

"동방, 그쪽이 좋을 것 같아. 강철 열매에 관심 있어서."

"강철 열매……. 아하, 큰숙부의 검에 쓴 그거냐."

"맞아."

제도보다 남쪽의 루크레시아와 다단에도 흥미는 있었지만, 지금은 동방에 대한 동경이 더욱 강해졌다.

틸디스보다 동쪽에 있는 땅. 토야와 모린이 거점으로 삼아 활동한다는 글단이나 야쿠모의 출신지인 무릉. 무엇보다도 벨그리프가 휘둘렀던 그라함의 검, 살아 있는 성검은 동방 지역에서 자라는 강철 나무의 열매로 만든다고 했다.

지금 쓰는 검도 동방의 철로 제작한 귀물이지만, 역시 더 좋은 검을 갖고 싶다는 욕구에는 저항할 수 없었다. 톨네라의 숲에서 그 대검을 휘둘렀을 때 감촉은 검사로서 전율할 만큼 기분이 좋았었다.

"그런 검을 휘두를 수 있다면…… 좋겠어. 자기한테 딱 맞는 형태의 검으로."

같은 검사인 마르그리트가 고개를 끄덕였다.

"맞네. 그 검은 자꾸 거드름 피워서 맘에 안 들지만, 나도 나만의 검은 갖고 싶다. 얇고 예리하고……. 어떤 성격이 되려나? 딱히 주인과 닮진 않는 것 같은데."

확실히 그 검은 그라함의 무기인데도 불구하고 그라함과 딱히 닮지 않았다.

만약 자신의 검도 의사를 갖게 된다면 남자아이가 될까, 여자아이가 될까. 그라함의 검은 새침데기 소녀라는 느낌이었는데 자신의 경우는 어떠려나. 사이좋게 지낼 수 있으면 다행이겠지만, 싸우면 어떻게 해야 되려나. 상상을 하면 할수록 점점 즐거워진다.

"강철 열매구나~. 지팡이도 만들 수 있을까? 재미있겠네~."

"활은…… 잘 휘어지지 않을 테니까 무리겠네. 화살에 쓰기에는 좀 아까울 테고……."

"할배 말고는 갖고 다니는 사람은 전혀 못 봤지……. 역시 손에 넣는 게 힘든가?"

"아마 꽤 힘들겠지……. 의사가 있는 만큼 사용자를 선택한다는 이야기도 있고, 제대로 신경을 써서 길러 내야 할 테고……."

"다음에 갔을 때 더 자세히 물어보자……."

겨울 중 밤에 들었던 그라함의 모험담에는 물론 검을 손에 넣었을 때의 이야기도 있었다. 다만 어디까지나 모험담이었기에 검을 얻게 된 상세한 정보는 딱히 아니었다.

그러나 대강 중요한 부분은 안젤린도 잘 기억하고 있다.

무릉은 대륙의 동쪽 끝에 위치하지만, 그곳에서 더 동쪽에 있는 해양 지역에는 크고 작은 군도가 있고, 강철 나무는 그 섬들 중 한 곳에서 자라난다고 한다.

과거 바닷속 화산이 분출했을 때 융기되며 만들어진 섬인데 강철 나무는 그 섬의 흙이 아니면 자라지 않는다. 수많은 사람이 다른 장소에서 재배를 시도했었다만, 성공 사례는 단 하나도 없다.

요컨대 그곳까지 직접 가야 된다는 뜻인데 로데시아 제국은 대륙의 서쪽 끝, 무릉은 동쪽 끝이니까 가본 적 없는 사람만 잔뜩이어도 어쩔 수 없다. 그라함이 갔을 때도 외국에서 온 여행자는 본인 이외에 더는 없었다고 하니까.

그러나 그라함이 갔던 때는 자칫 100년 가깝게 이전의 옛날이다. 지금은 무릉에서 야쿠모가 건너와 있고, 토야와 모린도 동쪽에서 제도로 와 생활한다. 일단 마음먹으면 못 갈 곳은 아니다. 길은 험난할지도 모르지만, 그런 여행이 더 긴장감이 있어서 재미있다.

다만 어려운 여행길을 버텨서 도착해도 검에게 외면당한다면 전부 헛수고다. 분명 동방과의 왕래가 제법 수월해졌음에도 그라함 같이 살아 있는 검을 쓰는 사람의 이야기를 못 들어본 것은 강철 열매 무기를 다루는 것이 아직껏 난해하다는 증거인지도 모른다.

그라함의 이야기에서 어린 시절의 검은 — 그라함의 표현이다 — 지면에 우뚝 박힌 채 도무지 움직이려고 하질 않기에 어쩔 수 없이 자루를 잡아 쥔 채 7일 밤낮 동안 끈질기게 버텨야 했다.

또한 검이 사용자를 인정해도 검사가 검을 제대로 길러 내지 못하여 썩혀버리는 사례도 있다고 한다. 게다가 다루는 방식에 따라 마검으로 화하여 사용자를 지배하려고 드는 경우도 있다던가. 무엇 하나도 평범한 검과 다르다. 아무튼 이렇듯 다루기가 어려운 만큼 성능은 안젤린도 사무치게 잘 알고 있다.

그라함이 끝내 7일에 걸친 승부에서 이기고 검을 막 손에 넣었을 무렵, 검은 그라함이 아닌 누구의 손도 거부하며 가끔은 다른 사람을 나가떨어지게 만들기도 했다. 칼갈이를 맡긴 장인마저 날려 보냈다니까 정말이지 심상치 않게 사나운 기질이다.

그리 생각하면 안젤린이나 벨그리프의 손에도 쥐여줬다는 것을 보아서 지금 성검은 어쨌거나 상당히 둥글어졌다는 뜻이다. 그라함과 함께 수많은 수라장을 헤치고 나온 결과로 저렇게 바뀐 것일까.

무척이나 인간 같아서 안젤린은 오히려 호감을 가질 수 있었다. 자신의 검도 비슷하다면 심심하지 않아서 좋겠다는 생각이 든다.

아무튼 간에 정말로 검을 갖고 싶다면 배를 타야겠구나. 안젤린은 다시 생각을 한다.

올펜의 서편에 있는 해양 도시 엘브렌에서 배를 목격한 경험은 많아도 직접 타지는 않았다. 상상하면 가슴이 두근두근 뛴다. 배가 바다를 가르며 나아가는 광경은 유쾌할 것 같다.

그러나 아직은 한참 나중의 이야기였다. 안젤린에게 지금 최우선 사항은 가을 톨네라의 바위월귤 열매다. 아쉬움 하나만 더 떨친다면 아무 유감도 없이 동방으로 여행을 떠날 수 있다. 그 때문에라도 지금은 올펜에서 열심히 의뢰를 수행하며 나중의 공백을 미리 메꿔야 할 테다.

라이오넬이 쓴웃음 지으며 머리를 긁적였다.

"되게 먼 곳이잖아, 또 한동안 자리를 비우는 건가~."

"응…… . 안 돼?"

"아냐, 괜찮아. 그야 안제 양 파티가 있어주면 훨씬 든든하지만, 이렇게 쭉 의지만 하면 안 되잖습니까? 도르토스 씨."

"옳다. 안제가 자리를 비워 굳건히 서지 못한다면 애당초 올펜의 길드에 미래는 없다. 그저 후진을 육성하기 위한 좋은 기회라고 받아들여야 할 테지."

"……그래도 지금 당장은 아니지?"

"물론…… . 당분간 여기에서 일할 거야."

"다행이다. 당분간이어도 아저씨는 안심이야."

안젤린은 쿡쿡 웃고는 다시 라이오넬을 바라봤다.

"우리한테 맡기고 싶은 급한 의뢰는 혹시 있을까?"

"음~ 예전처럼 재해급 마수의 대량 발생은 없으니까…… . 아, 다만 변이종 조사를 의뢰하고 싶은 던전이 있었지, 아마…… . 유리한테 물어봐."

"알았어…… . 그럼 마리의 승격 안건은 잘 부탁할게."

"예이, 예이. 근데 조금만 기다려줘. 오늘은 아직 처리해야 할 일거리가 남아 있어서…… ."

"괜찮아. 급한 거 아니니까…… . 오늘은 어떻게 할까?"

아넷사가 고민하듯이 시선을 허공으로 보냈다.

"글쎄…… . 일단 유리 씨한테 얘기 좀 들어보고 그다음 준비를 시작하면 되지 않을까? 쭉 부재중이었으니까 아마 도구도 상한 게 많을걸."

"응, 맞네……. 그러면 길드 마스터, 백금 할배, 일 열심히 해."

자리에서 일어난 뒤 문득 안젤린이 입을 열었다.

"그러고 보니……. 근육 장군은 어디 나갔어?"

"체보르그 녀석은 허리를 다쳐서 드러누웠다."

"엥……."

○

들판의 꽃이 개화기를 맞이하자 꿀과 꽃가루를 모으는 벌과 가지각색의 나비가 어지러이 날아다니는지라 생기가 가득했다.

완만한 구릉에서는 눈이 녹아 만들어진 작은 물줄기가 솟아 나와서 풀 사이를 달리고, 그 녹음을 쥐 등등 조그만 동물들이 달려다닌다. 위쪽 하늘에서는 먹잇감을 노리는 솔개가 원을 그리고 있었다.

하루와 마루 쌍둥이가 활짝 꽃 피어난 평원에 앉아 화환을 엮고 있었다. 앉은자리에서도 재료로 쓸 꽃은 손만 뻗으면 잔뜩 널렸다.

저 멀리 점점이 보이는 하얀 것들은 방목하여 기르는 양들이다. 그 사이를 카심이 샤를로테와 벡, 미토를 데리고 걷고 있었다.

예의 결계를 설치하기 위해 오늘은 아침부터 마을 바깥에 나왔다. 사티는 뒷정리와 가사를 해야 한다며 집에 남아 있다. 카심이 결계 설치를 담당하고, 다른 아이들은 도우미 역할이다. 그라함과 퍼시벌은 달리 할 일이 있다면서 둘 모두 없었다.

벨그리프는 아이 돌보기 역할이다. 잠시 쌍둥이를 바라보다가 말을 붙였다.

"무얼 만드는 거니?"

"화관."

"퍼시한테 줄 거야. 카심한테도."

"다 했다."

귀여운 하얀 토끼풀꽃과 붉은 토끼풀꽃을 원 형태로 짜서 쌍둥이는 자랑스럽게 들어 벨그리프에게 보였다.

"하하, 아주 잘 만들었구나."

"잘 만들었어."

"아빠한테도 만들어줄게."

"정말? 기쁘구나."

쌍둥이는 다 만든 화환을 옆에 놓아두고 또 꽃을 꺾기 시작했다. 안젤린이 아직 어리던 시절, 이렇게 화관을 짜서 놀던 기억이 떠오른다.

안젤린은 올펜에 무사히 도착했으려나. 벨그리프는 먼 도시에 있을 딸아이를 머릿속으로 그렸다.

하루가 꽃을 따서 마루에게 건넸다.

"아빠한테 만들어주고…… 할부지한테도 줘야지~."

"줘야지~."

"좋구나. 할부지도 기뻐할 거다."

쌍둥이는 헤죽 웃고는 꺾은 꽃을 양손에 가득 부여잡았다.

"꽃이 잔뜩이라서 기뻐. 식구들 몫 전부 만들 수 있어."

"엄마한테도 만들어주고 싶어."

그 말에 벨그리프는 가슴이 미어져서 입을 우물거렸다. 쌍둥이가 말한 엄마는 사티가 아니다. 쌍둥이에게 엄마는 두 사람을 낳아준 여성이며 사티가 애써 구출했는데도 결국은 생명을 잃어버렸다.

다만 쌍둥이는 죽음의 개념을 아직껏 잘 알지 못했다. 아울러 벨그리프 등 어른들도 설명하기가 영 어려워서, 또한 진실을 알았을 때 하루와 마루의 슬픔을 상상하면 역시 도저히 말을 못 하게 된다.

들은 이야기에 따르면 두 아이의 어머니가 묻힌 묘는 사티가 만들었던 공간에 있다. 지금은 붕괴되어버렸을 테니 성묘하러 가지도 못한다.

벨그리프는 뭐라 표현할 수 없는 심경에 휩싸여서 몸을 숙인 뒤 천진난만하게 화환을 엮는 쌍둥이의 어깨에 조심스레 손을 둘렀다.

"……미안하다."

쌍둥이는 의아해하는 표정을 짓고 붉은 수염의 「아빠」를 쳐다봤다.

"왜 그래? 어디 아파?"

"울어? 괜찮아?"

쌍둥이는 잘 모르겠다는 얼굴이었지만, 둘이서 같이 벨그리프의 머리를 쓰슥쓰슥 어루만지며 「아프지 마라~」라고 말해줬다.

이윽고 벨그리프는 얼굴을 들어 올린 뒤 미소 지으며 두 아이의 머리를 쓰다듬었다.

"……고맙다."

"이제 안 아파?"

"에헤헤, 다행이다."

그러고는 또 화환을 엮기 시작한다.

언젠가 진실을 알려줬을 때 두 아이는 어떤 심정을 느끼게 될까. 벨그리프는 묵묵히 눈을 내리깔았다. 이대로 두면 안 된다고 생각하면서도 자꾸 눈앞의 행복에 몸을 날릴 뿐 문제를 뒤로 미뤄 버린다. 자신은 자신이 생각하는 것보다 약한 인간이다.

저쪽에서 카심이 다가왔다. 샤를로테와 벡, 미토도 함께다. 카심은 뭔가 문양을 각인한 가느다란 말뚝을 안아 들고 있었다. 결계를 치기 위한 도구다.

"어우, 날씨 참 좋네. 낮잠이나 자고 싶은 기분이야……. 무슨 일이야?"

"아니, 아무것도 아니야. 어떤가, 준비는."

"느낌 괜찮아. 샤르가 열심히 힘써줬거든."

카심이 칭찬해준 뒤 샤를로테의 머리를 톡톡 쓰다듬었다.

"마력 조작이 꽤 능숙해졌더라. 재능이 있어."

"지, 진짜……?"

샤를로테는 쑥스러워하며 미소 지었다. 평소 집이나 마을의 일을 도우면서 마법 연습은 쭉 계속했었다. 이번 결계도 카심과 그

211

라함이 술식을 새긴 말뚝에 샤를로테가 마력을 주입했다. 보유한 마력량이 방대한지라 강력한 술식을 전개하는 데도 충분한 양을 조달할 수 있다고 한다.

카심은 안 쓰고 남은 말뚝을 딸각딸각 바닥에 던져 놓았다.

"말뚝 설치는 대강 끝났거든? 이제 양들을 쫓아내야 할 텐데."

그럼 저곳 주변이 결계를 펼친 장소인가. 벨그리프는 풀 뜯어 먹는 양들에게로 눈을 돌렸다. 확실히 점점이 말뚝 비슷한 물건이 늘어서 있고, 아울러 양이 있는 주변을 감싸며 완만하게 원을 그리고 있는 모양새였다.

찬란한 햇살이 평원 가득히 내리쏟아지기에 마수와 싸울 장소가 되리라는 생각은 안 드는 풍경이다.

"그래, 양을 다른 데로 보내면 곧 마수를 불러낼 생각인가?"

"아니, 잠깐 결계의 강도부터 확인해야겠지. 어떤 마수가 튀어나올지 모르는 이상 경계를 철저히 해도 지나칠 게 없기도 하고……. 헤헤, 뭔가 벨처럼 말하고 있네, 내가."

"카심, 여기 봐."

"앗아."

"응?"

쌍둥이의 손짓을 따라 카심이 몸을 구부리자 중절모자 위쪽에 화환이 걸렸다.

"줄게."

"오~ 고맙다. 어울리냐?"

"응. 귀여워."

쌍둥이는 신나서 꺅꺅 떠들었다. 카심은 히죽히죽하며 예쁘게 꽃 장식이 달린 모자를 고쳐서 쓴다.

"더 많이 인기남이 되겠네, 이거. 헤헤헷."

"카심 아저씨는 신기하게 이런 게 잘 어울리는구나."

샤를로테가 그렇게 말한 뒤 쿡쿡 웃었다. 아무렇게나 뻗어서 자란 머리카락에 수염도 덥수룩하고 허름한 옷을 걸쳤는데도 예쁜 꽃 장식이 잘 어울리니까 괜히 재미있다.

"미토 형, 도와줘. 더 많이 만들래."

"응. 샤르랑 벡 군한테도 줄 거야?"

"맞아. 좀만 기다려."

"필요 없다."

"엥~."

"벡, 쌀쌀맞은 말은 안 되잖니. 애써 만들어준다는데."

"맞다, 형아야. 샤르, 이 녀석 못 도망치게 붙잡아 놓자."

"그러자!"

"무슨 짓이냐, 관둬. 이봐, 놓아라."

"얘들아, 끝내주게 예쁜 걸 만들어주자."

"오~."

"힘내자~."

"그만 둬!"

"포기해라, 헤헤헷."

양옆에서 샤를로테와 카심에게 팔을 붙들린 채 벡은 얼굴을 찌푸리며 버둥거렸다.

그렇게 떠들어 대던 중 퍼시벌과 그라함이 다가왔다.

"뭣들 하는 짓이냐, 너희들."

"그거야 내가 할 말이지. 어딜 쏘다니다가 온 거야."

카심이 투덜거렸다.

"가볍게 검을 부딪치고 왔다. 같이 싸워야 할 텐데 서로가 검 쓰는 버릇을 모르면 난감하잖냐. 준비가 철저해서 나쁠 게 없지."

퍼시벌은 그렇게 말한 뒤 허리에 찬 검의 위치를 조정했다. 그라함도 고개를 끄덕거린다. 대검을 등에 멘 모습을 보는 것은 꽤 오랜만이다.

퍼시벌은 주위를 둘러봤다.

"결계 준비는 끝났나?"

"끝났지. 말뚝을 둘러 박은 저 주변이야. 양을 몰아내고……. 잠깐 강도를 확인한 다음에 시작하자."

"오호라. 그나저나 카심. 너 꽤나 귀여운 몰골이군. 누구 솜씨냐?"

"헤헤헷, 예쁜 꼬맹이들이 선물해준 화관이야."

카심은 웃음 지으며 모자의 화환에 손을 가져갔다. 쌍둥이가 자랑스럽게 얼굴을 들어 올린다.

"퍼시 줄 것도 만들었어."

"잠깐 기다려."

"그래그래, 고맙다."

"아무튼, 양은 어떡할 거냐."

벡이 말했다. 벨그리프는 턱수염을 쓸어 만졌다.

"글쎄, 일단은 저 말뚝의 원 바깥에 내보내면 되니까 다 같이 협력해서 몰아내⋯⋯."

"그딴 귀찮은 짓을 뭐하러 하나."

퍼시벌이 성큼성큼 앞에 나서더니 곧장 투기를 쏟아 내며 힘껏 발을 굴렀다. 그러자 느긋하게 풀을 뜯어 먹던 양들이 기겁하면서 엄청난 기세로 도망쳐 흩어졌다.

"벌써 끝났군."

그러나 평소부터 양을 귀여워하던 샤를로테가 뺨을 볼록거렸다.

"끝난 게 아니야, 퍼시 아저씨. 이럼 불쌍한 양들 달래줘야 하는걸."

"⋯⋯퍼시, 저렇게 흩어져버리면 나중에 데려오는 게 고생이다만."

"어, 미안하다⋯⋯."

벨그리프도 핀잔을 놓자 퍼시벌이 머리를 긁적이는지라 카심이 웃음을 터뜨렸다.

"혼나는 꼴 봐라. 『패왕검』도 별거 아니군, 어우."

"시끄럽다."

입을 삐죽거리는 퍼시벌의 망토를 미토가 잡아당겼다.

"괜찮아, 퍼시⋯⋯. 누구든 실수는 하기 마련이야."

"그, 그래⋯⋯. 그렇지."

벨그리프도 이번에는 못 견디고 웃음이 터져 나왔다. 그때 쌍둥이가 「다 했다! 허리 굽혀봐, 퍼시!」라며 화관을 씌워주니까 평소에는 웃는 얼굴을 보여주지 않는 벡까지 힘껏 얼굴을 감추며 어깨를 부들거린다. 아예 카심은 웃다가 죽어 나가겠다는 모양새다.

"뜨아하하하하핫! 히힛~ 더는 못 버텨! 죽겠다! 잘 어울린다, 귀염둥이 퍼시 군!"

"쳐 죽인다, 이 자식아."

"……퍼시, 싫었어?"

"싫어서 화내는 거야?"

"아, 아니, 싫은 게 아니라. 화관은 기쁘다. 엄청나게 기쁘다만……."

불안해하는 쌍둥이를 보고 횡설수설하는 퍼시벌 덕에 모두가 더욱더 배를 부여잡았다.

쌍둥이는 안심하며 얼굴을 마주 바라봤다.

"다행이다. 다들 꽃 모자 썼어!"

"예뻐~."

고개 돌려서 보니 그라함까지 화관을 쓰고 있었다. 이 결정타에 퍼시벌도 웃음보가 터져서 몸을 기역 자로 굽혔다.

그렇게 다 같이 한바탕 웃고 있으려니까 그라함이 등에 멘 검이 「진지하게 해라」라고 말하는 듯이 윙윙거렸다.

134 결계의 넓이는 마을 광장과

결계의 넓이는 마을 광장과 비슷한 정도다. 너무 넓으면 설치가
번거롭고, 마수와 싸워야 하니 좁아도 안 된다.

결계 안쪽에 들어간 퍼시벌과 그라함은 제각각 주위를 둘러보
고 바닥의 발 디딜 곳을 이리저리 확인하며 걸어 다녔다. 카심은
샤를로테를 데리고 아까 박아 세웠던 말뚝 하나하나를 새삼 돌아
보는 중이다.

"······좋아~ 이쪽은 괜찮다. 기동하면 되나?"

"해라."

퍼시벌이 말했다.

"좋았어."

카심이 샤를로테에게 고갯짓하자 샤를로테는 살며시 눈을 감더
니 한껏 숨을 들이마셨다가 내뱉었다. 곧이어 두 손의 손바닥을
위로 향해서 마력을 집중시킨다. 마력이 소용돌이치며 샤를로테
를 둘러싸자 알비노 머리카락이 공중에 떠서 나부꼈다.

"잘한다. 이대로 말뚝에다가 옮겨."

샤를로테는 가늘게 눈 뜨고 살짝 긴장하며 두 손을 앞으로 내밀
었다. 마력이 말뚝 하나에 흘러들자 각인된 문양이 파랗게 빛난

다. 끝부분에서 빛이 줄기를 이뤄 튀어나오는가 싶더니 곧장 양측의 말뚝으로 뻗어 나갔고 바닥에 박힌 말뚝들이 잇따라 파르께하게 빛났다. 이윽고 빛들이 얇은 벽처럼 넓게 이어지고 돔처럼 반구형이 되어 말뚝 안쪽을 뒤덮었다.

"좋아, 잘했어, 잘했어. 이제 끝났다, 샤르."

샤를로테는 거하게 숨을 내쉬고 두 팔을 내려뜨렸다. 미토가 기뻐하며 달려와서 샤를로테의 손을 잡았다.

"샤르, 멋있어. 굉장하네."

"에헤헤, 진짜?"

그렇게 말한 뒤 미소 짓고는 샤를로테가 슬쩍 벨그리프를 쳐다본다. 감탄하며 방금 전 마법 행사를 바라보고 있었던 벨그리프는 물론 칭찬의 말을 건네는 듯한 시선을 샤를로테에게 보냈고, 샤를로테는 뺨을 붉히며 기뻐했다.

카심은 눈웃음을 지은 채 결계의 상태를 바라봤다.

"어디~ 아무튼 강도부터 확인해야지. 퍼시, 해볼래?"

"알겠다. 다만 더 떨어져라."

결계 안쪽의 퍼시벌이 검을 뽑았다. 맞은편에서 그라함도 대검을 뽑아 든다. 오랜만에 나설 기회가 온 성검도 몹시 의욕이 가득한 듯 공기가 진동하는 것처럼 검기를 발출했다. 벨그리프는 무심코 숨을 멈췄다. 자신이 자루를 쥐었을 때와 비교도 되지 않는다.

다만 한 발짝도 물러나지 않고 대치하고 있는 퍼시벌도 역시 여간내기는 아니다. 가볍게 미소마저 짓는 대담함을 보인다. 하지만 화관은 역시 우스웠다.

"준비됐나, 그라함 씨."

"음."

그라함은 고개를 끄덕거리고 가볍게 검을 뒤로 빼냈다. 단순한 동작임에도 공기가 흔들린다.

두 사람은 잠시 동태를 살피듯 대치한 채 움직이지 않았지만, 갑작스럽게 동시에 움직였다. 누가 먼저 움직였는지 확실히 알 수는 없었으나 멀리서 보기에는 완전히 같은 순간이었다는 생각마저 들었다.

서로의 검격이 날카로운 기합과 함께 쏘아졌다.

그렇게 칼날이 맞부딪치자마자 터무니없는 충격파가 두 사람을 중심으로 솟구쳤고, 결계 안쪽의 풀과 꽃들이 조각나서 소용돌이치며 마구 날아다닌다. 결계는 파랗게 명멸하고 마치 대지가 흔들리는 것 같았다.

찰나간 맞서 대항하는 듯싶다가 칼날에 맞닿은 부분에서 갑자기 마력이 팽창한다.

"아, 클랐다."

카심이 허둥지둥 앞으로 한 발짝 내디뎠다. 두 손을 쭉 내밀고 무언가 작게 영창을 한다.

그와 거의 동시에 유리 깨지는 듯한 소리와 함께 결계가 산산이 부서졌다.

벨그리프는 즉각 쌍둥이를 안아서 망토에 가렸다. 또한 미토와

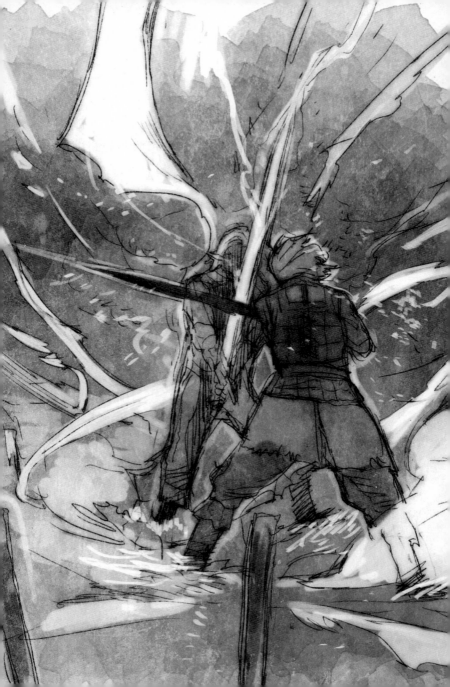

샤를로테, 벡을 지키는 위치에 버티고 섰다.

안쪽에서 마구 날뛰는 폭풍이 곧장 바깥으로 쏟아져 나와 태풍과 같은 사나움으로 평원을 쓸어 만지고 간다.

식물뿐 아니라 자잘자잘한 흙과 돌멩이도 날아다닌다만, 이쪽에는 떨어지지 않았다. 눈을 돌려서 보니 모래색의 입체 마법진이 명멸하며 흙이며 돌을 막아주고 있었다.

"벡, 마법을 쓰면 위험하지 않니?"

"걱정하지 마라. 이쯤이야 마왕의 힘은 필요 없으니."

머리카락은 여전히 하얗다. 벨그리프는 후유, 가슴을 쓸어내렸다.

몹시 당황한 탓이었을까. 긴 시간처럼 느껴졌다. 다만 실제 시간은 역시 짧았는지 바람이 멎자 원래대로 한가한 봄의 햇살이 내리쏟아지고 있다.

"……후유."

벨그리프는 얼굴을 들어 올리고 놀란 표정을 짓는 쌍둥이를 바닥에 내려줬다.

"애들아, 괜찮니."

"난 괜찮아."

"나도 괜찮아."

아이들은 조금 놀란 기색이었지만, 그럼에도 태연한 표정을 짓고 있었다. 오히려 재미있었는지 쌍둥이와 미토는 「굉장했지?」라며 얼굴을 마주 보고 떠들어 댄다. 카심만이 머리를 부여잡고 있었다.

"술식을 처음부터 다시 구성해야 되잖냐……. 마수가 나오기 전에 모험가가 결계를 부수면 어쩌자는 거야, 아이고~."

"이봐, 카심! 이 자식아, 술식을 얼마나 대강대강 짠 거냐. 제대로 좀 해라!"

퍼시벌이 고함질렀다. 카심도 고함질러서 답한다.

"시끄러~! 그야 내가 실수를 좀 하긴 했지만, 한도라는 게 있잖냐~!"

"군소리 말고 빨리 술식이나 짜라! 이래선 100년이 지나도 마수를 못 불러내겠군!"

"알아, 안다고~! 제길~ 좀 어설프게 봤군, 어이구……. 얘들아, 말뚝부터 회수하자~."

카심이 손을 팔랑팔랑 흔들며 걸음을 떼자 샤를로테와 미토가 「네~」 답하고 따라간다. 이번에는 쌍둥이도 재미있어하며 달려가는지라 뒤를 쫓듯이 종종걸음으로 벡도 붙어서 갔다.

벨그리프가 이제 어째야 하나 생각하던 때 교대하듯이 퍼시벌과 그라함이 다가왔다.

"결계를 이리 약하게 치면 쓰나. 용종이라도 튀어나오면 어쩔 작정이었던 거야."

"……퍼시, 일부러 저지른 게 아닌가?"

"……조금은 힘을 썼지. 뭐, 나와 그라함 씨가 전력으로 검을 부딪치면 아까처럼 될 거라고 대강은 알고 있었지만 말이다."

퍼시벌은 칼집에서 빼낸 검을 빙글빙글 돌렸다. 거뭇한 금속으

로 만든 외날의 검이다. 칼날에는 겹겹이 물결 모양이 이어지고
있다. 그라함의 대검과 맞부딪쳤는데도 불구하고 칼날에는 흠집
하나 나지 않았다. 이 검도 상당히 귀한 물건일 테지.

퍼시벌은 힐끗 그라함의 대검을 쳐다봤다.

"그나저나 내 검을 작정하고 부러뜨리려 하는 기세였다. 깜짝
놀랄 말괄량이로군."

"……미안하이."

그라함이 난처해하며 눈을 내리떴다. 퍼시벌은 소리 높여서 웃
었다.

"뭘, 댁은 말려줬으니까 괜찮아. 이 녀석도 맥없이 부러지지는
않을 테고 말이지. 뭐, 그 탓에 마력이 팽창해서 결계가 터져 나
갔다만."

대검은 윙윙 소리도 없이 조용하다. 혼나서 삐친 듯 보이기도
하는 터라 벨그리프도 무심코 웃어버렸다.

그때 마을 방향에서 누군가가 달려오는 기척이 느껴지는가 싶
더니 「스승님~!」 하고 기운찬 목소리가 들려왔다. 굳이 내다볼 것
도 없이 누구인지 알겠다. 사샤 보르도는 질풍 같은 몸놀림으로
달려와서 벨그리프의 손을 두 손으로 붙들고 휙휙 흔들었다. 눈이
반짝거린다.

"그간 격조했습니다! 얼마 전 결혼하신 데다가 길드 마스터 취
임까지, 축하드립니다!"

"하하하, 감사합니다, 사샤 님. 길드 마스터는 아직 나중의 일

입니다만……. 사샤 님께서도 무탈해 보이시니 기쁩니다."

"저야 튼튼한 게 장점 아니겠습니까! 안제 님에게 이야기를 듣고 서둘러 축하드리러 방문해야겠다 싶어서 날아왔습니다. 그라함 님도 별일은 없으시……. 으음? 그쪽에 계신 분께서는 혹시."

사샤는 그라함을 본 뒤에 퍼시벌에게 시선을 멈추고 눈을 가늘게 떴다. 퍼시벌은 의아하다는 표정으로 사샤를 마주 바라봤다.

"누구냐?"

"이분은 사샤 보르도 님이네. 기억할 테지? 얼마 전 오셨던 헬베티카 님과 셀렌 님의 자매이며……. 사샤 님, 이 녀석은 퍼시벌입니다. 저의 옛 모험가 동료이지요."

사샤는 뺨을 상기시키며 퍼시벌의 손을 잡았다.

"소문은 진작부터 쭉 들어서 알고 있습니다. 명성 자자한 『패왕검』 퍼시벌 님과 만나게 되다니……. 저 사샤 보르도, 감격의 극치입니다!"

"거 되게 호들갑스럽군……. 이봐, 원래 이렇게 떠들썩한 아가씨인가?"

퍼시벌이 쓴웃음 지으며 벨그리프를 돌아봤다.

사샤가 함께 있으면 곧장 주위가 떠들썩해진다. 다만 절대로 싫은 기분은 아니었다.

그라함이 기막혀하는 듯한 웃음을 띠고 있었다.

"그대는 조금 차분하게 행동하는 버릇을 들여야 하지 싶네만."

"윽……."

사샤는 부끄러워하며 뺨을 붉히고 고개 숙였다.

"어라, 어라. 벌써 다 끝났어?"

또 다른 목소리가 들렸다. 사샤가 온 같은 방향에서 함께 걸어오는 사티와 던컨이 보였다.

"사샤, 걸음이 너무 빨라. 젊은 아이는 기운 넘치는구나."

"하하핫, 사티 님도 비슷하지 않습니까. 본인이 가장 늙은이로 보일 테지요."

던컨은 전투 도끼를 휴대했고, 사티는 사각 등나무 바구니를 두 손에 하나씩 들고 있었다.

"집은 이제 괜찮은 거야?"

벨그리프가 물었다.

"응. 여기 구경이나 하려고 빨리 끝냈어. 그런데 벌써 다 끝나버린 거야? 아까 엄청난 돌풍이 불어오길래 서둘러서 왔는데."

"아니, 결계의 강도를 먼저 확인했는데 퍼시와 그라함이 부숴버렸어. 다시 한 번 처음부터 설치해야 되는 상황이야."

"S랭크 마수보다 더 위험하구나, 저기 두 사람이."

사티가 그렇게 말한 뒤 쿡쿡 웃었다. 그라함은 겸연쩍어하며 머리를 긁적였다. 퍼시벌은 히죽히죽하고 있다.

던컨이 전투 도끼에 몸을 기댔다.

"그럼 잠시간 시간이 걸린다고 알면 되겠구려."

"그렇군. 지금 카심과 아이들이 손보는 중인데……."

저쪽 먼 곳에 아이들을 데리고 카심이 말뚝을 회수하며 이동하는 모습이 보였다. 각인했던 술식을 새롭게 고칠 생각일 테지.

사샤가 들썩들썩하는 분위기로 말했다.

"저기, 저기, 사티 님께 들었습니다만, 고위 랭크 마수를 불러내서 토벌하신다고요!"

사샤는 톨네라에서 도착하자마자 곧장 벨그리프의 집을 방문했지만, 사티만 있을 뿐 모두들 외출 중이었다. 그래서 사티와 이야기를 나눈 뒤 이곳에 함께 찾아왔다.

"예, 그래서 결계를 쳐 놓았던 겁니다. 그라함과 퍼시가 있다지만 절대로 안전하다는 말은 못 하니까요."

"으음, 아무리 유리하다고 판단되는 상황에서도 방심하지 않는 자세······. 과연 스승님, 신중하시군요."

"아, 아뇨, 딱히 대단한 게 아닙니다만."

"시간이 허락하신다면 또 대련을 부탁드릴 생각이었습니다만, 당장 기운을 빼기는 좀 어렵겠군요······."

"재미있는 아이구나, 사샤. 어차피 결계를 다시 구출할 때까지는 기다려야 하지? 도시락 먹을까?"

사티는 그렇게 말한 뒤 등나무 바구니를 들어 올렸다.

벨그리프는 태양의 위치를 확인했다. 아직 점심을 들기에는 조금 빠른 것 같기도 하다. 딱히 허기지다고 말하기도 애매한 상태이다.

"아직 괜찮아. 우리보다 아이들이 오히려 먹고 싶지 않을까?"

"그러게. 어디 보자, 나도 좀 거들어줄까? 끝나면 점심 먹자."

"저도 함께하겠습니다! 이왕 온 입장에 잠자코 견학만 하기에는 심심하니까요!"

그렇게 사티와 사샤는 나란히 걸어갔다. 퍼시벌이 어깨를 으쓱 거렸다.

"이봐, 저 집안의 자매는 다들 강렬하군."

"으음, 뭐…… 응."

벨그리프는 쓴웃음 짓고 턱수염을 비비 꼬았다. 새삼 듣고 보니 까 확실히 보르도 가문은 세 자매가 모두 개성적이다.

아무튼 간에 조금 더 기다려야겠다. 카심의 실력이면 썩 긴 시간 이 걸리지는 않을 테지만, 딱히 순식간에 끝날 일거리도 아니다.

벨그리프는 천천히 바닥에 앉았다. 옷 너머로 쭈글쭈글한 풀의 감촉이 느껴졌다.

이곳은 완만한 경사지를 올라온 지형이다. 결계를 설치하는 장 소는 살짝 나지막한지라 이곳에서 바라보면 말뚝을 회수하는 면 면들이 잘 보였다.

"소풍을 나온 듯 한가롭구려."

던컨이 웃으며 옆에 앉았다. 벨그리프도 웃는다.

"아이들이 많잖나. 확실히 얼마 뒤 고위 랭크의 마수가 등장할 곳이라기에는 믿기지 않는군."

"……그나저나 마왕이란 대체 뭐랍니까? 미토와 저 쌍둥이를 보면 본인은 뭔가 종잡을 수가 없더이다."

던컨의 말에 벨그리프는 상념에 잠기며 눈을 내리떴다. 정말 공감이 가는 말이었다.

전승에 따르면 마왕은 솔로몬이 만들어 낸 인공 생명체이다. 솔로몬이 사라진 이후 폭주하여 전 세계를 파괴했다. 그 마력이 마수를 만들어 냈다는 말도 전해진다.

다만 지금 눈앞에서 걸어 다니는 마왕의 아이들은 무척 천진난만하다. 미토는 물론이고 하루와 마루 쌍둥이, 벡도 마찬가지이며 안젤린 또한 마찬가지이다. 하지만 누구 할 것 없이 전해 내려오는 마왕의 모습과는 동떨어져 있다.

아울러 한편, 안젤린이 올펜에서 토벌했다는 마왕이나 마르그리트나 그라함이 각지에서 쓰러뜨렸다는 마왕은 역시 무시무시한 존재였다고 들었다. 아주 판이한지라 도저히 선으로 연결되지 않는다.

"그라함, 자네가 상대했었다는 마왕은 어떤 느낌이었나?"

"……강력한 상대이기는 했네. 하지만 마음이 다른 곳에 가 있는 인상이었지. 그것들이 폭력을 휘두르는 방식은 마치 어린아이가 악의도 없이 벌레를 뭉개는 행동에 가깝다네. 그런 까닭에 절도가 없어 위험하지. 따라서 나는 그것들을 토벌하며 다녀야 했네."

"확실히 맞는 말이군."

퍼시벌도 고개를 끄덕거렸다.

"그 녀석들은 뭔가 섬뜩하더군. 다만 어딘가로 돌아가고 싶어 했었다. 아니, 돌아와주길 바랐던 건가……? 부모에게 버림받은 아이가 부모의 당부를 곧이곧대로 따르며, 그렇게 하면 언젠가 돌아오리라 믿는 것처럼……. 아무튼 누군가를 만나고 싶어 하더군. 먹먹한 느낌이었지."

그러고 보니 퍼시벌도 마왕을 쓰러뜨린 경험이 있다고 했다. 벨그리프는 턱수염을 비비 꼬았다.

"어린, 아이인가. 확실히 맞는 말 같기는 한데……. 솔로몬은 정말 단순한 병기로서 마왕들을 만들어 낸 건가?"

"모르지……. 다만 만약에 진짜 병기였다면 감정이 아예 사악했을 터. 본인을 주인으로 그리워하게 만든다는 것은 너무나 인간적이라네."

그라함이 말했다.

"……가족이라도 갖고 싶었나."

퍼시벌이 말했다. 적당히 농담 삼아서 한 말이라는 어투였지만, 벨그리프는 저 한마디가 의외로 요점을 찌른 발언일 수도 있겠다고 느꼈다.

"마왕, 이대로 쭉 외면할 수는 없겠군."

가만히 중얼거리자 그라함이 고개를 끄덕였다.

"더 알아내야 하네. 아이들이 탈 없이 살아갈 수 있도록."

○

아넷사와 밀리엄이 나란히 앉아 있었다. 길드 건물의 앞에는 벤치를 쭉 놓아두었기에 굳이 안쪽에 들어가지 않아도 앉아서 기다릴 수 있다.

안젤린은 마르그리트를 데리고 라이오넬 등 길드 관계자와 만나는 중이다. 마르그리트의 고위 랭크 승격 안건으로 뭔가 절차가 있다고 한다. 다 같이 밀려가도 어차피 할 일이 없는 데다가 괜히 북적거리면 민폐일 테니 두 사람은 이렇듯 바깥에서 기다렸다. 이제 절차만 잘 마치면 넷이서 같이 근처의 던전에 가볼 예정이다.

사람들이 많이 다니는 곳이라 먼지가 좀 많다. 하늘에서 비치는 빛이 흩날리는 먼지를 또렷하게 보여준다. 그러나 아직 여름이라 기에는 이른지라 온몸에 햇볕을 쬐면 오히려 기분이 좋다. 톨네라처럼 상쾌한 감은 없다지만, 물론 불쾌하지는 않다.

"아~ 낮잠이나 푹 자고 싶어라."

"그러게나 말이야. 따뜻해서 기분이 좋아."

아넷사는 맞장구치고 쭉 기지개를 켰다. 척추뼈에서 작게 뚝뚝 소리가 나니까 몸도 풀어지는 듯한 느낌이 든다.

올펜에 돌아왔을 뿐인데도 묘하게 시끌시끌한 기분이다. 사람과 물건이 많은 까닭도 있을 것이다. 오래도록 비워 두었던 집을 청소하는 데는 조금 시간이 걸렸다. 미처 못 먹고 방치해 놨던 채소가 바짝 말라비틀어져서 정체를 알 수 없는 무언가로 바뀐 몰골을 봤을 때는 질색했지만, 다 치워버리니까 물론 후련했다.

집안일을 하면서 톨네라의 기억을, 벨그리프의 집에서 생활하던 때를 떠올렸다. 그 집도 한꺼번에 사람 수가 줄었으니 이제는 북적이는 분위기가 조금 가라앉았겠지. 아넷사는 별 까닭 없이 밀리엄을 쳐다봤다.

"왜에?"

"아니, 이제 긴 휴가가 이제 제대로 끝났구나 싶어서."

"그러게 말야~ 후후, 대모험이었다냥~."

밀리엄은 그렇게 말한 뒤 쿡쿡 웃었다.

그렇다. 돌이켜보면 마치 전력 질주와 같은 나날이었다. 안젤린의 동료가 되지 않았더라면 경험하지 못했을 사건뿐이다. 그뿐 아니라 벨그리프와 카심, 퍼시벌, 사티와 알고 지낼 기회조차 없었을 테지. 톨네라 또한 아예 방문하지 않았을 것이다.

아넷사는 불쑥 중얼거렸다.

"……그때 길드에서 안제와 파티를 만들라는 권유를 안 해줬다면 톨네라의 사람들 누구하고도 아는 사이는 못 됐을 거야."

"그러게. 처음에는 안제를 조금 무섭다고 생각했었잖아. 받아들이기를 참 잘했어~."

자신들도 꽤 젊은 나이에 AAA랭크까지 올라왔다는 자부심은 가졌지만 더 위에서 활약하는 천재 소녀를 상대로는 묘하게 위축되는 마음이 있었던 것도 분명하다. 처음에는 바짝 긴장해서 유리 장식품을 만지듯 신중하게 대했던 것도 부정할 수 없다. 나중에야 안젤린도 비슷한 마음이었음을 듣고 셋이서 한바탕 웃었었다만.

아무튼 간에 올펜에 돌아온 이상 다시 원래대로의 일상이다. 의뢰를 받아 출발하고 싸우고 소재를 모으고, 다시 장비와 소지품을 점검하고 손질하고, 또 새로운 의뢰를 받아 떠난다. 그렇게 생각하면 문득 일상이란 되풀이의 거듭됨이라는 생각이 든다.

안젤린이 말하길 동방으로 또 여행을 가고 싶다고 했다. 물론 따라갈 생각이다. 그 여행도 끝난 다음은 다시 일상이 돌아오리라. 혹시 이후에도 또 어딘가 먼 곳에 여행을 갈 일이 있을까.

"……언제까지 이렇게 사나 싶어서. 흠."

자꾸 한숨만 흘러나와서 곤란한데. 아넷사는 무릎에 팔꿈치를 짚고 뺨을 얹었다. 큰 모험을 무사히 마쳤다는 게 뭔가 일단락을 지은 것 같아서 묘하게 섭섭한 마음이 든다. 요컨대 맥이 빠진다는 느낌을 받는 탓이다.

벨그리프와 다른 옛 친구들을 볼 때면 어쩐지 자신들도 과거를 회상하게 된다. 만났을 때와 어색했던 무렵, 마음을 열어 놓았을 때의 추억 따위가 자연스럽게 떠오른다. 다만 벨그리프, 카심, 퍼시벌, 사티, 네 어른들은 어떤 의미로 자신들의 미래와 가까운 모습이다. 나이를 먹어 40대가 되었을 때 자신은 무엇을 하고 있을까. 이제 상념은 과거에서 장래를 향해 굴러간다.

40대가 끝도 아니다. 더 많이 늙어서 몸이 좀처럼 말을 안 듣게 되었을 때 모험가로 버티는 것이 가능할까.

물론 퍼시벌과 카심은 40대인데도 기운차며, 아직껏 한참 현역 모험가로서 충분히 활약할 수 있다. 마리아와 도르토스, 체보르그와 같이 60을 넘겨서도 싸워 나가는 모습을 쉽게 상상할 수 있었다. 사티는 몸이 쇠약해지지 않는 한 실제 연령은 관계없을 테고, 벨그리프 또한 본인에게 뜻이 있다면 쉽게 복귀할 수 있겠지. 그런 모습을 보면 자신들도 비슷하게 버틸 수 있을 것 같기도 하다.

그러나 동시에 줄곧 마음의 자극을 받아야 하는 생활, 전투의 긴장감이 일상화된 생활에 어렴풋이나마 피로감을 느끼는 것 또한 사실이다. 이렇게 쭉 타성에 젖어 감흥을 못 느끼게 되면 매사에 색채가 사라질 것 같았다.

톨네라에서 보낸 평온한 생활 속, 모험과 굳이 인연을 맺지 않고 하루하루의 농작업과 집안일을 정성껏 해 나가는 마을의 여인들과 교류할 때마다 이런 삶도 충분히 행복하겠다는 생각이 들어 버렸다.

불현듯 띠링띠링 육현의 소리가 났다. 고개 돌려서 보니 루실이 야쿠모와 나란히 걸어오는 중이었다. 루실이 흐늘흐늘한 목소리로 노래하고 있다.

"따라란~ 딴~ 따라란~ 웬 아임 식스티포우~."

"여기~ 안녕하세요~."

밀리엄이 손을 흔들자 두 사람이 다가왔다.

"오, 무얼 하고 있는가? 안제를 기다리는 중인가?"

"맞아요~."

"마리의 승격 수속을 하는 중이에요. 그 녀석도 파티에 가입하게 됐거든요."

야쿠모는 고개를 끄덕거리며 담뱃대를 쳐서 안쪽의 재를 떨궜다.

"우애로우니 보기에 좋군. 안제와 마리가 같이 전위를 맡는 건가. 후방에 사수와 마법사. 반석의 태세 아닌가."

"그렇죠. 예전보다 마음 편하게 싸울 수 있을 것 같아요."

"더욱 벌이가 좋아진다는 뜻인가. 거참, 부럽기 짝이 없군."

마르그리트의 검 솜씨는 자신들도 인정할 수 있다. 경험의 차이일까. 아직 안젤린에게 살짝 못 미치는 부분은 있지만 검의 예리함은 고위 랭크 모험가에 걸맞은 수준이었다. 성격도 왈가닥 특유의 귀여움이 있어서 아넷사도 밀리엄도 좋아한다. 더부살이로 같은 집에서 생활한 경험도 거들어서 같은 파티여도 분명히 잘 지내리라는 확신이 있다.

다만 마르그리트는 엘프다. 20년 지나도 용모가 달라지지 않을 것이다. 사티를 보면 쉽게 상상할 수 있다. 자신들 인간이 차근차근 쇠약해지는 동안에도 마르그리트만은 모험가로서 계속 활약하는 미래가 있을지도 모른다. 그렇게 됐을 때 자신들은 어떤 감정을 가슴에 품게 되려나.

미래의 변화 따위야 아무도 알 수 없지만, 모르면 모르는 탓에 고민이 길어진다.

아넷사는 다시 한 차례 한숨을 내쉬었다. 담뱃대에 담배를 욱여넣으며 야쿠모가 웃었다.

"뭐냐, 행복이 도망가겠군?"

밀리엄이 이상하다는 표정을 짓고 아넷사를 빤히 쳐다봤다.

"아네, 아까부터 좀 이상하지 않아? 우울해?"

"그런 게 아니라……. 음, 조금 비슷한가?"

"왜? 역시 톨네라에 머물고 싶었어?"

"그런 건 아닌데 말이야, 뭔가 맥이 확 빠진달까, 뭐랄까…….
묘하게 미래를 막 고민하게 되네."

"미래 고민?"

"응. 모험가는 나이 먹고도 쭉 계속할 수 있는 직업이 아니잖아."

"뭐야, 늙은이 같아~."

"시끄러워. 아무튼 맞는 말이잖아. 지금은 괜찮아도 장래는 알
수 없는걸."

"흐음~. 그러면 나중에 톨네라의 길드에서 활 교관이라도 할래?"

밀리엄의 장난스러운 대사에 아넷사는 무심코 웃음을 터뜨렸
다. 톨네라라는 말에 밀리엄의 본심이 드러나는 것 같아서 좋다.

"후훗, 그러게. 꽤 괜찮을 것 같아……. 그럼 넌 마법 교관인가?"

"음~ 나는 누구 가르치는 게 서툴러서 말야~. 어디 간다면 연
구나 마도구 쪽이려나."

"마법사는 선택지가 제법 많아서 좋겠네. 톨네라에서 마도구 상
점을 열면 수요가 꽤 있지 않을까?"

"뭐래니. 금방 은퇴하라는 소리잖아. 난 아직 모험가 할 거야~."

밀리엄은 귀를 쫑긋쫑긋 움직이며 시선을 허공에 이리저리 움
직였다.

"……그런데 나도 말이야, 나이 먹고도 모험가를 할 수 있을까
잘은 모르겠다는 생각을 했거든~. 이러다가 불쑥 기진맥진할지
도 모르고, 어쩌면 큰 부상을 당할지도 모르고……."

"뭐야, 나는 막 놀려 놓고서."

"그치만 아네를 놀리는 건 미리의 의무인걸~."

아넷사는 입을 삐죽거리다가 밀리엄의 모자를 휙 낚아채더니 고양이 귀를 쏙 뒤집었다. 잠시 지나자 멋대로 튕겨 되돌아온다. 재차 어떻게 잘 힘을 가해서 두 귀가 모두 뒤집힌 채 돌아오지 않게 된 밀리엄 보고 아넷사는 만족스럽게 고개를 끄덕였다.

"응, 좋아."

"좋긴 뭐가 좋아."

밀리엄은 뺨을 볼록거리며 재주 좋게도 귀만 움직여서 양쪽 귀 모두 뾰족이 세웠다. 야쿠모가 입으로 연기를 내뱉었다.

"사이가 참 좋군, 자네들은. 하지만 나보다 젊은 주제에 너무 일찌감치 물러날 생각은 하지 말게나."

"야쿠모 씨는 평생 현역을 할 생각이세요?"

"달리 무언가 할 만한 성격이 아니라서 말일세. 아내로 받아줄 사람도 없는 데다가 있다고 한들 식사에 세탁이나 하며 살기는 성미에 맞질 않는군."

"엥~ 미인인데 아깝다냥~."

"무슨 소리를 하나. 어른을 놀리지 말게."

"루실은? 장래에 대해 고민한 적 있어?"

"아임 로큰롤~러~."

"무슨 뜻?"

"내일은 내일의 바람이 분다……. 블로잉 인 더 윈드."

저 한마디를 끝으로 루실은 육현을 튕기고 있다. 전혀 종잡을 수가 없는 말이라서 세 사람은 포기하고 어깨를 으쓱거렸다.

"남부어로 잔뜩 떠들고 시치미인가……. 뭐, 이 녀석의 의미 불명 헛소리가 어디 하루 이틀 일이었던가."

"뭐, 루실답다면 루실답기는 한데."

루실은 육현 퉁기는 손을 멈추고 아넷사와 밀리엄을 빤히 쳐다봤다.

"너희는 멋진 신부가 될 거야?"

"아앗."

갑자기 엉뚱한 말이 나와서 아넷사도 밀리엄도 동공이 마구 흔들렸다.

"갑자기 무슨 말이래니~."

"톨네라의 결혼식 멋졌어. 사티 씨는 예뻤어."

루실은 한마디 던지고 또 육현을 퉁겼다. 아넷사와 밀리엄은 얼굴을 마주 바라봤다.

"그야…… 조금 부럽다는 생각은 했지만 말야."

"아예 상대가 없는걸……."

"옛날 사람들은 말했습니다. 행운은 잠자며 기다려라. 아차차, 늦잠 잤다."

"끄응……."

밀리엄은 말문이 막혔다. 그야 확실히 찾을 노력은 처음부터 포기한 것 같다는 생각은 든다. 야쿠모가 큭큭 웃으며 연기를 뿜었다.

"예쁘장한데 아까운 건 확실하군. 피 튀기며 싸우는 일을 계속하기보다는 평온한 가정에서 정착하는 것도 나쁜 앞날은 아닐지도 모르겠으이."

"야쿠몽처럼 늦잠만 자면 안 된다네, 베이베."

야쿠모는 말없이 루실의 머리에 꿀밤을 날렸다. 루실은 끄앙, 비명 질렀다.

그때 볼일을 마친 안젤린과 마르그리트가 길드에서 나왔다. 마르그리트는 무척이나 밝은 표정으로 허리에 찬 벨트에다가 막 새롭게 받은 마도 금속 표찰을 매달고 있었다. 고위 랭크 모험가의 증거다.

안젤린은 야쿠모와 루실을 보고 눈을 끔뻑거렸다.

"어라, 야쿠모 씨랑 루실도 와 있었구나."

"일을 받으러 왔지. 보아하니 무사히 승격을 마친 모양이로군."

"물론, AA랭크다!"

마르그리트는 크게 대답한 뒤 허리에 찬 표찰에 손을 가져갔다. 비록 안젤린의 증언이 있었다지만, 단번에 AA랭크 승격은 파격적이다. 물론 『대지의 배꼽』과 같은 위험 지대에서도 싸울 수 있는 마르그리트에게는 이런 정도가 아니면 정당한 평가라고 말하기는 어렵겠다. 더 높은 등급도 감당할 수 있겠지만, 본래 D랭크였다는 이유도 고려해야 했던 결과이리라. 넷이서 의뢰를 받아 수행하면 곧 마르그리트의 랭크도 아넷사, 밀리엄과 같아질 테지.

야쿠모가 담뱃대의 재를 떨구고 품에 집어넣었다.

"어디, 우리도 일을 받으러 가봐야겠네. 또 보세나."

"응, 다음에 같이 밥 먹으러 가자⋯⋯."

길드에 들어가는 야쿠모와 루실이 배웅한 뒤 안젤린은 힘껏 기지개를 켰다.

"날씨 참 좋구나⋯⋯. 출발할까?"

"그래. 준비는 다 끝났어."

"신생 파티의 시범 출진이다냥~ 후후."

"좋아~ 힘내자고!"

마르그리트는 눈에 띄게 의욕이 가득하다. 세 소녀는 쿡쿡 웃으며 각자의 짐을 고쳐서 멨다.

135 스륵 빠져나온 칼날이 햇빛을 반사하며

　스륵 빠져나온 칼날이 햇빛을 반사하며 눈부시게 빛났다.

　상체를 가볍게 젖혀서 정안(正眼) 자세를 취한 사샤는 무척 늠름하다. 맞은편에 선 벨그리프는 한껏 숨을 들이마셨다가 온몸의 힘을 빼내며 사샤를 똑바로 주시했다.

　바람이 불고 있다. 머리카락도 흔들리고, 얼굴과 목덜미를 간질이고 간다.

　발부리가 지면을 차는 희미한 소리가 들리는가 싶더니 사샤가 뛰어 나섰다.

　벨그리프는 검을 앞으로 내밀어서 사샤의 일격을 방어한다. 그러나 사샤는 깊이 파고들지 않고 가볍게 거리를 벌렸다. 곧장 벨그리프의 대응을 뚫어져라 살핀다.

　한편 벨그리프도 몰아치며 반격하려고 들진 않는다. 초격을 피한 뒤 거리를 벌린 사샤의 움직임에 맞춰 검 끝을 살짝 움직였다.

　잠시 시선만 부딪치다가 또 사샤가 먼저 나섰다. 직선이 아닌 얼마간 호를 그리며 달려서 벨그리프의 오른쪽을 노리고 검을 휘두른다. 벨그리프가 곧장 방어하자 놀랍게도 사샤는 훌쩍 도약하여 벨그리프를 뛰어넘고 등 뒤에서 검을 치켜들었다.

하지만 벨그리프도 왼쪽 다리로 강하게 지면을 차고 오른쪽 의족을 축 삼아 팽이처럼 민첩하게 회전해서 사샤를 보며 돌아섰다.

상단에서 검을 내리 휘두르려고 했던 사샤는 회전과 함께 옆으로 치고 들어온 검을 인지하며 허둥지둥 뒤로 물러났다. 그렇게 재차 거리를 벌린 뒤 시선이 맞부딪친다.

조금 떨어진 곳에서 지켜보던 퍼시벌이 감탄하며 중얼거렸다.

"제법 움직임이 괜찮지 않나, 저 아가씨."

"AAA랭크라더라. 기본형에 충실하지만 가끔 변칙적인 수법을 쓰는 게 싸움에 익숙한 느낌이네. 벨한테는 조금 어려우려나?"

옆쪽에 앉아 있던 카심이 웃으며 말했다.

"하지만 수비에 전념하는 벨은 쉽사리 무너지지 않는다……. 벨이 끝까지 막아 내든 사샤가 뚫어 내든 둘 중 하나군."

"흐음, 말은 이래저래 하고서 평가가 꽤 좋네."

"우리 네 사람 가운데서는 가장 약할지도 모르겠지만, 저 녀석은 수비에 중점을 두고 버티면 더 강한 상대도 얼마간 잡아 둘 수 있지. 게다가 우쭐거리며 치고 들어가는 경박함은 없다. 그래서 뒤를 맡길 수 있는 게 아니겠냐."

"동감합니다. 본인도 벨 님의 수비를 무너뜨리기는 어려움을 절감하는지라."

던컨도 동의하며 고개를 끄덕거렸다.

그렇다 해도 이 평가가 정확하게 대인전의 실력을 보증해주지는 않는다. 벨그리프의 수비는 물론 단단하지만, 반대로 말하자면 공격 측면에서는 썩 대단하지 않단 뜻이다.

파티를 짜서 싸우는 경우는 잘 지키기만 해도 더 실력이 있는 모험가의 지원을 기대할 수 있겠지만, 일대일 대련에서는 다른 개입이 없다. 요컨대 벨그리프의 전법은 농성전에 가까운 형태이며 외부의 조력이 더해져야 비로소 온전하게 위력을 발휘할 수 있다.

그럼에도 의족이라는 몸의 특징을 이용한 변칙적인 움직임은 초대면의 상대라면 제법 교란이 가능하다. 사샤도 비슷하게 패배했던 전적이 있다.

다만 현재의 사샤는 본연의 저력이 향상됨과 동시에 벨그리프의 전법도 충분히 이해하고 있다. 따라서 함부로 파고들지 않은 채 카운터를 노리는 벨그리프의 의도를 철저하게 차단했다. 과거의 저돌 맹진과 같았던 모습은 찾아볼 수 없을뿐더러 저 신중함은 도무지 사샤 같지가 않았다. 아마 벨그리프의 영향인지도 모르겠다.

두 사람은 서로가 서로를 견제하며 거듭 충돌을 되풀이했다만, 어느 순간에 벨그리프의 검이 거하게 허공을 갈랐다. 퍼시벌과 그라함 같은 실력자들이 꿈틀, 눈살을 움직인다.

"거기다!"

이 기회를 놓치지 않고 사샤는 재빨리 검을 날려서 벨그리프의 어깨를 가격했다. 손가락까지 찌릿 울리는 충격에 벨그리프는 검을 떨어뜨렸다.

사샤는 검을 겨눈 채 방심하지 않고 거리를 벌린 뒤 벨그리프를 주시했다.

벨그리프는 무릎 꿇고서 방금 가격당한 어깨를 손바닥으로 문질렀다. 그리고 사샤를 돌아보며 미소 지었다.

"완패군요. 훌륭합니다, 사샤 님."

사샤는 잠시 자세를 유지한 채 서 있었다만, 곧 검 끝이 부들부들 떨리기 시작하더니 온몸으로 기쁨을 발산하며 뛰어올랐다.

"만세! 드디어…… 드디어 스승님께 한 번이나마 공격을 성공시켰어! 만세에~!"

폴짝폴짝 뛰어다니는 사샤가 재미있었는지 쌍둥이가 함께 뭉쳐서 뛰어다닌다. 그대로 바닥에 주저앉은 벨그리프에게 사티가 수건을 건네줬다.

"자, 고생했어."

"그래, 고마워……. 후유, 훌륭한 솜씨군."

벨그리프가 땀을 닦고 있자니 사샤가 달려와서 손을 꽉 붙들었다.

"스승님, 베풀어주신 가르침에 감사드립니다! 저 사샤 보르도, 스승님 덕에 또 한 걸음 앞으로 나아갈 수 있었습니다!"

"과분한 말씀입니다……. 당신은 이미 저 따위야 뛰어넘은 지 오래였습니다, 사샤 님."

"무슨 말씀이십니까! 스승님 덕에 저는 자신의 미숙함을 절감했고 더욱 정진할 수 있었습니다! 이 감사한 마음을 뭐라 표현해야 할지 모르겠습니다!"

사샤는 거듭 말하며 꽉 붙든 손을 획획 휘둘렀다.

벨그리프는 쓴웃음을 짓다가 뭔가 더 말하기는 관뒀다. 변명을 해도 소용없다.

미토가 다가와서 옷자락을 붙들었다.

"아빠, 진 거야?"

"그래. 아빠보다 강한 사람은 잔뜩 있단다?"

"힝······."

미토는 살짝 불만이 있는 것 같았지만, 더 이상 다른 말을 꺼내지는 않았다.

카심이 거하게 하품을 하더니 곧 일어섰다.

"어디 보자~ 전초전은 이 정도 했으면 됐겠지. 식후 휴식도 끝났겠다, 슬슬 총력전에 들어가볼까~."

결계 설치를 다시 마친 시간은 점심때가 조금 지난 무렵이었다. 그래서 먼저 점심 식사를 마친 뒤 식후의 운동 삼아서 사샤가 벨그리프에게 대련을 요청했고 방금 결판이 난 참이다.

점심 전까지 일거리를 쭉 마치고 온 마을 젊은이들도 구경을 하고 싶은지 조금씩 모여드는 중이다. 무슨 생각인지 무기를 휴대한 인원들도 있었다.

퍼시벌이 빙글 주위를 둘러보더니 큰 목소리로 외쳤다.

"이 녀석들아, 지금부터 너희가 볼 광경은 모험가라는 족속의 어떤 의미로 극한이다. 평생 인연이 안 닿을 녀석도 있겠지만 상관없다. 어쨌든 간에 이딴 괴물과 싸우게 될 가능성이 있다는 사실은 머릿속에 넣어 둬라."

그러곤 그라함과 함께 결계용 말뚝에 둘러싸인 부근으로 걸어갔

245

다. 젊은이들은 얼굴을 마주 바라보며 웅성웅성 뭔가 이야기하고 있었다. 기대된다거나 너무 겁주는 게 아니냐는 목소리가 들렸다.

번스가 리타와 함께 벨그리프의 곁에 다가왔다.

"벨 아저씨."

"오, 번스구나. 활까지 들고 와서 뭐하려고?"

"아니, 혹시나 무슨 일 터지면 쓰려고……."

벨그리프는 쿡쿡 웃었다.

"매사에 조심하는 건 좋은 태도다. 다만 이번에는 쓸 기회가 없겠구나."

"알긴 알지만."

"나를 지켜줄 거야. 맞지?"

리타가 옆에서 말했다. 번스는 말 못하며 우물우물하다가 머리를 긁적였다. 사티가 유쾌하게 웃는다.

"사이좋아서 보기에 흐뭇하네. 번스 군, 뒤쪽에 물러나 있자. 여차할 때 리타를 가장 먼저 지켜줄 수 있는 곳을 잘 찾아봐."

"네, 넷."

무슨 이유인지 안절부절못하며 답하는 번스의 팔을 헤죽 웃으며 리타가 콱 붙들었다.

사샤와 던컨도 각자 무기를 손에 든 채 만에 하나의 사태를 대비하여 결계 방향을 주시하고 있다.

아까 전과 마찬가지로 카심의 지시에 따라 샤를로테가 마력을 흘려 넣는다. 머리카락이 회오리바람에 휘말리듯 마구 흐트러지고, 입술도 한일자로 꽉 다물렸다. 술식이 더 강력해진 만큼 마력을 흘려 넣는 부담도 커진 까닭이리라.

잠시 후 앞선 결계보다도 명백하게 강력한 빛의 막이 돔 형상으로 말뚝 안쪽을 감쌌다. 마치 두꺼운 유리 같았다.

퍼시벌은 검 끝으로 가볍게 결계를 찔러보더니 히죽 웃었다.

"쓸 만하군. 처음부터 이렇게 만들었어야지."

곧이어 카심을 돌아본다.

"이쪽은 준비 끝났다."

"예이. 샤르, 수고 많았다. 위험하니까 벨한테 가서 붙어 있어라."

"응!"

샤를로테는 안심하며 힘을 빼내고 벨그리프가 있는 곳으로 달려갔다. 카심은 결계 안으로 휙 들어가더니 팔랑팔랑 손을 흔들었다.

"좋았어, 마무리를 짓자고, 영감."

그라함은 고개를 끄덕인 뒤 품에서 마도구를 꺼내 들었다. 붉게 빛나는 구체는 내부에서 검은 구름이 소용돌이치고 있었다.

마도구를 올려놓은 손이 앞으로 내밀어지자 맞은편에 선 카심이 그 위에 두 손을 가져다 대고 영창을 시작했다. 마력이 마도구를 중심으로 소용돌이치면서 카심과 그라함의 머리카락과 옷자락을 흔든다. 점점 마도구의 붉은빛이 강해지는가 싶더니 마도구가 혼자 공중에 떠올랐다. 그리고 안쪽에서 배어나듯이 검은 구름이 흘러넘치면서 마력의 소용돌이에 휘감기며 결계 안쪽을 달려 다닌다.

"······음!"

불현듯 환지통이 도지는 터라 벨그리프는 얼굴을 찌푸리며 오른쪽 넓적다리를 부여잡았다. 아주 격렬한 아픔은 아니었지만, 역시 기분이 좋지는 않다.

사티가 걱정스럽게 벨그리프의 어깨에 손을 얹었다.

"벨 군, 괜찮아?"

"그래, 괜찮아······. 아이들을 지켜봐줘."

"응······. 무리하면 안 된다?"

미토는 목에 매단 펜던트를 꽉 쥐고 있었다. 진지한 표정으로 결계를 바라본다. 줄곧 까불어 대던 쌍둥이도 은근히 겁먹은 기색으로 손을 맞잡고 사티의 곁에 꼭 붙어 있었다.

뭔가 낯익은 인상이다. 벨그리프는 눈을 가늘게 뜨며 검은 구름을 쳐다봤다. 이미 상당히 예전 일이지만, 보르도의 저택에서 이런 상대와 대치했던 기억이 있다. 힐끔 쳐다보니 샤를로테도 놀라서 눈을 커다랗게 뜨고 있었다.

마도구에서 뿜어져 나온 거뭇한 구름은 기세가 약해지려는 낌새도 안 보였다. 그러나 이윽고 한곳에 모여들더니 뭔가 형태를 이루기 시작했다. 어린아이 같은 거뭇한 구름이 잔뜩 공중을 뛰어다니는가 싶더니 불현듯 요란하게 웃음소리가 들려왔다. 다만 즐겁게 웃는 소리가 아니다. 상대를 업신여기고 비웃는 듯한 음색을 지닌 웃음이다.

구경하겠다고 모여 있었던 젊은이들이 웅성거렸다. 얼굴이 창

백해진 인원도 있다. 겉모습은 용처럼 무시무시하지 않을지언정 저 사람 그림자들이 발하는 기묘하고 소름 끼치는 분위기를 감지했을 테지.

결계 안쪽에서 갑자기 번갯불 같은 섬광이 용솟음쳤다. 그라함이 성검을 내리 휘두른 여파다. 마력을 두른 검격은 충격의 파도가 되어 주위를 둘러싸고 있었던 사람 그림자들을 분쇄했다. 하지만 분쇄된 그림자들은 다시 검은 연기가 되어 허공에서 소용돌이치다가 다른 장소에 모여 또 사람의 형태를 이루고 불쾌한 웃음소리를 쏟아 냈다.

그러나 다음 순간에는 도로 세로로 두 동강이 났다. 한칼에 그림자를 양단한 퍼시벌은 칼을 회수하며 또 하나를 베어버렸고, 곧장 옆으로 검을 휘둘러서 한꺼번에 셋을 베어 넘겼다.

수많은 검격이 춤추고, 마법이 마구 날아다녔다.

그림자는 차례차례 베여 엎어지고 부서졌지만, 또 연기로 돌아가서 다른 장소에 모여 인간 형태를 이룬 뒤 공격에 나선다. 끝이 없는 것 같기도 했다.

"베, 벨 아저씨. 겨우 셋인데, 괜찮은 거야……?"

번스가 조마조마한 목소리로 물었다.

벨그리프는 환지통이 욱신거리는 오른쪽 넓적다리를 부여잡은 채 애써 웃음을 지어 번스를 안심시켰다.

"셋이 같이 나섰는데 괜찮지. 어차피 우리는 도움도 못 되니까."

실제로 맞는 말이었다.

249

퍼시벌은 중년을 넘긴 나이라고는 생각되지 않는 몸놀림으로 결계 안쪽을 뛰어다니고, 대조적으로 그라함은 군더더기 없이 작은 움직임으로 적을 분쇄한다. 카심도 마법을 자유자재로 구사하며 적의 접근을 허락하지 않았다.

마을 젊은이들은 물론 벨그리프도 끼어들지 못한다. 던컨도 마찬가지이며 사샤도 아직 한 발짝 모자랄 것이다. 퍼시벌이 말했듯 확실히 이 전투는 모험가의 어떠한 극한인지도 모르겠다. 하지만 저 안쪽에 안젤린이 나란히 설 수 있음은 쉽게 상상되는지라 벨그리프는 괜히 우스웠다.

전투는 끝없이 이어지는 듯 여겨졌지만, 세 사람이 그림자를 쓰러뜨릴 때마다 결계 안쪽에서 소용돌이치는 검은 구름의 양이 점점 줄어들고 있었다.

"……연기 자체가 마력 덩어리 같네."

사티가 말했다. 던컨이 고개를 끄덕인다.

"그렇구려. 아마도 인간 형태를 취하는 데도 마력을 소비하지 싶소이다. 비록 조금씩이나마 확실하게 힘이 깎여 나가는 것은 틀림없구려."

"그건 그렇고 굉장합니다……. 이것이 바로 S랭크 모험가의 전력이군요."

사샤가 경악과 감탄이 한데 뒤섞인 목소리로 말했다.

연기가 엷어짐에 따라 환지통도 누그러졌기에 벨그리프는 의아해하며 눈을 가늘게 뜨고 의족이 달린 왼쪽 다리를 바라봤다. 그러다가 전투 상황으로 눈을 옮기고 가만히 중얼거렸다.

"······그것은, 역시 마왕이었을까."

이윽고 검은 연기가 싹 걷히면서 그라함의 일검이 남은 그림자들을 남김없이 날려버렸다.

웃음소리는 온데간데없이 사라지고, 등줄기를 쓸어 만지는 듯했던 싸늘한 긴장감도 없어졌다. 거의 숨도 제대로 못 쉰 듯한 젊은이들이 웅성거리기 시작한다. 완지통도 완전히 가셨다.

결계가 해제되자 쏴아, 소리를 내며 바람이 불어닥쳤다. 결계를 쳐 놓았던 주변만 폭풍이 왔던 것처럼 엉망진창 지면이 파헤쳐져 있다. 상당한 격전이었을 텐데 저 멀리 보이는 세 사람은 별반 부상을 당한 기색도 아니었다.

"끝났구나."

사티가 쌍둥이를 안아 들고 일어섰다. 겁먹은 기색이었던 하루와 마루도 주변 분위기가 바뀜에 따라 기분이 괜찮아졌는지 동그란 눈을 끔뻑거리며 사티의 옷을 붙잡고 흥분해서는 속삭이는 말을 주고받았다.

"굉장했지."

"할부지도 퍼시도 굉장해."

번즈가 충격을 받았는지 거하게 숨을 내쉬었다.

"어떡하지······. 내가 모험가를 할 수 있을까."

벨그리프는 쿡쿡 웃었다.

"저 셋이 특별한 거야. 저런 상대는 좀처럼 만나지 못할 테지······.

절대 안 만난다는 것은 아니다만."

"겁주지 말아줄래, 벨 아저씨……."

던컨이 웃으며 전투 도끼에 몸을 기댔다.

"하하, 결국 본인이 나설 기회는 없었구려. 뭐, 기회가 생길 상황이 벌어졌다면 위험했겠소만."

"그러나 살짝 저것들과 솜씨를 겨루어보고 싶은 마음도……. 으음."

사샤는 복잡한 표정을 짓고 팔짱을 꼈다.

주위 사람들이 각자 승리의 기쁨으로 들끓는 와중에 미토는 입술을 꽉 다문 채 뚫어져라 앞을 보고 있었다. 목에 건 펜던트를 손이 하얘질 만큼 꽉 부여잡고 있다. 방금 전 기묘한 사람 그림자가 자신의 마력을 근원으로 생겨났다는 사실에 어린 나이임에도 무언가 느껴지는 바가 있는 것 같았다.

벨그리프는 가만히 미토의 머리에 손을 얹어서 다정하게 쓰다듬었다.

"괜찮단다."

"……응."

미토는 벨그리프를 올려다보며 살짝 웃더니 「할부지, 힘들었지!」라며 이쪽에 다가오는 그라함과 퍼시벌, 카심에게 달려갔다.

○

마르그리트를 더한 신생 안젤린 팀은 무사히 첫 의뢰를 마쳤다. 다만 본래부터 저번 여행 때 같이 싸워봤던 사이인지라 이제 와서 팀워크를 신경 쓸 필요는 딱히 없었다. 그럼에도 벨그리프도 카심도 없는 네 사람만의 전투는 처음이었기에 그런 의미에서는 신선했다.

벨그리프라는 강력한 제어자가 없는 까닭인지 실력이 엇비슷하며 자아가 강한 안젤린과 마르그리트는 본인들도 의도하지 않았는데 괜히 경쟁하는 상황이 많아졌고, 이전보다 더욱 자질구레한 문제로 말씨름하거나 장난치듯이 서로 귀찮게 굴고는 했다. 일단 조정자 역할을 맡은 아넷사는 두 사람을 말리면서도 역시 벨그리프는 위대하다는 생각을 떠올려야 했다.

아무튼 간에 이렇게 첫 의뢰를 마친 뒤 다음 의뢰를 받아볼 시기가 되었지만, 변이종 조사라든가 재해급 마수의 토벌과 같은 의뢰가 항상 있지는 않다. 마왕 소동은 정말 이상 사태였던 셈이다.

그래서 이번에는 던전에 뭔가 소재 수집이라도 하러 가자는 계획을 세우고 있다.

길드에 가져가면 의뢰 말고도 던전에서 산출되는 갖가지 소재를 길드가 매입해주기 때문이다. 더구나 지금 올펜은 독립 길드로 자리를 잡고 상회와 연계하여 소재 유통망을 강화시키는 데 성공했다. 가져가면 가져가는 대로 다 팔릴 것이다.

그러니 길드에 가서 던전의 자료를 잠시 빌려다가 펼쳐 보면서 이것저것 상의를 하던 중 낯익은 큼지막한 그림자가 로비를 가로질러 왔다. 밀리엄이 「엑」 소리를 냈다.

　　"아, 마리아 할매."

　　안젤린이 말하자 마리아는 변함없이 언짢아하는 눈매로 안젤린과 소녀들을 마주 바라봤다.

　　"아, 돌아왔었나……. 쿨럭."

　　"오랜만. 잘 지냈어? 할매?"

　　"이게 잘 지낸 몰골로 보이나, 이것아. 바보. 쿠울럭쿨럭! 쳇……."

　　"힘들구나? 와아~ 꼴좋다~."

　　밀리엄이 마리아를 손가락질하며 깔깔 웃었다.

　　"시끄럽다! 조금은 스승을 위로할 줄도 알거라!"

　　"흥이다! 몸 상태도 나쁜 주제에 이런 곳까지 어슬렁어슬렁 나온 사람이 바보거든!"

　　밀리엄이 냅다 받아치며 메롱~ 혀를 내밀자 마리아는 눈살을 끌어 올렸다.

　　"입맛 산 못된 고양이가……. 나도 이따위 곳에 좋아서 굳이 나온 게 아니다! 그래서 기분이 매우 안 좋아!"

　　그렇게 말하자마자 손을 뻗어서 밀리엄의 머리를 모자째 움켜잡더니 꽉꽉 주물러 대고 돌렸다. 밀리엄은 「꺅~」 소리치곤 위협하듯 으르렁거리며 마리아에게 덤벼들었다.

　　"난폭한 요괴 할망구야!"

"스승을 존경할 줄 모르는 못된 고양이가!"

버둥버둥 뒤얽혀 싸우는 두 사람을 보고 아넷사가 어이없어하며 한숨 쉬었다.

"얼굴 볼 때마다 싸운다니까……. 아, 못살아. 적당히 좀 하자. 다들 쳐다보잖아. 어서요, 마리아 씨도 이렇게 막 움직이면 기침이……."

마르그리트가 히죽히죽하며 의자에 몸을 기댔다.

"사이좋구나~ 저 녀석들."

"좋아……."

안젤린도 쿡쿡 웃었다.

간신히 숨 허덕거리는 두 사람을 떼어 놓자 마리아는 입가를 소매로 누른 채 성대하게 기침을 했다.

"쿨럭! 쿠울럭쿨럭! 쿨럭……. 제길, 지긋지긋하군……."

"끄읏……. 왜 쓸데없이 힘만 센 거야, 저 할망구……."

밀리엄은 꾸깃꾸깃 헝클어진 머리카락을 재빨리 손빗으로 가다듬고 모자를 깊이 눌러썼다. 아넷사는 마리아의 등을 문질러주고 있다.

안젤린은 펼쳐 놓았던 던전 자료를 정리한 뒤 톡톡거리며 한데 모았다.

"할매, 뭐하러 왔어? 길드에 일 맡기려고?"

"어려운 의뢰라면 우리가 맡아주마~."

마르그리트가 그렇게 말하자 마리아는 흥, 코웃음을 쳤다.

"안됐지만 의뢰는 내가 받았다. 근육 바보의 허리에 쓸 약을 가져왔지."

"근육 장군한테……?"

체보르그가 허리를 다쳐 드러누웠다는 이야기는 안젤린도 알고 있다. 도르토스에게 들었던 날 곧장 병문안을 갔었다.

몸을 살짝만 움직여도 의무실 침대가 비명을 지르도록 덩치 큰 체보르그는 겉모습은 전혀 상태가 안 좋아 보이지 않았다. 그러나 평소처럼 큰 목소리로 뭔가 말하면 덩달아 허리까지 울리는 통에 통증이 솟구치는지 「껄껄껄껄! 으아악!!」 이렇게 웃고 있었다.

"기운찬 것 같았는데……. 많이 안 좋아?"

"알 바냐. 그 녀석이 어떻게 되든 내가 알 바는 아니지."

"말은 못되게 해도 약은 잘 갖다주는구나."

마르그리트가 말했다.

"시끄럽다. 쳇, 젊은 녀석들은 당최 예의를……. 쿨럭."

안젤린은 파티 멤버들을 둘러보며 말했다.

"있잖아, 한 번 더 병문안 갔다 올까? 장군도 심심할 텐데……."

"응, 잠깐 가볼까?"

"좋았어, 가자, 가."

마르그리트가 기운차게 일어나서 의무실 쪽으로 걸어갔다. 아넷사와 밀리엄이 쓴웃음 지으며 뒤를 쫓는다.

어이없어하며 한숨 쉬는 마리아와 나란히 걸어가면서 안젤린은 작게 속삭였다.

"할매, 마왕의 연구, 잘되고 있어⋯⋯?"

"앙⋯⋯? 그래, 조금씩은. 다만 재료가 너무 부족하구나."

"⋯⋯나도 마왕이라더라?"

"음?"

의아해하는 표정을 짓는 마리아를 보고 안젤린은 음후훗 웃었다.

"할매니까 가르쳐줄게⋯⋯."

"뭔 정신 나간 소리를 지껄이나⋯⋯."

"진짜야. 울 엄마는 엘프거든."

"쿨럭⋯⋯. 그럼 어째서 너는 인간이냐."

"⋯⋯그건 잘 모르겠는데, 암튼 엘프야."

"종잡을 수 없는 소리를⋯⋯."

"아빠랑 엄마는 더 쉽게 설명해줄 거야⋯⋯. 할매, 톨네라에 가자⋯⋯."

"그게 목적인가, 이 꼬맹이⋯⋯. 네 어머니가 되어줄 생각은 티끌만큼도 없다고 말했을 텐데."

안젤린은 뺨을 뿡 볼록거렸다.

"아무도 그런 얘기 안 했는데⋯⋯. 나한텐 이미 엄마가 있는걸. 울 엄마는 되게 귀여워. 눈동자가 에메랄드색이고 키도 나랑 거의 비슷하다? 어리광 부리면 착하다, 착해, 쓰다듬어준다? 얼마 전 이쪽 손 아빠랑 요쪽 손 엄마랑 두 손 맞잡고 같이 산책도 했어⋯⋯."

"무슨 이야기냐, 이 바보야. 쿨럭, 쿨럭!"

그런 이야기를 나누는 틈에 의무실까지 도착했다. 체보르그의 침대는 가장 안쪽이다. 상체를 일으켜서 등을 벽에 기대고 있다. 평소의 오래 입어서 낡은 군복 차림이 아니라 품이 낙낙한 옷을 입고 있었고, 군모도 쓰지 않은 채 맨들맨들한 대머리를 드러내 놓고 있다. 그에 더하여 안젤린이 놀란 것은 안경을 쓴 모습이었 다. 저러고 뭔가 편지를 읽고 있는 것 같았다.

먼저 들어간 마르그리트와 아넷사, 밀리엄이 가까이 가자 체보 르그는 얼굴을 들어 올리며 안경을 벗었다.

"오, 뭐냐! 또 와준 게냐! 껄껄껄껄! 으아앗!"

"어이구, 아직도 아프냐. 약해 빠졌군, 장군."

"옳다, 아주 약해 빠졌구나! 나도 세월의 파도에는 당할 수가 없 나 보다!!"

안젤린은 마르그리트의 뒤에서 쏙 얼굴을 내밀었다.

"근육 장군, 뭐 읽어……? 편지?"

"엉?! 뭐라고? 안제, 방금 뭐랬냐?!"

"뭐 읽냐고~!"

안젤린이 큰 목소리로 말하자 체보르그는 껄껄 웃으며 편지를 팔랑팔랑 흔들었다.

"오, 그게 말이다! 증손주가 편지를 보내줬단다! 할아버지 빨리 나 으라고 써서 말이지! 너무 감동해서 눈물이 줄줄 나올 것 같구나!!"

하지만 눈자위에는 눈물 자국조차 없다. 아넷사와 밀리엄이 얼 굴을 마주 바라보며 쿡쿡 웃었다.

"기운이 가득하네요."

"정말 허리가 아픈 거예요~?"

"아프고말고, 이게 말이다! 나도 잘 몰랐는데 말이다!! 되게 아프더라고!"

그때 마리아가 진절머리가 난다는 표정으로 소녀들을 밀어젖히고 앞에 나섰다.

"제발 조용히 좀 떠들어라. 네놈 고함 때문에 머리가 아프다"

"엉?! 뭐라고?! 마리아, 방금 뭐랬냐?!"

"입 좀 다물란 말이다! 이대로 확 뒈지면 좋을 텐데……. 자, 약이다."

"오오, 미안하다, 마리아! 길드의 영약은 효과가 안 좋더라고!"

그렇게 말한 뒤 받아 든 약병의 뚜껑을 연 체보르그의 손짓을 보고 마리아가 퍼뜩 놀라며 제지했다.

"이 바보가, 그건 먹는 약이 아니야! 허리에 발라라! 쿨럭, 쿨럭!"

"뭐냐, 바르는 약이었냐! 빨리 좀 말해주지!! 발라주라!!"

"쿨럭……. 여인네한테 이상한 부탁 하지 말거라. 직접 발라라."

"근육 장군, 내가 발라줄게……."

안젤린은 의무실의 비품 중 습포를 받아 와서 곁에 약을 발라다가 엎드려 누운 체보르그의 허리에 붙여줬다. 꼭 붙여주자 체보르그는 「우오오」 소리쳤다.

"서늘하니 이 녀석은 효과가 좀 있는 느낌이군!"

"느낌이 아니라 효과가 있어. 이제 떠들지 말고 얌전히 자라."

"고맙다, 마리아! 네 꾀병도 빨리 나으면 좋겠구나!!"

"꾀병이 아니라고 말했을 텐데!! 쳐 죽인다! 쿨럭! 쿠울럭쿨럭!"

성대하게 기침을 터트리는 마리아의 등을 아넷사가 허둥지둥 문질러준다. 밀리엄과 마르그리트가 깔깔 웃고, 안젤린은 약병을 닫아 머리맡에 놓았다.

"……의무실에서 마구 떠들어 대는 바보는 누구냐."

어이없어하는 목소리가 들려서 돌아봤더니 도르토스가 서 있었다.

"거참, 시끌시끌하군. 한데 이곳은 주점이 아니다만."

"껄껄껄! 마리아가 오면 자꾸만 시끄러워지더군!"

"나는 상관없잖냐!"

"아니야~ 이 할망구는 되게 시끄러워~."

밀리엄이 말했다.

"못된 꼬맹이가……."

"이 녀석 저 녀석 전부 똑같군……."

도르토스는 절레절레 머리를 흔들었다. 안젤린은 쿡쿡 웃었다.

"백금 할배도 병문안이야……?"

"병문안이 아니라, 그냥 배식이다. 이제 점심때이니 말이다."

도르토스는 그렇게 말한 뒤 손에 들고 있었던 바구니를 침대 위쪽에 놓았다. 도시락 상자 같았다. 체보르그는 딱히 허리 이외에는 안 좋은 데가 없어서 식사 따위로 양생할 필요는 없다고 한다.

그러고 보니 확실히 마침 점심때였기에 안젤린도 배에 손을 가져갔다. 적당한 공복감이 느껴졌다.

"……우리도 점심 먹으러 갈까."

"그러자~ 배고프다~."

안젤린은 다시 체보르그를 바라봤다.

"이만 가볼게. 근육 장군, 몸조리 잘해……. 또 올게."

"그래, 언제든 와라!! 나는 말이다! 한가하니까 말이다!"

결국 마지막까지 환자로 보이지는 않았던 체보르그와 헤어진 뒤 안젤린과 소녀들은 길드에서 나왔다.

봄철 따뜻한 햇살이 눈부시게 내리쏟아지며 발 주위에 흩날리는 흙먼지가 몹시 또렷하게 보였다.

136 하늘은 끝없이 넓고 푸르렀다.

하늘은 끝없이 넓고 푸르렀다. 빙글 얼굴을 움직여봐도 작은 구름 한 점 보이지 않는다. 너무나 파란 까닭에 하늘 자체도, 하늘을 아래에서 받치고 있는 산의 능선도 누군가가 만들어 놓은 물건처럼 보였다.

일곱 살의 안젤린은 벨그리프의 등에서 굼실굼실 몸을 움직거렸다.

"아빠, 이제 괜찮아. 걸을래……."

"응? 내려줄까?"

벨그리프는 살며시 무릎을 굽혀 안젤린을 등에서 내려줬다. 줄곧 어부바한 채 이동한지라 다리의 감각이 조금 어색했다. 그러나 몇 번인가 공중을 찼더니 곧 나아졌다.

"괜찮니?"

벨그리프는 몸을 굽혀서 안젤린의 이마에 살며시 손을 가져갔다. 조금 열이 있는지 눈은 촉촉하게 젖었지만, 이마는 뜨겁지 않다. 걸음도 힘주어 잘 걷는다.

어린 풀이 바람에 흔들리고 있었다. 온 마을의 양이 풀려 나와서 풀을 뜯어 먹는데도 전혀 줄어든 것 같지가 않다. 풀 틈의 이곳저곳에 푸른 바위가 얼굴을 내비치고 있고, 또한 햇살을 반사하며 빛나고 있다.

안젤린은 벨그리프의 손을 잡았다. 줄곧 검과 괭이를 쥐고 휘둘러왔던 아버지의 손바닥은 울퉁불퉁 커다랬다. 안젤린은 이 손이 좋았다. 손을 잡아주는 것도, 머리를 쓰다듬어주는 것도 기뻤다.

어제부터 열이 올라서 앓아누워 있었던 안젤린은 오늘 아침을 맞이한 뒤 열이 가시자 바깥 공기를 마시고 싶다 졸라서 벨그리프와 함께 외출을 나온 참이다.

두 다리에 힘주어 바닥을 디딘 안젤린은 두 팔을 벌리고 한껏 숨을 들이마셨다. 아직 여름이라기에는 조금 이른 봄철 공기가 가슴에 쌓인 안 좋은 것들을 씻겨 흘려보내는 것 같았다.

겨울 중 자르지 않고 길렀던 머리카락이 목덜미를 부드럽게 쓰다듬었다. 안젤린은 풀 위에 털썩 앉고는 뒤쪽으로 손을 짚어서 하늘을 올려다봤다. 한없이 푸른 하늘은 아무리 봐도 끝을 가늠할 수가 없다. 또한 어딘가에 푸른색 막을 쳐 놓은 것 같아 보이기도 했다.

"뭐가 보이니?"

옆쪽에 앉은 벨그리프가 다정하게 물었다. 안젤린은 아버지에게 기대며 눈을 깜빡거렸다.

"하늘은, 어디까지가 하늘이야……?"

"글쎄다……."

벨그리프도 비슷하게 공중으로 눈길을 주고 생각에 잠긴 듯 턱수염을 쓸어 만졌다.

"지금 아빠와 안제가 있는 곳은 하늘일까?"

"아니야……. 아마."

"그럼 나무에 올랐을 때는 어떨까."

"그것도 좀 아니야."

"새가 날아다니는 곳은 하늘인가?"

"그건……. 응."

벨그리프는 바닥의 돌을 주워 들어서 높이 휙 던졌다. 돌은 포물선을 그리며 저 너머의 풀 안에 떨어졌다.

"지금 돌이 날았던 곳은 하늘이지?"

"아마도……."

"요컨대…… 바닥에서 떠올라 있는 곳이면 거기가 하늘일까?"

"으음……. 그런가?"

"흐음~."

벨그리프는 잠시 재미있다는 표정을 짓고 있다가 곧 안젤린을 안아 들더니 두 팔을 높이 치켜들었다.

"꺄양."

"그러면 안제가 지금 있는 곳은 하늘이구나. 날아간다!"

그렇게 말한 뒤 벨그리프는 달려 나갔다. 안젤린은 두 팔과 다리를 펼치고 꺅꺅 기뻐하며 비명 질렀다.

그러나 의족이 돌을 잘못 밟았는지 오른쪽 다리가 균형을 잃었다. 그럼에도 벨그리프는 익숙한 몸놀림으로 안젤린을 배 쪽에 안아서 등부터 낙법을 치며 굴렀다.

깜짝 놀란 안젤린은 고개를 들어 벨그리프를 바라봤다.

벨그리프는 바닥에 벌렁 드러누운 채 하늘을 바라보고 있다가 곧 안젤린에게 고개 돌리며 쑥스럽게 웃었다.

"……하하, 요란하게 넘어졌구나."

"푸흡!"

안젤린이 웃음을 터뜨리는 동시에 같이 웃음이 나온 부녀는 바닥에 누운 채 큰 목소리로 웃었다. 이렇게 큰 목소리인데도 울려 퍼진다기보다는 하늘에 빨려 들어가버리는 듯한 느낌이다.

그러다가 불현듯 새된 울음소리가 들려오고 근처에서 종다리가 하늘로 날아올랐다.

안젤린은 「앗」 하고 소리 내면서 상체를 일으켰다. 하지만 종다리는 이미 검은색 점이 되어서 보이지 않았다.

잠깐 종다리를 눈으로 좇던 안젤린은 문득 떠올랐다는 듯이 배를 손으로 붙잡았다. 앓아누워 있었던 때는 못 느꼈던 공복감이 배 속을 꾸륵 뒤흔들었다.

"배고파!"

"음, 그래. 집으로 갈까."

"응!"

두 사람은 일어서서 손을 맞잡고 마을로 돌아갔다. 하늘은 끝없이 푸르르다.

○

"끄앗~ 저리 가, 저리 가! 잡아당기지 마!"

이리저리 도망 다니는 마르그리트를 아이들, 특히 남자아이들이 환성을 지르며 쫓아가고 있다. 마르그리트가 걸친 모피 카디건이며 허리의 벨트를 사정없이 잡아당기거나 간질거리거나 하며 아이들은 잔뜩 신났다.

아이들 상대인지라 힘을 쓰지도 못하고 어쩔 줄을 몰라 하면서 허둥지둥하는 마르그리트를 보고 소녀들은 깔깔 웃었다.

"마리, 힘내라……."

"달려라, 달려. 빨리 안 도망치면 따라잡힌다!"

"너희들 남 일이라고 아주 재밌지! 와앗, 겨드랑이는 안 된다, 겨드랑이는! 흐아앗!"

겨드랑이, 옆구리를 간지럽히는 아이들의 손길에 마르그리트가 몸부림쳤다.

안젤린과 친구들의 주위에는 여자아이들이 모여 있었다. 주목의 대상은 밀리엄의 고양이 귀다.

"미리 언니 귀, 부럽다."

"복슬복슬하네. 몰랐어."

"예쁘지? 자, 자, 만져봐도 좋아~."

밀리엄은 그렇게 말한 뒤 머리를 숙였다. 여자아이들이 차례차례 손을 내밀며 「와아~」 감탄의 소리를 내고 있다.

조금 심술궂은 여자아이가 흥, 코웃음을 쳤다.

"근데 고양이 귀는 좀 이상하지 않아?"

"이상해? 왜?"

"그치만 얼굴은 인간인데……."

"흐흥, 나한텐 소중한 자기 귀거든~. 게다가 봐봐, 이렇게 움직일 수 있어. 넌 자기 귀 움직일 수 있냥~?"

밀리엄은 그렇게 말한 뒤 고양이 귀를 쫑긋쫑긋 움직였다. 여자아이는 눈이 휘둥그레졌다. 만져보고 싶다는 듯이 들썩들썩하는 모습이다.

"모, 못 움직이는데, 그치만……."

"후후후, 만져보고 싶지~? 괜찮아."

"으……. 그럼, 잠깐만……."

그렇게 귀를 만져보더니 훌륭한 촉감에 뺨을 붉히고 있다.

"말랑말랑해……."

"음후후. 근데 말이야, 다른 덴 전부 똑같거든. 밥도 잘 먹고 밤에는 잠자. 똑같은 인간이야. 너랑 똑같이 빨간색 피가 흘러."

"응……."

여자아이는 우물쭈물하며 자그맣게 「이상한 말해서 미안해」라고 사과했다.

그 광경을 안젤린과 아넷사는 살짝 감개무량하다는 기분으로 지켜봤다. 옛날에 밀리엄은 이렇듯 아이들에게 귀를 만져보라며 내주기는커녕 아예 보여주기도 싫어했으니까. 방금 전처럼 이상하다는 말을 들을까 봐 과도한 공포감을 가진 것 같기도 했었다.

"……미리도 많이 변했구나."

"응. 좋은 방향으로 변했어……."

"헤헤……. 벨 아저씨랑…… 톨네라 사람들 덕분이려나."

오래도록 큰언니 노릇을 했던 아넷사는 밀리엄의 이 같은 변화가 기뻐서 못 견디겠나 보다.

교회 고아원에 와 있었다. 올펜에 돌아온 이후 한동안은 정력적으로 의뢰를 받아 수행했었지만, 오늘은 휴가를 냈다. 그리고 꽤 오래 찾아가지 못했던 교회 고아원에 놀러 가서 초봄의 밭일을 돕거나 하며 시간을 보냈다. 지금은 밭일을 일단락한 뒤 느긋하게 쉬는 중이다. 마르그리트는 느긋하게 쉴 틈이 없어 보인다만.

"어휴, 이 녀석들, 너무 귀찮게 굴면 못써! 이리 와, 안제랑 언니들이 과자 가지고 왔으니까 집합!"

쟁반에 과자를 담아서 든 로제타 수녀가 다가오더니 아이들에게 말했다. 그러자 아이들은 와앗, 마르그리트에게서 떨어져 로제타에게 몰려들었다.

"에잇! 얘들아, 정신이 없네! 먼저 언니들한테 고맙다는 말부터 해야지!"

로제타는 익숙한 몸놀림으로 막 손을 뻗으려 드는 아이들을 간단히 상대하며 쟁반을 지켜 냈다. 아이들은 저마다 「고마워, 언니」「잘 먹을게, 누나」 등등 소녀들에게 인사를 했다.

겨우 해방된 마르그리트가 비틀비틀 걸어와서 원망에 찬 눈으로 소녀들을 쳐다본다.

"그냥 날 내버리는구나."

"수행이 부족한 거야……."

"누구든 지나가는 길이야, 이건."

아넷사가 쿡쿡 웃으며 말했다.

기운이 가득 넘쳐나는 아이들은 전력으로 놀아주는 상대에 굶주려 있다. 젊은 모험가라면 절호의 놀이 상대다. 고아원을 나온 이후의 아넷사도 밀리엄도 물론 안젤린도 비슷하게 아이들에게 시달렸었다. 아이들의 바닥이 없는 활력은 고위 랭크의 모험가도 뒷걸음치게 만든다.

마르그리트가 거하게 숨을 내쉬더니 아이들을 아무렇지도 않게 상대하는 로제타를 존경의 눈빛으로 바라봤다.

"굉장하네……. 저 녀석들, 고위 랭크 마수보다 까다롭다고."

"못 쓰러뜨리는걸……."

안젤린도 고개를 끄덕거렸다.

"아이들을 마수랑 나란히 놓지 마……."

아넷사가 쓴웃음과 함께 말했다.

아이들에게 과자를 다 나누어 주고 로제타가 다가왔다.

"어휴, 미안해, 마리. 피곤하지?"

"뭐, 조금. 로제타, 굉장하구나. 뭘 어떻게 해야 너처럼 쉽게 상대할 수 있는 거냐?"

"익숙해지면 다들 돼. 너무 힘써도 안 되고……. 게다가 나는 아이들을 좋아하니까."

결국 경험이 가장 중요하다는 말이구나. 안젤린은 생각했다. 그러고 보니 그라함도 톨네라에서 아이들을 잔뜩 돌보며 지내던데 조금도 지친 기색은 없었다. 그라함의 경우는 애당초 몸이 강건하다는 이유도 있겠지만, 역시 아이들을 좋아하기에 힘듦을 안 느끼는 까닭이겠다.

로제타가 베일을 고쳐서 썼다.

"벨그리프 씨랑 샤르는 잘 지내? 벡은 여전히 툴툴거리고?"

"응. 근데 벡 군도 많이 둥글어졌어⋯⋯. 그치?"

"맞아, 맞아. 의외로 집안일도 잘하더라~."

"많은 경험을 했으니까⋯⋯. 미리, 모자는 안 써도 되니?"

줄곧 신경이 쓰였다는 듯한 말투로 로제타가 물었다.

"괜찮아~."

밀리엄은 밝게 대답한 뒤 귀를 쫑긋쫑긋 움직였다. 거리를 걸어오던 중에는 꼭 눌러썼던 모자를 밭일에 걸리적거린다며 벗은 뒤 줄곧 맨머리다.

아넷사가 희색 가득한 어투로 말을 보탰다.

"이 녀석, 톨네라에서는 아예 모자를 벗고 살았거든. 아까도 아이들한테 귀를 만져보라며 숙여주더라."

"앗, 정말?! 와아, 진짜 잘됐다아⋯⋯."

"뭐야, 왜 이래. 되게 호들갑이네, 둘이서⋯⋯."

밀리엄은 꾸물꾸물 손을 맞대고 주물렀다. 로제타는 무척 기뻐하는 표정이다. 비슷하게 옛 시절의 밀리엄을 아는 사람으로서 이래저래 생각이 많이 들었을 테지.

안젤린과 친구들은 톨네라에서 쌓은 추억의 이야기, 벨그리프와 아저씨들이 올펜에 있던 시절의 이야기를 나누며 이야기꽃을 피웠다. 얘기를 나눠보니까 꽤나 오래전 일 같다는 느낌도 든다. 새삼 언어로 표현하니 참 많은 사건이 있었다.

톨네라의 던전 이야기나 던전 건설에 따른 벨그리프의 길드 마스터 취임 이야기 등은 물론 로제타를 놀라게 했다. 다만 로제타는 곧 끄덕끄덕하며 납득이라는 표정을 짓는다.

"벨그리프 씨가 말이지……. 그런데 잘 어울리는 느낌이 있네. 믿음직한 분이니까."

"그렇지……? 후후."

자신이 생각한 대로 아버지의 평판이 자자한지라 안젤린은 무척 흐뭇한 기분이다. 로제타는 쿡쿡 웃었다.

"톨네라는 참 좋은 곳인가 봐. 안제가 권해준 대로 벨그리프 씨의 아내가 되는 게 좋았으려나?"

"으, 으음……. 그치만 이미 엄마가 있는데……."

"뭘 진지하게 받아들이니? 당연히 농담인데."

로제타는 웃으며 안젤린을 콕콕 찔렀다. 밀리엄이 기지개를 켰다.

"아무튼 결혼은 빼도 톨네라에 놀러 가면 재밌을 거야~."

"가을에 또 집에 갈 거야. 같이 갈래……?"

"가고 싶기는 한데 말이야, 나는 여기도 소중하니까. 아이들을 놓아두고 갈 수는 없잖니."

"뭐야, 재미없게. 그나저나 벨이 상대가 아니더라도 남자 이야기는 없는 거냐."

마르그리트가 머리 뒤쪽으로 깍지를 끼며 말했다. 로제타는 입을 삐죽거렸다.

"무슨 소리를 하니, 바보 같기는. 나는 괜찮거든? 너희야말로 연애 이야기가 전혀 안 들린다? 나보다 어리면서."

"아니, 뭐."

"아빠랑 비교하면 다 별로야……."

안젤린이 말하자 로제타는 어이없어하며 어깨를 으쓱거렸다.

"그야 그럴지도 모르겠지만, 안제는 연인한테도 벨그리프 씨한테 하듯이 어리광을 부리고 싶어? 나는 반대로 안제라면 남자를 끌고 다니는 성격일 것 같다고 생각했는데."

"그런가……. 그런가?"

"아니, 왜 나를 쳐다보는데."

아넷사가 난처해하며 눈살을 찌푸렸다. 밀리엄이 흥미 가득한 표정을 짓고 다리를 파닥파닥 움직였다.

"좋아하는 남자 취향이라는 거 아니야? 안제는 어리광 부리기는 벨 아저씨한테 하고 있으니까 연인으로는 반대로 지켜주고 싶은 사람을 선호한다거나~."

"그런 멋없는 남잔 싫어."

안젤린이 뺨을 볼록거리자 마르그리트가 고개를 끄덕였다.

"맞지! 최소한 나보다는 강해야 하지 않겠냐!"

"그거 난이도가 엄청나게 높잖아……."

S랭크 모험가를 이겨보라는 것은 상당히 무리가 있는 조건이다. 로제타가 「에이, 아니야」라고 말했다.

"또 모르는 거야, 이런 부분은. 그야 강한 남자에게 가슴이 두근거릴 수도 있지만, 뭐랄까, 모성을 자극하는 남자도 불쑥 나타나는 법이거든."

"모, 모성……!"

안젤린은 꿀꺽 침 삼키는 소리를 냈다. 내가 엄마가 될 수 있을까. 염려가 된다. 그리고 가슴께에 살짝 손을 얹었다.

"……모성은 크기로 결정되는 게 아니지, 로제타 씨."

"무슨 이야기야?"

로제타가 어리둥절하며 답했다. 다른 세 친구는 쿡쿡 웃고 있지만, 안젤린의 표정은 몹시 진지하다.

자신도 여성인 이상 언젠가 어머니가 될 가능성은 부정할 수 없다. 벨그리프와 사티의 딸이니까 자신도 분명 훌륭한 어머니가 될 수 있을 것이라는 막연한 기대감은 가지고 있다. 아이는 좋아할뿐더러 집안일도 잘한다.

하지만 전혀 살점이 불어나지 않은 가슴의 두 언덕 때문에 조바심이 난다. 단지 여성의 매력을 갖고 싶다는 생각뿐 아니라 아기가 태어나면 어쩌나 하는 염려도 있기 때문이다.

아기는 젖을 먹고 자란다. 안젤린은 어머니 없이 자랐기 때문에 염소젖을 먹었지만, 마을의 갓난아기들이 어머니의 젖을 빨아서 먹는 장면은 보았던지라 모유가 필요하다는 사실은 잘 안다. 딱히 염소젖도 괜찮겠지만 이왕이면 어머니의 온기를 느낄 수 있는 방법이 좋지 않을까. 안젤린은 자꾸 생각이 든다.

하지만 이런 납작궁 가슴으로 젖이 잘 나오려나 불안한 심정이다. 아기에게 젖을 빨리면 평면을 뛰어넘어서 푹 파이는 것이 아닐까 걱정도 된다. 애당초 배불리 젖을 먹여줄 수 있겠냐는 우려마저 느낀다.

요컨대 안젤린은 커다란 가슴은 젖이 잔뜩 차 있어서 커다랗다고 생각한다는 뜻이다.

안젤린은 자기 가슴을 찰싹찰싹 더듬거리며 혼잣말했다.

"……역시 크기도 중요하려나."

"도대체 무슨 이야기래?"

혼자 납득하는 안젤린과 달리 로제타는 역시나 어리둥절한 모습이다. 사실 가슴의 크기와 모유 생성량에 인과 관계는 없지만, 안젤린이 그런 사실을 알 리 없었다.

그렇게 이런저런 대화를 나누며 느긋하게 시간을 보내다가 해가 기울어져서 그림자가 길게 늘어지는 무렵에 고아원을 나왔다. 걸어가면서 안젤린은 거하게 하품을 했다.

"흐앙……. 벌써 졸리네."

"낮잠 자기에 딱 좋은 날이었지~."

덥지도 춥지도 않은 좋은 날씨였다. 해가 떨어지면 아직은 좀 춥지만, 대낮의 햇살은 포근하고 기분 좋았다.

고아원 근처에는 시장이 있다. 마침 인원이 많은 시간대여서 수많은 노점 사이를 다양한 사람들이 오가는지라 몹시 북적거렸다. 이렇게 많은 사람이 있고, 저마다 제각각의 인생을 보내고 있단 생각을 하면 안젤린은 어쩐지 신기하다는 기분이 들고는 했다.

저녁 반찬거리나 살까. 아넷사가 말했다.

"안제, 우리 집에서 저녁 같이 먹을래?"

"음……. 아니, 오늘은 좀 빨리 자고 싶어서, 집에 갈래."

"그렇구나."

"확실히 식사한 다음은 항상 밤늦게까지 안 자고 놀았지~."

"그치만 조리된 요리 사서 집에 갈 거야. 시장은 갈래……."

"뭔가 오늘은 가게가 많네. 아, 뭔가 저쪽에서 좋은 냄새가 난다!"

"잠깐, 마리, 혼자서 가지 마! 분명히 미아 된다고!"

인파를 누비며 뛰어가는 미아 상습범 마르그리트를 아넷사가 허둥지둥 쫓아갔다. 안젤린과 밀리엄도 종종걸음으로 뒤를 따라간다.

스쳐 지나가는 사람들마다 가지각색이다. 조금 앞쪽의 노점에서 마르그리트가 소리를 내며 생선튀김 익는 광경을 구경하고 있었다. 맛있겠다, 사 갈까 생각하며 안젤린은 거하게 하품을 했다.

문득 하늘을 올려다본다. 저물어 가는 하늘이 반짝이고 있었다.

톨네라에서도 같은 하늘을 보고 있으려나. 안젤린은 고향을 떠올렸다.

○

　마을은 조용했다. 사람이 잔뜩인데도 다들 묵묵히 서 있다. 모자를 쓰고 다니는 사람은 벗어서 손에 들었는데 뭔가 복잡한 표정이다.

　벨그리프와 식구들은 이 같은 집단의 조금 뒤쪽에 있었다.

　앞쪽에서는 모리스 신부가 장송의 기도를 올리고 있다. 마을 주민들은 복잡한 표정을 지은 채 모자를 손에 들거나 손을 마주 잡거나 하며 서 있다.

　옆에 선 퍼시벌이 어딘가 떨떠름한 표정으로 벨그리프에게 조용히 속삭거렸다.

　"이런 자리는 좀 어려운데."

　"나도."

　카심도 맞장구쳤다.

　"잠깐이니까 참게나."

　벨그리프는 쓴웃음을 지으며 작게 말했다. 퍼시벌은 팔장을 낀 채로 체중을 실은 다리를 바꿔주며 한숨 쉬었다. 카심은 수염을 쓸어 만진다.

　"그래도 나쁘진 않네."

　"그래, 나쁘지 않군."

　퍼시벌도 고개를 끄덕거렸다.

오늘은 장례식이다. 톨네라의 노인이 한 사람 죽었다. 호상이라고 말할 수 있는 나이였다지만, 사람이 죽으면 역시 서글픈지라 마을 전체가 뭔가 조용한 분위기에 감싸였다.

교회에서 기도를 바친 뒤 유해가 안치된 관을 북쪽 묘지로 운반했다. 그리고 마지막으로 신부가 다시금 혼의 안부와 주신의 가호를 기원해주며 관을 묻는 과정이다.

벨그리프는 묘지를 둘러봤다. 남향으로 트인 햇볕이 잘 닿는 곳이며 수많은 묘비가 늘어서 있지만, 이미 이곳에 잠든 인물이 누구의 기억에도 남지 않은 무덤도 많다. 다만 선조의 영령을 정성껏 모시는 톨네라에서는 묘지도 부지런하게 청소하는지라 언제나 깔끔했다.

이곳에는 많이 와봤다. 벨그리프의 부모도 이곳에 잠들어 있어서 해마다 몇 차례는 성묘 겸 청소를 한다. 안젤린이 어릴 적에도 함께 왔다. 만난 적 없는 할아버지와 할머니에게 진지한 표정으로 손을 맞대고 중얼거리던 모습이 떠올랐다.

신부의 기도가 끝난 뒤 관을 구덩이에 넣었다. 삽을 든 젊은이들이 위에서 흙을 끼얹어 파묻어 간다. 죽은 자의 가족들이 흐느끼는 목소리가 들려왔다.

이윽고 매장이 다 끝나자 마을 주민들은 삼삼오오 마을로 돌아가기 시작했다. 장례가 끝나니 다들 긴장이 풀린 평범한 표정을 짓고 있다. 사고나 병으로 죽은 게 아닌지라 서글프기는 해도 비탄에 잠긴 사람은 딱히 없는 듯했다.

샤를로테가 눈을 끔뻑거리며 벨그리프의 옷자락을 잡았다.

"……뭔가 이상한 기분이야. 분명 장례식인데 슬퍼서 몸을 못 가누는 분위기는 아니라서."

"만약 병에 걸렸거나 다쳐서 죽었다면 훨씬 슬펐겠지. 오르크 영감은 병도 다친 것도 아니고 조용하게 돌아가셨다더구나."

"부럽네. 이런 말은 좀 실례인가?"

사티가 쓴웃음과 함께 중얼거렸다. 벨그리프는 미소 짓고는 사티의 어깨를 톡톡 두드렸다.

줄줄이 마을로 돌아가는 중 벨그리프와 비슷한 나이의 중년들은 자연스럽게 한데 모여서 죽은 노인의 이야기를 주고받았다. 케리가 머리를 긁적이며 말했다.

"오르크 영감도 결국 주신의 곁으로 불려 가버렸나. 적적해지겠군."

"뭐, 마지막까지 건강했으니까 괜찮지 않나. 몸은 좀 약했어도 마음은 굳건했지. 영감도 딱히 눈물로 배웅받고 싶지는 않을 테고."

마을에서 약사로 있는 아트라가 말했다. 벨그리프는 턱수염을 쓸어 만졌다.

"수발을 들었다지? 마지막 순간은 어땠나?"

"아들에게 부축을 받아 바깥으로 나가서 말야. 마당 의자에 앉더라고. 잠시 마당에서 풍경을 바라보다가 사과주를 딱 한 모금 마셨어. 그러곤『이제 됐다. 슬슬 죽겠군』한마디 하곤 진짜로 죽어버렸어. 자기가 죽을 때를 알았던 거야."

"그런 사람이었으니까, 오르크 영감은."

"어릴 적 혼났던 기억이 떠오르는군. 사과주를 훔쳐 마셔서 말이야, 꼬맹이한테는 아직 이르다며 꿀밤을 맞았다고."

"난 나이 먹을 만큼 먹고도 혼났어."

"항상 찌푸린 얼굴이라 무서운 할배였지만, 신기하게 아이들은 잘 따랐지. 나도 엄청 혼났는데 오르크 영감은 많이 좋아했어."

"밭 일구는 방법을 가르쳐줬지. 괭이 쓰는 방법도."

"그래, 괭이 쓰는 솜씨가 진짜 좋았잖나. 할아범이 세운 두렁은 참 예뻤어."

"죽는 얼굴이 참 평온했거든. 잠든 얼굴처럼 말이야. 금방 도착했을 거야."

"자, 밤에는 잠깐 모이도록 할까?"

"그래."

"알겠네, 이따가 보세."

마을에 도착해서 각자 집으로 흩어져 간다.

톨네라에서 장례식 날 밤은 대부분의 경우, 같이 모여서 술을 마시며 주신 뷔에나와 선조의 영령들이 있는 곳까지 죽은 자의 영혼을 떠들썩하게 배웅한다. 고인의 추억 이야기로 꽃을 피우고, 마음껏 울고 웃는 것이 톨네라의 관습이다. 사고나 무거운 병 때문에 불의의 죽음을 맞이하는 사람의 경우는 분위기가 많이 달라지지만, 천수를 다 누린 사람이 주신의 곁으로 떠나간다면 슬퍼하는 동시에 축하해줘야 할 끝맺음이기도 하다.

아이들은 서로 장난치고 놀면서 어른들의 몇 걸음 앞쪽을 걸어

가고 있다. 그라함도 아이들 틈에 섞여서 걸어간다.

벨그리프와 나란히 걸음을 떼며 퍼시벌이 슬쩍 웃었다.

"평온한 죽음인가. 좀 무례할지 모르겠다만 부럽군."

"모험가라면 아마 어려울 거야."

"그래. 침대에 누워 죽는다면 감지덕지이고 대부분은 객지에서 죽지. 중상이나 독으로 고통 받으며 말이다."

자포자기해서 살던 시절의 퍼시벌은 수많은 수라장을 헤치고 나온 탓도 있어 몹시 처참한 죽음의 위기도 거듭 직면했었다. 그런 과거가 있는 만큼 이렇듯 온화하게 죽음을 맞이할 수 있다는 것이 무척이나 부럽고, 또한 도무지 실감이 들지 않는 끝맺음이었던 듯 했다. 카심과 사티도 같은 심정이었는지 동의하며 고개를 끄덕거리고 있다.

퍼시벌은 하늘을 바라보며 눈을 살짝 감았다.

"나는 인간도 꽤 베었다. 전부 악인이었다고 말하고 싶다만, 지금 와서는 장담을 못 하겠군……. 아까 전처럼 마음 후련한 장례식을 보면 그 녀석들이 떠오른다. 그 녀석들도 죽은 이후에 추억 이야기를 해줄 친구가 있었을까 하고 말이지."

"나도 비슷하네. 못된 짓 많이 했다는 생각이 들어."

"……모험가인 이상 뜻하지 않은 죽음은 있기 마련이지."

"벨, 너는 인간을 벤 경험이 있나?"

"그래. 이제는 상당히 옛날 일이다만."

옛날에 보르도 근방에서 도망쳐 온 수배범이 마을에서 난동을 부렸을 때 부득이하게 베어 죽였던 경험이 있다. 그 무렵에는 아직 의족에 적응을 마치지도 못했고, 따라서 제압까지 시도할 여력이 없었기에 죽여야만 했다. 지금처럼 몸놀림이 능숙했다면 죽이지 않고 붙잡을 수 있지 않았을까. 지금 뒤늦게 생각할 때가 있다.

검을 통해서 전해지는 인간의 살점과 뼈를 절단하는 감촉은 마수와는 무척 다르게 느껴졌다.

과감히 손을 쓰지 않았다면 자신과 마을 주민들이 위험함을 머릿속 이론으로는 물론 잘 알았다. 그럼에도 방금 전까지 잘 움직이던 인간이 자신의 손에 의하여 움직이지 못하게 되었다는 사실에서 마수에게는 느낀 적 없는 두려움을 느꼈었다. 무엇보다 어깨부터 허리를 베어 절명할 때까지 짧은 순간, 상대의 눈에 깃든 삶을 갈망하는 빛이 그 이후에도 한동안 벨그리프를 괴롭혔다.

"안제도, 도적 토벌은 몇 번인가 한 적이 있다더군. 그러나 사람을 베면 기분이 나쁘다고 말했어."

"그게 보통이지. 나는 너무 익숙해졌다. 아주 망나니가 다 됐어."

퍼시벌은 거하게 숨을 내쉬었다.

"죽은 이후에 정말 천국이라는 곳이 있을까. 만약 있다면 나는 들어갈 자격이 있을까. 이런 생각을 자꾸 하게 되더군."

"죽어본 적이 없어서 잘 모르겠군, 나는."

벨그리프가 말하자 퍼시벌은 웃음을 터뜨렸다.

"그야 그렇지. 거참, 나답지 않은 소리를 했군."

"그래도 마음은 이해가 돼. 정신없이 달려 다니던 때는 돌아볼 여유도 없었지만…… 지금 뒤늦게 떠오르는 게 잔뜩 있는걸."

사티가 말했다. 카심이 웃으며 고개를 끄덕였다.

"그게 말이야, 나이를 먹었다는 증거야, 분명."

맞는 말 같군. 벨그리프는 쓴웃음을 지었다. 이제까지는 걸어가야 할 길이 더 길었지만, 지금은 돌아봤을 때 보이는 길이 더 길다. 하지만 앞을 나아가는 아이들은 앞으로 가야 할 길이 훨씬 더 길다.

문득 앞에서 마루가 벡에게 뭔가 말하는 소리가 들렸다.

"왜 땅에 파묻는 거야?"

"묻는 이유는 죽었기 때문이다."

"죽었다? 무슨 뜻이야?"

"죽었다는 것은…… 음……."

곤란한 표정의 벡이 대답하기 전에 하루가 마루의 어깨를 콕콕 찔렀다.

"엄마랑 똑같아. 흙 아래에서 자는 거야."

"그렇구나. 근데 언제 깨어날까? 엄마도 아직 안 깨어났는데."

"다들 슬퍼하던데."

"잠자는 게 슬픈 거야? 이상하네."

벨그리프는 가슴이 덜컥했다. 저 아이들은 아직 죽음이 무엇인지를 알지 못한다. 본인들의 어머니가 아직껏 잠들어 있다고 생각하기에 하는 말이었다.

벨그리프는 사티를 힐끔 쳐다봤다. 사티도 입을 꾹 다문 채 뭐라고 말을 못 하는 것 같았다. 언젠가 사실대로 알려줘야 할 문제였지만, 눈앞의 행복에 마음을 빼앗긴 채 아직껏 말을 못해줬었다.

말을 못 꺼내는 벡 대신에 그라함이 입을 열었다.

"죽음이란 이 세계와의 작별을 뜻한다."

너무나도 분명한 대답이었기에 다들 무심코 숨을 멈췄다.

쌍둥이는 이상하다는 듯이 고개를 갸웃했다.

"작별?"

"죽음? 잠든 게 아니야?"

"너희는 물고기를 잡은 적이 있었지."

"응."

"강에 가서 잡았어. 할부지도 같이."

"잡은 물고기를, 벨…… 아빠와 사티가 요리해줬지. 움직여 헤엄치던 물고기가 못 움직이고 멈춘다. 그것이 죽음이다. 죽은 자는 두 번 다시 움직이지 못한다. 따라서 땅에 파묻는다."

이해하지 못하겠다는 표정을 짓던 쌍둥이가 두 번 다시 못 움직인다는 말에 눈을 커다랗게 떴다.

"두 번 다시?"

"그럼…… 죽으면 영영 못 만나?"

"엄마도 죽은 거야? 그래서 파묻은 거야?"

"두 번 다시 못 만나……?"

불안하게 묻는 쌍둥이의 머리를 그라함은 다정하게 쓰다듬었다.

"못 만나는 것은 아니란다. 예를 들어서 다람쥐가 한 마리 죽었다고 하자. 다람쥐는 알고 있겠지?"

쌍둥이는 고개를 끄덕거렸다. 그라함과 숲에 갔을 때 나무 위쪽을 달리는 다람쥐를 발견하고 신나서 떠들었었다.

"죽은 다람쥐의 육체는 머지않아 흐무러져서 흙으로 돌아간다. 그 흙은 나무를 키우고, 나무는 언젠가 커다랗게 자라고, 그 나무 위에서 많은 다람쥐들이 놀며 새끼를 키울 터이지."

"다람쥐가…… 나무가 된 거야?"

"그렇다. 그 나무가 언젠가 썩어 쓰러지면 또 흙이 되고, 누군가가 장작으로 태우면 연기가 되어 공중을 날아다닌다. 흙은 새로운 생명을 낳고, 숨을 들이마시면 공기는 우리의 몸을 순환하지. 따라서 그곳에도, 이곳에도, 오랜 시대의 다람쥐가…… 죽은 자들이 함께 있단다. 모습은 보이지 않을지언정, 목소리도 들리지 않을지언정 말이지."

"엄마도……?"

"그래. 언제나 있다. 너희의 곁에……. 그러니까 슬퍼하지 말거라. 본래의 모습과는 작별했는지도 모르나 모든 생명은 형태를 바꿔 언제나 순환을 계속하니 말이다."

쌍둥이를 그라함의 손을 붙잡고 주위를 둘러봤다.

"엄마가, 있어?"

"우리를 보고 있을까?"

"그럼 굉장하겠다."

쌍둥이는 갑자기 뒤를 향하여 달려와서 사티에게 안겨 들었다.

"사티, 엄마가 여기에 있대!"

"안 보이는데, 신기해!"

사티는 쌍둥이를 안아 들어서 꼭 끌어안았다. 꽉 닫힌 눈에서 눈물이 쏟아졌다.

"미안해…… 겁쟁이라서……."

"무슨 일이야?"

"왜 울어? 배 아파?"

쌍둥이는 놀란 기색으로 사티의 머리를 쓰다듬거나 흘린 눈물을 손가락으로 닦아주거나 했다. 사티는 잠시간 입을 다물다가 곧 얼굴을 들어 올리곤 쭈글쭈글한 얼굴로 웃었다.

"미안, 미안해. 잠깐 좀……. 자, 빨리 돌아가자."

그렇게 말한 뒤 쌍둥이를 다시 안아서 걸음을 뗀다. 앞쪽에서 조마조마하며 지켜보고 있었던 샤를로테와 미토, 벡이 안심한 듯 발길을 되돌렸다.

벨그리프는 가만히 멈춰 서 있는 그라함에게 다가갔다.

"그라함, 미안하네. 사실은 우리가 먼저 말해줘야 했을 텐데……."

"모든 것을 그대들이 짊어지려고 하지 말게나."

그라함은 입가에 살작 미소를 띠고 벨그리프의 등을 가볍게 톡 두드렸다.

"할부지에게는 할부지의 역할이 있지. 나를 더 의지해주게."

"……고맙네."

그라함은 쓱 눈을 내리뜨더니 발길을 되돌려서 걸어 나갔다. 퍼

시벌이 후훗 웃었다.

"모든 생명은 형태를 바꿔 순환한단 말이지. 멋진 말이군. 천국에 가는 것보다 더 마음에 든다."

"그러게 말야. 나도 꽤 마음에 들어."

카심이 껄껄 웃고는 모자를 고쳐서 썼다.

분명 그라함의 말대로 생명은 거듭 순환하리라.

숲의 나무들은 수많은 썩은 나무 위쪽에 자신의 생명을 쌓아 나가고 있다. 자신들의 신체도 다른 생명을 먹음으로써 움직이고 있다. 사슴 수프를 먹으면 사슴은 자신의 일부가 된다. 감자를 먹으면 감자도 자신의 일부가 된다. 사슴과 감자가 자라나기까지 많은 생명이 이어지며 그 끝에 자신이 있다.

오래된 생명은 새로운 생명을 길러 내고, 그리고 사라져 간다. 한데 형태를 바꿔 순환을 거듭한다면 분명 그곳에 끝은 없겠다. 생각 이상으로 산 자와 죽은 자의 경계가 어쩌면 애매할 수 있음을 느낀다.

벨그리프는 두 손바닥을 바라봤다. 이 몸을 형성하고 있는 것은 수많은 죽은 자들이다. 그렇게 생각하면 자신들의 생명은 단순히 중간 단계에 불과할지도 모른다. 어른들은 본인의 기술을 갈고 닦아서 요긴하게 남겨야 할 부분을 깊이 파고들다가 다음 세대로 전수해준다. 위쪽 세대에서 자신에게로. 자신에게서 안젤린에게로. 안젤린에게서 더 어린 아이들에게로……

긴 역사의 관점으로 보면 결국은 찰나의 순간에 불과하다는 뜻

이다. 그럼에도 그 찰나 속에는 정말이지 많은 사랑스러운 것들이
가득 담겨 있으리라.

벨그리프는 가만히 얼굴을 들어 올렸다.

오후의 두꺼운 빛 속에서 끝없이 맑은 푸르른 하늘이 반짝이고
있었다.

특별 수록
번외편

MY DAUGHTER
GREW UP TO
"RANK S"
ADVENTURER.

EX 단 한 번 평소의 밤

올펜의 거리에 모래 먼지가 날아오르고, 그곳에 햇살이 비스듬하게 비치고 있다. 반짝반짝하는 빛줄기가 서 있는 듯이 보인다. 하지만 오가는 사람들은 저런 광경에 굳이 눈길도 주지 않고 바삐 바삐 거리를 지나다녔다.

요즘 들어서 사람들 출입이 급격하게 늘었다. 올펜 주변에서 마수의 숫자가 늘어나는 낌새가 있는지라 모험가들이 모여드는 중이었다.

마수는 무시무시한 인류의 천적인 동시에 유용한 자재이기도 하다. 마력을 띤 육체는 목적에 따라 갖가지 사용법이 있어 수요는 가득 넘쳐났다. 또한 단순히 위험하기 때문에 토벌만 해도 보수가 나오는 경우도 많아서 모험가들은 마수와의 전투를 생업 삼아서 살아간다고 표현해도 과언이 아니다.

"네, 이제 승격이 완료되었습니다. 축하드립니다, 안젤린 씨."

황금색 표찰을 꼼꼼이 살펴보면서 열여섯 살의 안젤린은 「고마워요」라며 머리 숙였다.

"와아, 설마 이 나이에 S랭크가 되다니……. 사상 처음 수준 아니야? 굉장하네."

길드 마스터 라이오넬이 유유자적한 분위기로 말했다.

"그런가?"

"그런 거야. 아저씨도 옛날에는 S랭크 모험가였는데 스무 살 넘긴 다음이었거든. 요즘 젊은 애들은 재능이 넘쳐나니 부럽구나아."

"딱히 뭐가 대단한 건 아닌데……. 아무튼 기뻐."

안젤린은 음훗음훗 웃었다.

S랭크. 모험가의 등급 체계에서는 최상위다. 열두 살에 올펜으로 와서 모험가가 되었고 4년 만에 최고 지위까지 올라섰다. 전례가 없는 신속한 속도라는데 안젤린은 별로 관심이 없었다. 그저 모험가의 최상위에 올라선 만큼 아버지 벨그리프에게 가슴을 펼 수 있다. 지금 기쁨의 가장 큰 이유였다.

그렇다. 안젤린이 모험가를 목표로 했던 이유는 벨그리프의 등을 좇아왔기 때문이다. 톨네라라는 공국 최북단의 마을에서 이따금 나타나는 마수 상대로 검을 휘둘렀던 아버지의 등은 안젤린의 동경이었다.

이제 드디어 아버지와 나란히 설 수 있겠다.

안젤린은 흐흥 콧소리를 냈다. 지금 벨그리프와 대련하면 한 번 정도는 공격을 성공시킬 수 있겠지. 어린 시절에는 전혀 못 당했지만, 지금이라면 분명 버틸 수 있다. 이 실력을 선보이면 분명히 많이 강해졌다고 칭찬해줄 것이다.

모험가가 되어 벨그리프를 따라잡고자 일심불란으로 달려왔던 안젤린은 이렇듯 하나의 정점에 도달하자 갑자기 몹시 아버지를 만나고 싶어졌다. 톨네라에 귀성해서 벨그리프에게 직접 알려주고 싶다. 잘했다는 칭찬의 말을 듣고 싶다.

지금은 초가을이었다. 서둘러 움직이면 혹시 바위월귤 열매를 먹을 수 있지 않을까? 고향의 집 난로 앞에서 벨그리프와 둘이 올 펜 생활의 기쁨과 즐거움을 밤새 이야기하면 필시 즐거울 테지.

안젤린은 「있잖아」 하고 말했다.

"휴가 낼 수 있어?"

"어? 지금 당장?"

"응……."

라이오넬은 난처해하며 애매하게 미소 지었다.

"지금 당장은 좀……. 고위 랭크의 모험가는 말이야, 어느 정도 는 길드의 의향에 따라 행동해야 한다고 미리 알려줬었지? 지금 안제 양이 빠져버리면 좀 난처하거든."

"그야 그렇긴 한데……."

"아니, 물론 조만간에 휴가는 수리해줄게. 그런데 지금 당장은 좀, 이래저래 수속도 밟아야 하고."

"……뭐, 알겠어. 아무튼 약속한 거야."

라이오넬은 「하하……」 애매하게 웃음 지은 채 머리를 긁적였다.

○

"그렇게 결국 1년이 더 지나도록 묶여 있었어."

안젤린이 투덜거리자 마르그리트는 깔깔 웃었다.

"그런 시기가 있었구나~. 전에 들었던 마수 대량 발생 이야기지? 그 시절에 내가 있었다면 좋았을 텐데 말이다~."

"맞아. 마리가 있었다면 전부 떠넘기고 톨네라에 갔을 거야."

"에이, 아니지. 얘 혼자서는 감당 못 했어. 결국 은퇴한 분들까지 다시 데려와야 했잖아."

아넷사가 말했다.

평소의 주점이었다. 남부에 다녀오는 여행을 포함한 긴 휴가를 마친 뒤 마르그리트의 승격도 해결했고 몇몇 의뢰를 수행한 다음의 만찬 자리다. 일을 끝냈다는 해방감도 어우러져서 이미 몇 잔씩 마신 참이고 밀리엄은 탁자에 턱을 얹은 채 흔들흔들 조는 중이다.

역시나 톨네라에서 가진 술자리와는 다르다. 이곳은 이곳대로 나쁘지 않다. 안젤린은 유리잔에 조금만 남아 있었던 와인을 쭉 들이켜고 후유, 숨을 내쉬었다.

"그때 이후로 꽤 지났네……. 바로 얼마 전 같은데 말야."

"뭐, 순식간이었지. 마리하고도 만난 지 1년쯤 됐나?"

아넷사가 손가락을 꼽으며 말했다. 마르그리트도 상념에 잠긴 듯 고개를 살짝 갸우뚱했다.

"그러게 말야~ 시간 참 빨리 지나가지. 내가 온 때가 초겨울이었으니까 1년은 넘게 지났을 거다."

생각해보면 안젤린이 에스갈 대공가에 불려 간 동안에 마르그리트가 벨그리프와 함께 올펜에 찾아왔었다. 그렇게 겨울 한철을 올펜에서 지낸 뒤 안젤린은 아버지와 톨네라로 귀성했다. 톨네라에서는 미토를 노린 오래된 숲의 습격이 있었고, 그 이후『대지의 배꼽』으로 여행을 떠났다.

여행 중간의 기억은 아직 신선한 마음으로 떠올릴 수 있다. 요벰의 관문에서 틸디스의 말을 보았던 것, 만사에서 겪은 시에라와의 만남과 분쟁, 남쪽에 내려가는 도중 도적과 싸운 전투며 유목민과의 교류, 이스타프에서 던컨 및 이슈멜과 만나『대지의 배꼽』으로로 나아갔던 것. 퍼시벌과 함께 아 바오 아 쿠와 싸웠던 것. 그 이후 제도에서 겪은 모험과 친어머니 사티와의 재회……

안젤린은 턱받침을 하고서 후유, 숨을 내쉬었다. 불과 1년 남짓한 기간 동안에 놀랍도록 많은 사건이 연이어 있었다는 생각이 든다.

"모험, 했구나……"

"진짜 재밌었지~. 동쪽으로 가는 여행도 즐거울 것 같다. 난 벌써 두근두근하더라."

마르그리트는 천진난만하게 말한 뒤 다시 증류주를 따라 마신다. 병을 주문해서 자작으로 마시는 것이 벌써 일곱 번째 잔이다. 엘프의 하얀 피부가 아주 살짝 술기운으로 상기되어 주홍빛을 띠고 물들었지만, 취한 것 같아 보이지는 않는다.

과거를 회상함에 따라 와인의 취기도 거들어서 점점 기억이 옛날을 향해 나아간다.

안젤린은 아넷사를 바라봤다. 아넷사는 접시에 남은 소스를 빵에 묻히다가 시선을 알아차리고 안젤린을 마주 바라봤다.

"왜?"

"막 파티를 짰을 때, 같이 술 마셨지……."

"맞아……. 지금 마리처럼 안제가 쭉쭉 들이켜니까 놀랐었어."

아넷사는 옛 기억을 떠올리며 쓴웃음을 지었다. 마르그리트가 호기심으로 눈을 반짝인다.

"그런가. 너희도 파티를 막 짰던 시절이 있겠구나. 내가 아직 얘기를 못 들어봤어. 대강 어땠냐?"

"으음~ 글쎄……. 좀 부끄럽지만……."

아넷사는 난처해하며 웃었다. 안젤린도 입가에 미소를 띤다. 지금 와서는 농담거리이나 당시에는 이래저래 생각이 참 많았었다.

○

S랭크 모험가 『흑발의 여검사』와 파티를 맺지 않겠는가? 이렇듯 길드에서 직접 제안이 온 것은 앞서서 같이 활동했던 파티가 해산한 뒤 조금 나중의 일이었다.

"어, 저랑 미리가, 말씀인가요?"

"맞습니다. 두 분은 AAA랭크로 실력도 충분하시고요. 나이도 비슷하니까요, 잘 지낼 수 있겠다고 생각되는지라……. 현재는 두 분뿐이고 따로 파티도 없는 상태이시죠?"

"그, 그거야 그렇긴 한데요……."

아넷사는 아닌 밤중에 홍두깨 같은 제안에 시선이 마구 흔들렸다. 옆에 선 밀리엄도 몹시 당황하고 있다.

『흑발의 여검사』 안젤린은 두 사람도 알고 있었다. 그래 봤자 일 방적으로 알고 있을 뿐이다. 같은 세대이지만 두 사람보다 나이가 어린 열여섯 살, 게다가 고작 4년 만에 S랭크까지 치고 올라간 천 재이니까 싫어도 의식하게 된다.

아넷사는 주뼛주뼛 입을 열었다.

"하지만, 저기, 안젤린 씨는 혼자서 S랭크까지 올라간 사람이잖 아요? 파티를 짤 의사가 있긴 할까요?"

보통 모험가는 몇 사람이 파티를 맺고 활동한다. 고위 랭크의 모험가라도 예외는 거의 없다. 오히려 상대가 고위에 속한 마수일 수록 전위와 후위의 역할 분담이 중요해진다. 힘을 합쳐서 싸움으 로써 혼자서는 감당하지 못할 마수도 처단하는 힘을 발휘하는 법 이다. 아넷사도 밀리엄도 그렇게 랭크를 올려 AAA에 다다랐다.

하지만 소문 자자한 안젤린은 한 번도 파티로 활동한 적이 없다 고 한다. 상대가 어떤 마수이든 간에 자신의 검 한 자루로 베어 넘긴다던가. 그야말로 파격적이며 따라서 이토록 짧은 기간에 최 고위까지 치고 올라갈 수 있었음을 납득하게 된다.

그러니까 오히려 파티를 짜도 제대로 활약할 수 있을까 걱정부 터 들었다. 막상 함께 다니려는데 박대를 당한다거나 방해꾼 노릇 밖에 못 한다면 의미가 없다.

접수원은 「그게 말이죠……」 잠시 생각하다가 말했다.

"확실히 안젤린 씨는 혼자서도 강하지만요……. 역시 혼자서는 가능한 일에 한계가 있기 마련이에요. 길드 마스터의 말씀하시길 S랭크 모험가가 상대를 맡아야 할 마수는 혼자서는 난이도가 현격하게 높아진다나 봐요. 그러니 역시 후방 지원이나 다른 전위를 맡아줄 분이 계시면 부담이 많이 줄어들겠죠."

길드 마스터 라이오넬은 전직 S랭크 모험가다. 당사자의 발언이라면 맞는 말이겠지.

"게다가 요즘 들어서 강력한 마수의 발생이 늘어서요……. 안젤린 씨가 아무리 강한 분이어도 혼자 연전을 치른다면 피로도 많이 쌓여요. 그러니까 서포터를 맡아줄 분이 계시면 길드로서도 큰 도움이 될 텐데요……."

접수원이 애원하는 듯한 눈빛으로 두 사람을 바라본다.

아넷사와 밀리엄은 얼굴을 마주 바라봤다.

"어떻게 할래?"

"으으……. 당장은 대답 못 하겠어."

밀리엄은 난감해하며 두 손의 손가락을 꾸물꾸물 뒤얽고 있다. 특별히 낯을 가리는 게 아니라 밀리엄은 자신이 수인이라는 사실을 타인에게 별로 알리고 싶어 하지 않는다. 모자 안쪽에 숨겨 둔 고양이 귀를 보여주는 게 무섭다는 생각이 적잖이 있는 듯하다. 다만 개인의 사정으로 고집부리면 파티는 영영 구할 수 없다는 것도 잘 알기 때문에 망설여지리라.

아넷사는 팔짱을 끼고 고민했다.

접수원이 말했듯 분명 최근에는 고난이도의 토벌 의뢰가 늘어난 것 같다. 본래 토벌 의뢰는 썩 많이 발생하지 않는다. 기껏해야 하위 랭크의 마수가 나타났다는 부류가 대부분이었다.

그런데 요즘 들어서는 고위 랭크 모험가가 거듭거듭 동원될 만큼 강력한 마수가 자주 발생하고 있다. 소문 자자한 『흑발의 여검사』가 아무리 강하더라도 역시 한계는 있을 것이다. 아넷사와 밀리엄 두 사람도 다른 모험가와 임시 팀을 만들어서 몇 차례 토벌 의뢰를 하러 갔었다. 하지만 이대로 상황이 개선되지 않고 마수가 더 많이 동시에 발생한다면 적은 인원수로 토벌에 나서야 하는 상황이 강제될지도 모른다. 그렇게 됐을 때 후위만 두 명이어선 무척 힘들어진다.

애당초 아넷사와 밀리엄도 슬슬 새로운 파티를 구해보려는 생각은 하고 있었다. 단검도 다룰 줄 아는 아넷사가 일단은 전위 역할을 맡고 있지만, 이래서는 자신들의 강점을 온전하게 발휘한다고 말하기는 어렵다. 믿을 만한 전위는 꼭 필요한 처지이다.

하지만 정작 상대가 자신들보다 강한 S랭크 모험가라면 엉거주춤하게 되는 것도 사실이었다. 당연히 믿을 만한 실력자이겠지만, 과연 팀워크를 잘 살릴 수 있을까. 어쩌면 쓸데없는 걱정일 수는 있겠지만, 그럼에도 아넷사의 가슴속에는 기대보다 불안이 더 컸다. 밀리엄도 마찬가지이리라.

"저기…… 조금만 시간을 주실 수 있나요? 고민 좀 해볼게요."

"네, 물론이죠. 반가운 대답 기대할게요."

그렇게 두 사람은 길드에서 나왔다. 아넷사는 팔짱을 낀 채로 고개를 살짝 숙이며 걸었고, 밀리엄은 어딘가 멍한 모습으로 허공에 이리저리 시선을 주고 있었다.

"……S랭크, 구나."

밀리엄이 중얼거렸다.

"어떻게 할래? 거절할까?"

"으음……."

밀리엄은 입을 우물우물했다.

"우리보다, 어리지? 막 날씬하고, 미인인 아이."

"응. 근데 말하는 걸 거의 못 봤거든."

같은 길드에 속한 입장인지라 아넷사도 밀리엄도 안젤린과 마주친 적은 제법 있었다. 금세 랭크를 추월당했던 탓에 가볍게 질투를 느끼기도 했다. 지금도 아마 비슷한 심정이다. 자신들의 실력에 얼마간 자부를 갖고 있는 만큼 올바르게 상대를 평가하지 못한다. 자부심과 열등감이 한데 뒤섞인 기묘한 감각이 두 사람의 결단력을 둔하게 만들었다.

언제 이렇게 걸었을까. 서로 깨닫지 못한 틈에 집까지 와 있었다. 고위 랭크가 된 이후 임대한 집은 이제 완전히 익숙해져서 마음 편안한 공간이 되어준다.

염석(焰石) 화로에 주전자를 올려놓고 아넷사는 중얼거렸다.

"어떤 아이이려나."

"알 수가 없네. 엄격할까? 구도자처럼."

"음……. 그런 사람은 좀 대하기 어려운데."

"그러게."

S랭크 모험가는 글자 그대로 격이 다르다. 모험가들 사이에서는 이미 정설로 굳어졌다. 두 사람 모두 AAA랭크이기는 하나 AAA랭크와 S랭크 사이에는 무시무시한 격차가 존재함을 느낀다. 길드 마스터 라이오넬은 좀 희미한 느낌이지만, 다른 S랭크 모험가는 풍기는 분위기가 아예 다른 데다가 지닌 바 무력에는 천부적인 재능마저 더해진 금욕적인 노력이 느껴졌다.

목숨을 걸고 싸워야 하는 직업인 만큼 금욕적인 인물은 다른 사람에게도 비슷한 자세를 요구하는 경향이 있다. 위쪽까지 치고 올라간 사람이라면 더더욱이다. S랭크 모험가가 요구할 만한 노력과 긴장감을 자신들이 과연 감당할 수 있을까.

물을 끓여서 꽃차를 타며 밀리엄이 말했다.

"……역시 거절할까?"

"아니, 좀 아깝잖아……."

아넷사는 남아 있었던 구운 과자를 접시에 올려놓으며 한숨 쉬었다.

분명 불안은 크다. 하지만 동시에 저항하기 어려운 매력도 있었다. 두 사람 모두 젊은 모험가다. 아직 모험심을 잃을 나이는 아니었다. S랭크 모험가와 함께 활동한다면 자신들이 알지 못하는 풍경을 볼 수도 있지 않을까. 그런 가능성을 상상하면 역시 가슴이 뛰어올랐다.

두 사람은 꽃차를 홀짝이며 잠시 침묵했다.

만약 거절하면 어떻게 될까. 이대로 당분간 두 사람이서 활동하며 전위를 찾는 것이 좋을까. 다만 그리한다면 이번 제안을 거절하는 선택이 줄곧 마음에 아쉬움으로 남을 것 같았다. 『흑발의 여검사』. S랭크 모험가. 최고의 검사. 후위 임무를 수행하기에 이 이상의 전위는 없다.

아넷사는 말없이 맞은편에 앉은 밀리엄을 바라봤다. 밀리엄은 조금 불안해하며 아넷사를 마주 바라보다가 이윽고 고개를 살짝 끄덕였다.

결론은 내려졌다. 이제 노력할 따름이다.

두 사람은 어느새 식어버린 꽃차를 단숨에 들이켰다.

○

"……안젤린, 이에요."

맞은편에 앉은 두 사람에게 안젤린은 살짝 머리 숙이며 말했다.

"아, 아넷사입니다. 잘 부탁드립니다."

"밀리엄이에요……."

양쪽 다 눈에 띄게 긴장하고 있었다. 그 긴장감이 마치 전염되는 것처럼 안젤린도 어쩐지 몸이 굳어지는 느낌이었다. 아니, 애당초 자신도 아마 무척이나 긴장했다는 것이 싫어도 자꾸 의식되는 기분이다.

라이오넬이 애써 생글거리며 사이에 끼어들었다.

"자, 자아, 너무 긴장들 하지 말고. 이제부터 등을 맞대고 싸워야 할 사이니까 말이야."

그야 맞는 말이기는 하지만, 이제껏 대화한 적도 없는 상대인지라 무엇을 어떻게 해야 하는가 전혀 알 수가 없다. 안젤린은 애당초 붙임성이 썩 좋은 편은 아닐뿐더러 특히 올펜에서 모험가가 된 이후는 매일매일 의뢰에 매진해왔다. 가끔 아버지 벨그리프와 주고받는 편지가 얼마 안 되는 교류의 즐거움이었다.

다만 실력이 있는 모험가가 흥미를 갖고 말을 붙이는 경우는 몇 번인가 겪어봤다. 이미 은퇴했지만 『격멸』이라는 칭호를 받은 체보르그와 『백금』 도르토스 등 올펜의 모험가들 사이에서는 원로 대접을 받는 노인들과도 친하다.

다만 저러한 상대들은 나이 차이가 있는 만큼 손주를 대하듯 귀여워해준다. 덕분에 안젤린도 딱히 부담감을 안 느끼며 알고 지낼 수 있었지만, 이러한 또래 상대를, 더군다나 올펜이라는 도회지에서 자랐을 여자아이들을 앞에 두면 무엇을 이야기하면 좋을까 알 수가 없다.

라이오넬의 주선이 허무하게도 소녀 세 사람은 서로 간에 주뼛주뼛 시선을 이리저리 움직일 뿐 전혀 진전이 되지 않는다. 답답해하던 라이오넬이 갑자기 무슨 생각을 떠올렸는지 짝 손뼉을 쳤다.

"맞다, 일단 친목을 다지기 위해서라도 저녁 식사나 먹으러 가는 게 어떨까? 추천하는 가게라든가 서로 소개해주면서 말이야."

안젤린은 아넷사와 밀리엄을 바라봤다. 두 사람 모두 어떻게 할까 묻는 표정을 지은 채 서로를 마주 보거나 안젤린의 눈치를 살피거나 하고 있었다.

"……그럼, 그렇게 할게. 나가자."

안젤린이 일어서자 두 사람도 허둥지둥 일어나서 따라왔다. 라이오넬이 급히 말을 덧붙이며 배웅했다.

"내일부터 바로 의뢰를 맡기고 싶거든! 잘 부탁할게!"

길드에서 나왔을 때는 석양이 비치고 있었다. 안젤린이 근방에서 토벌 의뢰를 마치고 온 뒤의 모임이었던 터라 이렇게 시간이 늦어버렸다. 저녁 식사 전 장을 보러 온 인파 때문에 거리는 몹시 북적거렸다. 해가 저물어 가는 도시에 불어오는 바람은 완전히 차가워졌다.

"어딘가 가고 싶은 곳 있으…… 어요?"

이상한 존댓말로 안젤린이 묻자 아넷사는 살짝 긴장하며 답했다.

"아, 아뇨, 어디든……."

밀리엄은 아무 말 없이 고개만 끄덕거린다. 안젤린은 후유, 숨을 내쉬곤 「그럼 따라와」라며 걸어 나아갔다. 쌀쌀맞은가 생각하면서도 싹싹하게 사람을 대하는 게 도무지 되질 않는다.

단골 주점에 들어가자 조금 안심됐다. 시끌시끌 사람이 많다. 슬쩍 돌아보니 아넷사도 밀리엄도 가게 내부를 둘러보고 있었다.

가게 안은 혼잡했지만, 어떻게든 탁자 자리를 찾아 앉았다.

"여기, 알아?"

"아, 아뇨, 처음인데요……."

"떠들썩하네요~."

두리번두리번 주위를 살펴보고 있는 밀리엄을 보고 안젤린은 입을 열었다.

"······모자, 안 벗어?"

"어, 앗, 그게······."

밀리엄은 살짝 겁먹은 기색으로 모자 테두리를 두 손으로 붙들었다.

"······억지로 벗기려는 건 아니야. 그냥 식사할 때 불편할 것 같아서."

"이, 익숙해져서 괜찮아요~."

밀리엄은 애써 능청스럽게 답했으나 역시 긴장하는 게 분명했다.

안젤린도, 또한 아넷사와 밀리엄 두 사람도 서로 반응부터 살피는 듯한 태도인지라 도무지 말이 안 이어지고 갑갑할 따름이다. 안젤린은 손을 들고서 카운터 쪽에 큰 목소리로 외쳤다.

"마스터, 와인. 술잔 세 개······. 그리고 오리고기 소테랑 치즈. 채소 절임이랑 감자튀김. 뭔가 먹고 싶은 거 있어······?"

"음······ 뭐든 좋아요."

"그래······. 그럼 소시지. 머스터드 잔뜩 뿌려줘."

먼저 와인을 가져다준다. 술잔에 나눠 따라서 각자의 손에 건네준다.

"······잘 부탁해."

"자, 잘 부탁드립니다."

"거, 건배~."

짤그랑, 술잔을 마주쳤다. 아넷사와 밀리엄은 긴장 때문인지 살짝 조금만 입을 댔을 뿐이었다만, 안젤린은 단숨에 들이켜서 또 잔을 채우더니 그것도 순식간에 마셔버렸다. 두 사람은 눈이 동그래졌다.

"술 좋아하세요?"

"……뭐, 응."

사실은 분위기가 너무 어색하니까 술을 마셔서 버텨보려고 했을 뿐이다. 취기가 돌면 혓바닥도 잘 돌아가주지 않을까 하는 막연한 기대감도 있다. 생각한 것 이상으로 목이 말랐다는 이유도 있어 와인은 몹시 맛이 좋았다. 안젤린은 술잔을 거듭 비우면서 뺨이 주홍빛으로 살짝 물들었다. 이러저러하는 동안에 요리도 나온 덕분에 탁자 위가 갑자기 꽉 차올랐다. 하지만 딱히 이야기꽃이 피어나진 않는다.

"……파티 짜는 건, 처음이야."

줄곧 말없이 술을 마시던 안젤린이 갑자기 말을 꺼냈다. 아넷사가 허둥지둥 입을 연다.

"그, 그랬군요……. 으음, 쭉 혼자 다녔어요?"

"응……. 너희는…… 같이 활동한 거야?"

"네. 파티를 몇몇 개 거쳤는데 이 녀석이랑은 줄곧 함께였죠."

"단짝이구나……."

"아하하, 조금 지긋지긋하게 붙어 다니는 사이이기는 해요……."

"……많이 먹어."

탁자에 놓인 채 손대지 않은 요리를 안젤린이 두 사람에게 쭉 밀어줬다. 두 사람은 조심스럽게, 하지만 조금 긴장이 풀린 기색으로 입게 가져갔다. 배도 고팠고 전부 맛있었기에 한동안 먹고 마시던 중에 안젤린이 두 번째 와인을 주문했다.

"내일, 첫 의뢰구나……."

"그, 그러게요. 저기, 방해는 안 되게 잘해볼게요……"

아넷사가 약한 소리를 하는지라 안젤린을 눈을 끔뻑거렸다.

"……자신 없어?"

"네? 아, 아뇨. 그런 건 아니에요, 아닌데."

"응. 그럼 괜찮아……. 믿을게."

안젤린은 그렇게 말한 뒤 다시 술잔을 쭉 비웠다. 두 번째 와인 병은 어느 틈인가 절반만 남아 있었다. 아넷사는 조금 당황하며 살짝 올려다보는 눈매로 안젤린을 마주했다.

"저기……. 싸울 때 필요한 원호는 뭐가 있을까요?"

"음……. 오히려 묻고 싶은데. 어떤 식으로 서포트를 해주는 거야? 나는 파티를 짜서 다닌 적이 없으니까 잘 몰라……. 그치만 분명 좋을 거라는 생각은 들어."

은근히 눈이 흐리멍덩해진 안젤린을 보고 아넷사는 숨을 삼켰다.

"저, 저는 사수니까……. 으음, 뒤에서 전위를 원호하거나 주변 색적을 맡거나……."

"그래……. 도움 되겠네. 나는 그쪽은 좀 서툴러서……."

"어라, 그러면 혼자서 어떻게 다니는데요?"

"혼자 천천히 나아가면서 적을 경계하고……. 원호는 없으니까 너무 많은 마수랑 한 번에 싸워야 할 상황은 피했어. 그래도 강한 마수는 대부분 수가 적기도 하고, 일대일이면 일단 안 지니까……."

터무니없는 말을 꺼내는 안젤린을 마주 보면서 아넷사는 입가가 실룩거린다. 밀리엄은 입을 쩍 벌리고 있었다. 안젤린은 또 와인을 비우고 자작으로 잔을 채우며 중얼거렸다.

"그치만 역시 혼자는 지쳐……. 너희가 같이 다녀주면 기쁠 거야……."

"그, 그런가요?"

"응……. 게다가 이렇게 친구처럼 같이 마시는 게 즐거워……."

아넷사는 살짝 표정을 누그러뜨렸다. 밀리엄도 쑥스러워하며 미소를 띤다.

확실히 취기가 돌자 혓바닥도 잘 움직이는 것 같다. 다만 동시에 시야도 돌기 시작했다. 안젤린은 이후에도 뭔가 중얼중얼 말을 했지만, 머지않아 시야가 암전됐다.

○

열두 잔째의 증류주를 손에 든 마르그리트가 어이없어하며 안젤린을 콕콕 찔렀다.

"겨우 와인 두 병 마시고 뻗었다고? 한심하다, 안제."

"난 마리 같은 술고래가 아니야……. 게다가 너무 빨리 마셨어."

"서로 막 긴장했었어, 그때는. 우린 안제가 화내는 건가 싶어서 조금 무서웠거든."

아넷사가 웃으며 말햇다. 안젤린은 후훗 웃었다.

"어떻게 말을 붙여야 할지 몰랐는걸……. 아네도 미리도 전혀 입을 안 열어주니까……."

"아니, 이상한 말 해서 괜히 복잡해지면 싫으니까……. 지금 생각하면 쓸데없이 신경을 썼을 뿐이지만 말이야."

"겨우 안제한테 주눅 들었던 거냐. 실망이다, 하하."

깔깔 웃는 마르그리트를 보고 아넷사는 입을 삐죽거렸다.

"너야말로 처음 톨네라에 왔을 때는 벨 아저씨한테 뻣뻣하게 굴었다면서. 남 말 할 처지가 아닐 텐데."

"으아앗, 그 얘기는 관둬! 진짜 부끄럽다고!"

마르그리트는 뺨을 붉히며 아넷사를 콕콕 찔렀다. 그때 밀리엄이 갑자기 화들짝 뛰어올랐다.

"흐냥~."

"으앗, 뭐야?"

그러나 정작 밀리엄도 당황하며 눈을 끔뻑거리고 있다.

"……어라, 나 방금 잤어?"

"어휴, 그냥 잠꼬대였네. 괜찮아? 집에 갈까?"

아넷사가 뺨을 찌르자 밀리엄은 아냐, 말했다.

"더 마시자. 밤은 한참 남았는걸~."

"젤 먼저 뻗은 주제에 말은 잘하네……."

"오, 마실 테냐~? 내 몫 줄까."

마르그리트가 그렇게 말한 뒤 증류주병을 내밀었다. 밀리엄은 와인 잔으로 받아서 마치 와인처럼 쭉 들이켜더니 요란하게 콜록거렸다.

"콜록, 코올록! 왜케 세! 이거 뭐야!"

"아하핫, 뭐하는 거야."

마르그리트는 깔깔 웃으며 아무렇지도 않게 술잔 속 증류주를 들이켰다. 밀리엄은 한동안 종알종알 뭔가 떠들다가 이윽고 탁자에 푹 엎드려서 드릉드릉 소리를 냈다.

"또 자네."

"못 말리는 녀석이야, 어휴."

아넷사가 흘러내려서 떨어질 뻔한 모자를 고쳐 씌웠다. 마르그리트는 병을 들어서 또 증류주를 따르며 안젤린을 바라봤다.

"그래, 어떻게 됐냐?"

"뭐가?"

"아까 이야기 말이야. 안제 너, 취해서 뻗고 그대로 나가떨어졌냐?"

"아……. 그다음은 말이야."

○

침대에 누워 있는 안젤린을 본 뒤에 아넷사와 밀리엄은 얼굴을
마주 바라봤다.

"······잘하는 걸까? 데려온 거."

"으음······. 가만히 놔둘 수도 없었고······."

주점에서 잔뜩 마시고 쓰러져버린 안젤린을 두 사람은 일단 자
택으로 데리고 돌아왔다. 바래다주고 싶어도 안젤린의 집 위치는
모르는 데다가 그렇다고 이제 파티를 짜서 다녀야 할 텐데 가게에
다가 놔두고 올 수도 없는 노릇이다. 그 주점은 아마 안젤린의 단
골일 테니까 맡기고 와도 어쩌면 괜찮았겠지만, 괜히 다음 날 의뢰
를 같이 수행할 때 관계가 꼬이는 게 싫다는 생각이 앞서서였다.

게다가 두 사람보다 비록 랭크는 높다지만, 엄연히 안젤린은 연
하의 소녀이다. 아무리 강한 실력자여도 우락부락한 술꾼들 틈에
취해서 뻗은 상태로 놓아두고 오는 것은 아무래도 마음이 편치 않
았다.

"그나저나······ 별로 무서운 느낌은 아니었네."

"그러게. 아직 좀 아리송한 부분도 있지만."

밀리엄은 그렇게 말한 뒤 안젤린을 바라봤다. 안젤린은 푹 잠들
어서 눈을 감고 있다. 뺨을 발갛게 물들었고 반들반들한 흑발이
이마에서 콧대를 지나 얼굴 위에 걸치며 턱까지 늘어져 있다. 집
안에 데리고 들어와서 눕힌 이후에 한 차례 몸을 뒤척였을 뿐 움

직이지 않는다. 아무튼 가슴은 오르락내리락하니까 딱히 죽지는 않았다. 그냥 푹 잠들었겠지.

눕힌 곳은 아넷사의 방 침대다. 무기와 짐 등등 소지품은 한데 모아서 침대 옆쪽에 놓아두었다. 두 사람은 거실로 나와 의자를 빼내고 앉았다.

"긴장, 해서 저런가?"

밀리엄이 말했다. 아넷사는 고개를 끄덕거렸다.

"아마도. 기절할 만큼 빨리 마셨다는 얘기니까⋯⋯. 그렇게 생각하니까 뭔가 귀엽네."

"응. 잠든 얼굴도 귀여웠어."

두 사람은 얼굴을 마주 바라보며 쿡쿡 웃었다.

"아네, 오늘은 어떻게 할래? 옛날처럼 같이 잘래?"

"넌 잠버릇 나빠서 싫어. 소파에서 잘 거야."

언제나 곁눈질로 봤던 『흑발의 여검사』는 의외로 상상했던 인물과는 조금 달랐다.

젊은 나이에 최고위까지 치고 올라갈 만한 실력자이니까 금욕적인 구도자이거나 아니면 다른 사람을 우습게 보는 거만한 성격이 아닐까 하고 이상한 추측을 했었지만, 방금 전까지 함께 술자리에 앉아 있었던 녀석은 그냥 평범한 소녀였다.

이런 시야를 갖고 바라보니 안젤린에게 품었던 질투심 비슷한 감정들도 신기하게 녹아내렸다. 물론 아직은 짧은 시간을 같이 보냈을 뿐이고 아예 모험을 함께 수행한 경험도 없다. 전폭적인 신

뢰를 줄 만한 단계에는 물론 이르지 못했다. 당사자가 없는 곳에서 이래저래 말할 순 있지만, 아직 얼굴을 마주하며 당당하게 이야기 나누기는 힘들 것 같았다. 내일은 바로 첫 의뢰인데, 그 결과에 따라 추후의 전개가 결정될 테지.

아넷사는 막 떠올랐다는 듯이 활을 꺼내 들더니 손질을 시작했다. 밀리엄은 딱히 할 일이 없는지 손을 꼼지락거리다가 곧 후유 숨을 내쉬더니 명상하듯이 눈을 꾹 감고 호흡을 가다듬기 시작했다.

두 사람이 앞서 있었던 파티에서는 전위가 두 명, 아울러 후위에 또 한 명 마법사가 있었고 그 멤버로 AAA랭크까지 승격했다. 각 개인의 기량보다도 파티 전체의 공적을 평가받은 형태였지만, 어쨌든 아넷사도 밀리엄도 각자 실력은 고위 랭크에 걸맞은 수준을 갖추고 있다. 자랑하려는 것은 아니나 자부심은 있다. 혹시나 실망시키는 처지는 절대 사절이다.

그렇게 밤이 깊어져 갔고, 다음 날 아침에 먼저 깬 사람은 안젤린이었다. 낯선 방에서 눈을 뜬지라 잠시 혼란에 빠졌다가 침대 옆에 놓아둔 자신의 짐을 들고서 거실로 나와 소파에 누운 채 새근새근 잠들어 있는 아넷사를 봤다. 아마도 두 사람이 방 안까지 옮겨주었으리라는 것을 금세 이해할 수 있었다.

"……너무 마셨어."

안젤린은 자기 관자놀이를 손바닥으로 짝짝 때렸다. 숙취에 가까운 불쾌감이 가슴 깊숙한 곳과 머릿속에 남아 있다. 이대로는 의뢰에 지장이 생길 것 같았지만, 이번 의뢰는 조금 먼 도시의 근교에 출현했다는 마수 토벌이다. 이동 중 몸이 회복되리라고 안젤린은 낙관했다.

물을 마시고 싶다는 생각을 하면서도 다른 사람의 집이니까 함부로 손대기가 어려워서 우물쭈물하던 중 아넷사가 「으응」 소리 내면서 몸을 비틀고 곧이어 벌떡 상체를 일으켰다. 머리카락이 꾸불꾸불 삐쳐서 흩어져 있다.

잠들기가 불편한 소파에서 잔 탓일까, 아넷사는 살짝 수면이 부족한 표정을 지은 채 머리를 벅벅 긁으며 주위를 둘러보다가 안젤린에게 시선이 닿자 덜컥 놀라서는 얼굴을 굳혔다. 안젤린은 슬쩍 인사했다.

"……좋은 아침."

"어, 아……. 조, 좋은 아침이에요."

아넷사는 뻗친 머리를 수습하려고 서둘러 머리카락을 쓱쓱 만지며 안젤린에게 꾸벅 인사했다.

"어제…… 챙겨줘서 고마워."

"아니, 별거 아니니까……."

안젤린은 새삼 거실을 둘러봤다. 잘 정돈되었다고 말할 정도는 아니지만, 눈에 띄게 어지러운 상태도 아니었다. 생활감이 있는 평범한 집이라는 느낌이다. 분명 특별히 드문 공간도 아닐 텐데 톨네라에서는 어쨌든 간에 올펜에서는 다른 사람의 집에 들어와 본 적 없었던 안젤린에게는 어쩐지 신선한 광경으로 보였다.

"저기, 마법사 여자애는?"

"미리? 아, 밀리엄 말이죠? 아직 자고 있으려나⋯⋯."

아넷사가 혼잣말하듯 답한 뒤 깨우러 가야겠다며 일어나기에 안젤린은 급히 말렸다.

"아니, 괜찮아, 안 서둘러도. 저기, 물 한 잔 마실 수 있을까? 요?"

"아, 네."

컵에 물을 담아서 주는 아넷사를 바라보며 안젤린을 입을 열었다.

"미리라고 불러?"

"어? 아, 맞아요. 애칭이라⋯⋯."

"그래⋯⋯."

물을 받아 들고서 단숨에 들이켰다. 무척 맛있다. 몸에 쭉 스며드는 것 같다. 안젤린은 후유, 숨을 내쉬곤 자신의 몸차림을 확인했다. 무기도 짐도 있다. 이대로 의뢰를 위해 출발할 수 있겠다. 잠시 자신의 방에 들를 필요도 없겠다. 창밖에는 아직 오전의 해가 떠 있는 상태다.

"준비 마치는 대로 출발할까⋯⋯."

"그러죠. 마수가 도시에 피해를 주기 전에 잡아야 하니까⋯⋯. 미리! 일어나!"

아넷사는 대답하자마자 밀리엄의 방 문을 두드리며 안젤린에게 어서 앉으라고 권했다. 건너편에 앉은 안젤린에게 아넷사는 살짝 긴장감이 있는 시선을 보낸다.

"그런데, 저기, 장비 점검을 하고 싶은데요."

"응⋯⋯. 이번 목표는 갑각 지룡이야. 작렬탄이나 섬광탄을 준비하면 좋다는 말은 들었어. 근데 나는 둘 다 없거든……. 가지고 있어?"

"있어요. 게다가 최악의 경우에는 미리, 밀리엄의 마법으로 대용할 수 있으니까요."

대화 나누는 동안 밀리엄도 깨서 나왔다. 원래부터 꼬불거리는 머리카락이 자고 일어난 지금은 더욱 꼬불꼬불 사방으로 뻗쳐 있다. 그런 머리를 억지로 모자를 써서 눌러 놓은 듯한 차림이다.

"조, 좋은 아침~ 이에요."

"좋은 아침……. 어젠 고마웠어."

"아, 아뇨, 아녜요~."

어젯밤 잠든 모습을 귀엽다고 생각했는데도 깨어나 있는 안젤린의 무뚝뚝한 얼굴 모양에는 역시 주눅이 드는지라 밀리엄도 조금 긴장한 채 탁자를 사이에 두고 앉게 되었다.

말수는 적게 서로의 소지품을 확인한 다음 짐을 정리하고 출발했다. 거리는 변함없이 사람이 많이 시끌벅적 소란스러웠다만, 마수의 수가 늘어나고 있는 탓인지 단순하게 밝고 떠들썩한 것이 아니라 어딘가 불안해하는 분위기도 느껴졌다.

승합 마차에 마주 앉아서 안젤린은 불쑥 중얼거렸다.

"……열심히 하자."

두 사람은 진지한 표정으로 고개를 끄덕거렸다.

○

　밤이 깊어지고 주점을 나온 네 소녀는 추억 이야기를 매듭짓지 못한 채 결국 안젤린까지 같이 아넷사와 밀리엄의 집으로 돌아왔다. 밀리엄은 이미 정신없이 취한 지 오래다. 그래서 가장 기운 넘치는 마르그리트가 업고 돌아왔다.

　거실의 불을 밝히고 밀리엄을 방 침대에 눕혔다. 아넷사는 주전자를 올리고, 마르그리트는 소파에 걸터앉았다. 안젤린을 하품하며 의자를 빼내 앉는다.

　"이런 느낌으로 나도 여기에 데려왔을 거야……."

　"오, 감이 온다. 그래서, 첫 의뢰는 어땠냐?"

　마르그리트가 묻자 아넷사는 쓴웃음을 지었다.

　"의뢰는 완수했지만 솔직히 파티로서 잘 협동했다는 말은 못 하겠네."

　"그러게……. 아네도 미리도 자꾸 머뭇머뭇하는 분위기였고, 나도 어떻게 해야 할지 몰랐고……."

　안젤린은 다시의 기억을 대강이나마 떠올렸다.

　갑각 지룡은 딱딱한 껍데기를 두른 아룡의 일종이며 비행은 하지 못할지언정 두꺼운 팔다리로 지면을 박차고 돌진하는 파워 파이터이다. 그러한 특성 때문에 검사와는 상성이 나쁘지만, 안젤린은 재빠른 몸놀림으로 껍데기의 틈을 노리고 거듭거듭 찌르기를 날려서 비록 시간은 걸렸어도 별 위험 없이 쓰러뜨려 보였다.

"나중에 깨달았는데 미리한테 마법을 날릴 틈만 만들어주면 금방 끝났겠더라…….."

검사와의 상성은 나쁘나 마법에는 딱히 강하지 않기 때문에 안젤린이 앞에서 버티고 싸울 바에야 밀리엄이 『뇌제』라도 쏘아 날렸다면 일격이었을 테지. 안젤린이 줄곧 지룡과 접근한 채 싸웠기 때문에 밀리엄도 마법을 쓰지 못했다고 나중에서야 알았다.

마르그리트가 재미있다는 표정을 짓고 말했다.

"별일이네. 너희, 작전은 따로 안 세웠던 거냐? 아네라든가, 야무지게 했을 것 같은데."

아넷사가 찻주전자에 온수를 따라 부으며 대답했다.

"그게 말이지……. 예를 들어서 상단 호위라든가 합동 의뢰 중 급조로 팀을 구성할 때는 대강이나마 작전도 만들어 놓는데 그때는 길드에서 받은 의뢰이고, 파티 하나로 가는 상황이었고, 안제를 아직은 잘 몰랐던 때라 말이야. 내가 괜히 주제넘게 나서면 안 되지 않을까 하고 생각했고, 그러다가 파티가 깨지면 길드에서도 좋은 말은 안 해줄 테니까 걱정돼서……."

그때까지 아넷사와 밀리엄이 있던 파티에서는 리더는 따로 정해 놓았지만, 멤버의 지위는 모두 대등했다. 따라서 자유롭게 의견을 말할 수 있었고 괜히 망설이거나 할 이유도 없었다.

하지만 안젤린은 S랭크이자 자신들보다 강한 실력자이다. 그래서 아넷사도 너무 망설인 탓에 적극적으로 작전을 제시하지는 못했다고 한다. 안젤린이 지난 일을 떠올리며 뺨을 볼록거렸다.

"나는 파티로 활동한 적이 없어서 잘 모른다고 말했는데…….”

"미안했다니까.”

아넷사는 쓴웃음 지으며 꽃차가 담긴 찻잔을 밀어줬다.

"지금 와서는 바보 같은 걱정을 했다는 생각만 들지만……. 그 무렵에는 정말로 아는 게 없었으니까. 전혀 친분이 없는 사람이랑 파티를 짠 경험이 없었거든. 게다가 무표정하지, 말수는 적지, 실력은 더 좋은데 나이는 어리지……. 솔직히 지금까지 만난 사람들 중 어떻게 대해야 할지를 가장 종잡을 수가 없는 녀석이었어, 안제는.”

안젤린은 뚱하게 입을 삐죽거렸다.

"나도 되게 긴장했었도다…….”

"응, 맞아. 그걸 안 다음부터는 마음이 편해졌어. 돌이켜보면 농담거리인데 당시에는 밤이면 밤마다 늘 불안해했지.”

"……길드 마스터 때문이라고 하자.”

"어휴, 라이오넬. 그 시절부터 얼렁뚱땅이었구나~.”

마르그리트가 말하자 안젤린도 아넷사도 쿡쿡 웃었다.

꽃차를 마시자 술 때문에 지끈대는 머릿속이 상쾌해지는 기분이었다. 봄이 되었다지만 아직껏 밤은 쌀쌀하다. 따뜻한 음료는 맛있다.

안젤린이 멍하니 천장에 매달려 있는 램프를 쳐다보던 중 아넷사가 말을 건넸다.

"안제, 자고 갈 거지?”

"응……. 대충 누워서 잘게. 내일은 쉬자."

그 시절처럼 며칠 연속으로 마수 토벌에 동원되지는 않는다. 악착같이 의뢰를 받지 않아도 한 번의 수입이 큰 의뢰를 원하는 때 받을 수 있는 고위 랭크 모험가의 생활이다.

마르그리트가 소파에 벌렁 누우면서 말했다.

"있잖아. 얘기만 들으니까 말이야, 너희 처음에는 되게 삐걱거렸나 본데. 어쩌다가 마음이 잘 맞게 된 거냐?"

안젤린과 아넷사는 얼굴을 마주 바라봤다.

"음…… 뭐였더라? 마리처럼 알기 쉬운 계기는 아니었던 것 같은데……."

"그러게. 마리는 숲에서 미토한테 돌격했다가 된통 당했댔지. 그리고 벨 아저씨한테 위로를 받고."

"와앗, 그 얘기는 관둬라앗!"

허둥거리는 마르그리트를 보고 두 사람은 깔깔 웃었다.

떠들어 대던 중 갑자기 건너편 방에서 밀리엄이 비틀비틀 걸어 나왔다. 졸린 듯 눈을 비비며 불안불안한 발걸음으로 걷는다. 그러곤 소파 위에 풀썩 쓰러졌다. 아래에서 깔린 마르그리트가 「와앗」 소리쳤다.

"뭐냐, 뭐하는 짓이야."

"언제 돌아왔어……? 으응……."

아직 취기가 조금도 가시지 않았나 보다. 밀리엄은 마르그리트를 안는 베개에 하듯이 끌어안은 채 소파 위에서 또 눈을 감았다.

그러다가 고롱고롱 소리를 낸다. 잠들었나 보다. 마르그리트는 어이없다는 표정을 짓고 있다가 이윽고 포기했는지 밀리엄의 고양이 귀를 만지작거렸다. 감촉이 좋은지라 만지면 재미있는 것 같다.

그 모습을 바라보며 안젤린이 막 떠올린 듯 말했다.

"처음이 미리 귀를 만졌을 때 엄청 즐거웠던 기억이 나……."

"아, 맞다. 미리는 움찔움찔했지만……. 그때부터 마음을 확 터놓았던 것 같아."

"응. 수인 차별이라든가 난 전혀 몰랐어……. 귀엽기만 하고 부럽다고 생각했는데."

"그러고 보니 톨네라에서 벨 아저씨도 비슷한 반응이셨잖아. 덕분에 미리의 트라우마도 꽤 나아진 것 같아."

"아, 그거 말이냐? 귀가 춥다는 이야기냐?"

마르그리트가 밀리엄의 귀를 쫑긋쫑긋 움직이면서 묻자 맞아, 맞아, 아넷사와 안젤린이 같이 웃었다.

"역시 아빠랑 딸…… 똑같지?"

"똑같네."

"아무튼, 결국 계기가 있었던 거네."

"아니, 그때는 제법 사이가 좋아진 다음이었어. 이러니저러니 해도 매일같이 얼굴을 마주한 데다가 우리도 안제도 파티에 긍정적이었으니까. 어느 한쪽이 싫었다면 아마 계속 같이 다니진 않았을걸."

일단 길드에 제안을 받은 형식이었다지만, 안젤린도 아넷사와 밀리엄도 싫은데 억지로 파티를 짜서 활동한 것은 아니다. 양쪽 다 괜히 눈치를 살피느라 고생한 것은 부정할 수 없겠지만, 그럼에도 어떻게든 잘해보자는 분위기로 노력하며 함께 다녔다.

가령 그 무렵 마수가 대량 발생하지 않았다면 사이좋아진 시기도 혹시 늦어졌을지도 모른다. 일상의 이런저런 이야기도 친목을 다지는 데 중요한 수단일 수는 있겠지만, 모험가끼리는 함께 나란히 서서 싸우는 것이 가장 진지한 대화가 되는지도 모르겠다. 실제 그렇게 전투를 거듭함으로써 후위 두 사람은 안젤린이라는 소녀를 이해했고, 안젤린도 두 친구의 역할과 성격을 이해했다. 그뿐 아니라 전투 이후에 복기하며 이런저런 얘기를 나누면 공감이 우정을 깊이 다져주었다. 다만 사랑하는 아빠와 고향 이야기가 나온 때는 제법 긴 시간이 지난 이후였지만.

돌이켜보면 당시에는 몸서리치게 싫었던 마수 대량 발생이 이렇듯 인간관계에 큰 역할을 해주었음을 깨닫는다. 결과론인지도 모르겠으나 쓸데없는 사건은 없었다는 생각이 든다.

안젤린은 또 꽃차를 한 모금 홀짝였다.

"결국은 될 대로 되는 법이구나…….."

"뭐냐, 벨이랑 똑같은 말을 늘어놓네."

마르그리프가 핀잔을 놓자 안젤린은 갑자기 얼굴이 활짝 밝아졌다.

"아빠랑 똑같았어?"

"어? 아, 어, 그래."

"그렇구나……. 후후, 후후후……."

안젤린은 헤죽헤죽 웃으며 탁자에 턱을 얹었다.

톨네라에서 겨울을 보내는 동안 벨그리프와 사티, 카심, 퍼시벌의 추억 이야기는 밤의 벗이었다. 난로 앞에서 가까이 붙어 번갈아 가며 들려주는 옛날이야기에 밤이 깊어지도록 귀를 기울이곤 했었다.

안젤린과 친구들은 파티를 만든 지 4년은 지났다. 어른들은 불과 1, 2년 정도 함께 활동했을 뿐이다. 그럼에도 이야깃거리가 끊이질 않았다. 어쩌면 혹시 자신들보다 훨씬 밀도가 농밀한 시간을 보냈던 것이 아니었을까. 안젤린은 생각했다.

언젠가 자신들이 벨그리프와 같은 나이가 되었을 때 지금 순간의 추억은 어떤 형태로 남아 있을까. 벨그리프와 어른들이 파티를 짜서 활동했던 곱절 이상의 시간을 함께 보내고 있는 이 친구들과의 기쁘고 슬픈 수많은 이야기를 사랑스러운 추억 삼아서 이야기하는 때가 와줄까. 상상해보고 싶어도 아직 안젤린에게는 무리였다.

마르그리트가 거하게 하품을 했다. 안젤린도 눈꺼풀이 살짝 무겁다. 아넷사가 일어섰다.

"자자. 겨울철 톨네라처럼 밤늦게 떠들기는 좀 어려워졌네."

"응……. 낮에 잔뜩 움직여서 밤에는 졸려."

"그럼 잠이나 자자. 야, 미리, 정신 차려라. 네 침대에서 자란 말이다."

제각각 일어서서 거실을 왔다가 갔다가 한다.

이런 시간이 언제까지나 계속되면 좋겠다. 그렇게 바라게 될 때는 산처럼 많다. 하지만 실제 언제까지나 이어지는 시간은 절대로 존재할 수 없다. 추억을 아름다운 백광으로 빛내주려면 그저 막연하게 살아나는 것만으로는 부족할지도 모른다. 그럼 이 순간을 사랑스럽게 여길 수 있다면 분명히 미래에 남는 추억도 뿌듯한 형태가 되리라.

내일은 어떻게 할까. 넷이서 어딘가에 놀러 나갈까.

소파에 드러누우며 안젤린의 사고는 두서없이 뒤얽히고 넓어지며 이리저리 굴러다녔고, 근거는 없다지만 오늘 밤 꿈은 참 기분이 좋으리라는 생각이 들었다.

어스름이 도시에 덮이고 있다.

평소의 밤. 하지만 단 한 번뿐인 밤이 깊어져 간다.

■ 작가 후기

　후기라는 것을 쓰기가 귀찮다. 읽는 분께서도 귀찮으리라 생각하고 있다만, 반드시 꼭 그렇지도 않다고 한다. 이야기 속에서는 점잖은 척 행세하는 작가가 이야기라는 형식의 바깥에서 어떤 실언을 주워섬기는가 흥미가 있을지도 모르겠다만, 모지 카키야라는 인간은 본래 멀쩡한 말을 안 하는지라 딱히 재미있지도 않으리라.

　아무튼 간에 10권이다. 드디어 두 자릿수에 도달했다.

　10권에 들어서면 단순 계산으로도 100만 글자 전후는 된단 뜻이니 저만큼 이야기를 창작하고 글자를 쭉 이어서 써왔다고 생각하면 나 스스로도 제법 기특하다는 생각이 들고, 그 이상으로 나의 문장을 이제까지 함께 읽어와주고 계시는 독자 여러분의 인내심에는 혀를 내두른다. 감사합니다.

　작가가 쓴 문장의 졸렬함은 여전히 toi8 씨가 일러스트로 멋지게 보완해주고 계시기에 잘 상상이 안 되는 범위는 아마 그림을 감상하며 충분히 채울 수 있으시리라 생각한다. 표지부터 행복한 분위기가 가득 담겨 있다. 출간 예정이 4월이니까 봄꽃이 흐드러지게 피어난 분위기와 어우러져서 뭔가 경사롭다. 수없이 벨그리프의 배를 찌르고자 시도해왔던 작가도 이렇듯 철저하리만큼 행복해진 광경을 보면 이제는 항복할 수밖에 없다. 원통하구나.

그건 그렇고 이 이야기를 쓰기 시작한 지 벌써 3년 이상이 흘렀다. 인터넷 사이트에 투고한 때가 2017년 가을이니까 올해(2021년)로 4년이 흐른 셈이다. 저만한 시간을 함께 보내면 뭔가 같이 있는 게 당연하다는 느낌을 받는다. 집필을 시작한 당초에 무엇을 생각했었는지 다시 확인하지 않으면 잊어버리는 경우도 자주 있다. 긴 시간이 지남에 따라 묘하게 과거를 떠올리게 되는 까닭은 작중의 벨그리프 씨를 살펴보면 알 수 있다.

이러한 본 소설도 다음 권이 마지막이다. 등장인물들의 이야기가 조금씩 수렴되어 어떻게든 가야 할 곳까지 가주려는가 보다. 마지막 한 권을 남기고 출간 중단을 통보받는 사태가 발생하면 그것도 나름 재미있겠지만, 이왕이면 마지막까지 책이라는 형태로 출간하는 것이 아름다우리라.

이번 권에는 특별히 큰 드라마는 없다. 이른바 숨 돌리는 회차이자 이제까지 익숙하게 함께한 캐릭터들이 각자 일상과 비일상의 시간을 보내는 광경 위주로 보실 수 있는 권이다. 과연 재미있을지 없을지 작가는 영 종잡을 수가 없다만, 가능한 한 등장인물들이 보는 풍경과 내면의 생각을 상세하게 묘사하고자 주의를 기울였다. 독자 여러분께서 톨네라 혹은 올펜에 있는 듯 느껴주신다면 감사하겠다.

이런저런 사건이 많아 세상이 참 갑갑하다. 하지만 마음속은 언제나 자유로울 수 있는 법이니 이 이야기가 여러분의 감수성을 자

극하여 사고와 상상의 확장에 약간이나마 도움이 되어드린다면
큰 영광으로 여기고 싶다.

　다음은 11권이며 마지막 권이다. 아무쪼록 꼭 마지막까지 함께
해주시면 기쁘겠다.

2021년 3월 길일 모지 카키야

모험가가 되고 싶다며 도시로 떠났던 딸이 S랭크가 되었다 10

초판 1쇄 발행 2021년 12월 20일

지은이_ MOJIKAKIYA
일러스트_ toi8
옮긴이_ 김성래

발행인_ 신현호
편집장_ 김승신
편집진행_ 원현선 · 권세라
편집디자인_ 양우연
관리 · 영업_ 김민원 · 조인희

펴낸곳_ (주)디앤씨미디어
등록_ 2002년 4월 25일 제20-260호
주소_ 서울시 구로구 디지털로 26길 111 JnK디지털타워 503호
전화_ 02-333-2513(대표)
팩시밀리_ 02-333-2514
이메일_ lnovellove@naver.com
L노벨 공식 카페_ http://cafe.naver.com/lnovel11

Bokenshani naritaito miyakoni deteitta musumega srankni natteta Vol.10
By MOJIKAKIYA, toi8
© 2021 by MOJIKAKIYA, toi8
First published in Japan in 2021 by EARTH STAR Entertainment Co., Ltd
Korean translation rights arranged with EARTH STAR Entertainment Co., Ltd
through Shinwon Agency Co.

ISBN 979-11-278-6290-9 04830
ISBN 979-11-278-4829-3 (세트)

값 10,000원